KNAUR

Von Bodo Manstein ist bereits folgender Titel im Knaur Taschenbuch erschienen:
Juli.Mord.

Über den Autor:
Bodo Manstein (geb. 1962 in Mülheim an der Ruhr) wuchs im Bergischen Land auf und verbrachte viel Zeit auf Baltrum. Nach seinem Abitur trat er 1982 in die Marine ein. Dort führten ihn seine Wege immer wieder nach Sylt, wo er zuletzt neun Jahre mit seiner Familie lebte. Einen Regionalkrimi auf der »Königin der Nordsee« anzusiedeln, war für Bodo Manstein daher ein ganz persönliches Anliegen.
Heute lebt der Autor mit seiner Familie in der Nähe von Kiel.

BODO MANSTEIN

STRAND.BLUT.

– SYLT KRIMI –

KNAUR

Alle in diesem Roman vorkommenden Personen und Handlungen sind frei erfunden. Etwaige Ähnlichkeiten mit lebenden Personen oder Ereignissen sind rein zufällig.

Besuchen Sie uns im Internet:
www.knaur.de

FSC
www.fsc.org
MIX
Papier aus verantwortungsvollen Quellen
FSC® C083411

Originalausgabe April 2017
Knaur Taschenbuch

Ein Imprint der Verlagsgruppe
Droemer Knaur GmbH & Co. KG, München

Redaktion: Antje Nissen
Umschlaggestaltung: ZERO Werbeagentur, München
Umschlagabbildung: FinePic®, München / shutterstock
Illustration im Innenteil: Shutterstock / Robert Biedermann
Satz: Adobe InDesign im Verlag
Druck und Bindung: CPI books GmbH, Leck
ISBN 978-3-426-52057-4

2 4 5 3 1

Für Dirk
053° 58,0'N 008° 30,5'E

PROLOG

Westerland / Sylt, Sommer 2012

Sein Blick wanderte langsam den hohen Kran hinauf, der sich wie ein drohender Finger vor ihm in den Sylter Nachthimmel reckte. Dennis Meister schluckte. Da sollte er rauf? Er dachte noch einmal an das verächtliche Grinsen seines Bruders. »Feigling« und »Memme« hatte Arne ihn genannt. Wie schon so oft. Wenn er jetzt nicht beweisen würde, dass er eben nicht nur der kleine Bruder war, wann dann?

Im matten Licht der Straßenlaternen warf der schiefe Bretterzaun einen langen Schatten auf die Baustelle an der Ecke Schützenstraße und Dr.-Roß-Straße. Vor Dennis erhob sich der Umriss eines Rohbaus an einer Stelle, die ihm nicht unbekannt war. Früher hatte hier ein Einfamilienhaus gestanden, in dem eine Sylter Familie über Generationen gelebt hatte. Torben, einer seiner besten Freunde aus der Grundschule, hatte hier gewohnt. Wie oft er mit Torben zusammen durch den Garten getobt war, vermochte er nicht zu sagen, doch wo jetzt Paletten mit Dachziegeln und roten Klinkersteinen standen, hatten sie noch vor einigen Jahren fröhlich geschaukelt und im Sandkasten gebuddelt.

Nun war Torben weg. Wie so viele seiner Freunde, deren Eltern die ins Uferlose gestiegenen Mieten auf Sylt nicht mehr aufbringen konnten. Nach und nach waren sie aufs Festland gezogen und gingen nun dort zur Schule und hatten neue Freunde. Torbens Mutter kam, wie viele Sylter, die zu ihren Arbeitsstellen pendeln mussten, jedes Wochenende herüber, um Ferienappartements zu reinigen. Vielleicht ja bald auch in dem Ferienhaus, das hier entstehen sollte, just an dem Platz, der einst ihr Zuhause gewesen war.

Viele Freunde waren Dennis nicht geblieben. Irgendwie schien es ihm, als drohte die Insel auszusterben. Sein Blick fiel auf die Balken des Dachstuhls, die wie die Rippen eines riesigen Skeletts anklagend emporragten. Ein Schauer lief ihm über den Rücken, und er spürte, wie seine Knie zu zittern begannen. Ganz fest drückte er sich mit dem Rücken an den Zaun und blickte noch einmal zu dem Ausleger des Krans hinauf. Sein Herz schlug ihm bis zum Hals.

Die Aufregung, dachte er. Noch vor einer knappen Stunde hatte er in seinem Bett gelegen und darauf gewartet, dass seine Eltern endlich schlafen gehen würden, doch ausgerechnet heute waren sie noch lange aufgeblieben. Etwas lag in der Luft, das spürte er. Sie stritten in letzter Zeit häufiger als früher.

Irgendwann war es dann still im Haus geworden, und er hatte sich durch ein Kellerfenster hinausgeschlichen. Anschließend war er am Strand entlanggegangen, um nicht durch die Stadt zu müssen und möglicherweise gesehen zu werden. Wie ein Phantom wollte er sein Ziel erreichen und genauso unsichtbar wieder nach Hause gelangen.

Das Motorengeräusch eines näherkommenden Autos riss ihn aus seinen Gedanken. Vorsichtig schob er die losen Bretter, durch die er hineingeschlüpft war, einen Spaltbreit auseinander. Ein Jaguar S-Type mit Hamburger Kennzeichen rollte langsam vorbei und bog nach rechts in die Käpt'n-Christiansen-Straße ab. Dann war es wieder still. Dennis atmete erleichtert aus. Seine Entscheidung, eine Baustelle in diesem Teil Westerlands für sein Vorhaben auszuwählen, war zweifellos goldrichtig gewesen. Hier war es auch während der Saison relativ ruhig. Das Nachtleben tobte einige Querstraßen weiter, zwischen Friedrichstraße und Strandstraße. Dennoch würde seine Aktion genug Aufmerksamkeit erregen.

Dennis schloss die Augen. Für einen Moment lauschte er dem beruhigenden Rauschen der Wellen, das von jenseits der nahen Dünenkette herüberdrang. Er zählte bis drei, bevor er seine Augen wieder öffnete und sich mit einem Ruck vom Zaun abdrückte. Geduckt rannte er zwischen Stapeln von Schalbrettern und leeren Europaletten auf die andere Seite der Baustelle und fand im Schatten des massiven Ausgleichsgewichts, das auf dem Unterwagen des Krans ruhte, erneut Deckung. Ehrfürchtig wanderte sein Blick nach oben. Von hier unten wirkte der Ausleger noch furchteinflößender.

In zehn Metern Höhe und ungefähr in der Mitte des Auslegers baumelte träge eine Tischkreissäge an dem schweren Lasthaken des Krans. Dennis schluckte und nahm seinen Rucksack von der Schulter.

»Total bekloppt«, sagte er leise zu sich selbst und angelte ein schweres Bügelschloss hervor. »Die Säge abschneiden. Die haben sie doch echt nicht alle.« Erneut wanderte sein Blick hinauf. Wie hätte er das denn schaffen sollen? So eine blöde Idee konnte ja nur von Arne kommen. Zum Glück hatte Odin andere Pläne gehabt. Ein Bügelschloss sollte auf halbem Weg zur Laufkatze so an dem Ausleger angebracht werden, dass diese sich bei der nächsten Inbetriebnahme des Krans verkeilen würde, so und nicht anders sollte es gemacht werden. Arnes hämisches Grinsen war ihm bei dem Befehl ihres Anführers aus dem Gesicht gewichen und Dennis ein

Stein vom Herzen gefallen. Odin widersprach man nicht. Zu dem Zeitpunkt hatte Dennis noch gedacht, die Sache mit dem Bügelschloss sei machbar. Jetzt, so kurz vor dem Ziel, war er sich dessen nicht mehr so sicher.

»Du musst es schaffen«, sagte er leise zu sich selbst und atmete noch einmal tief durch, bevor er aus seinem Versteck sprang. Wieselflink stieg er auf den Unterwagen, schob sich das Schloss in den Hosenbund und griff entschlossen nach der ersten Querstrebe des Gittermastes. Das kalte, feuchte Metall ließ ihn erneut innehalten. Er taxierte den vor ihm liegenden Weg. Die ersten drei Meter musste er außen hochklettern, da die untersten Sprossen der innen angebrachten Kranleiter mit einer Holzplatte gesichert waren, um Unbefugten den Aufstieg zu verwehren.

Also los, dachte er und zog sich mit einer entschlossenen Bewegung an der Strebe hoch. Hektisch tastete sein linker Fuß nach einem Halt, rutschte jedoch jedes Mal wieder auf den zickzackförmig angeordneten Querstreben ab. Schwer atmend und nur mit der Kraft seiner Arme hing er zweifelnd an dem blanken Metall. Niemand wusste, dass er hier war. Selbst Arne nicht. Skeptisch blickte Dennis nach oben.

Wenn ich da runterklatsche, dann war's das.

1

Du weißt doch, dass Lebensversicherungen bei Selbstmord nicht zahlen!«, rief Silvia Steinmann und sah Hans Weyde verzweifelt an.

»Zumindest nicht innerhalb der Karenzzeit«, sagte Weyde. »Das hätte Rolf sich aber auch denken können, bevor er …« Er verstummte. Mit einer Mischung aus gespieltem Mitleid und echtem Vorwurf erwiderte er ihren Blick.

Niedergeschlagen saß Silvia Steinmann vor seinem Schreibtisch. Den Tränen nahe, senkte sie den Kopf.

»Ich brauche das Geld aber bis Freitag«, sagte sie leise. Noch einmal blickte sie auf den überdimensionalen Taschenrechner, der vor ihr auf dem Tisch lag. Weydes Angebot entsprach nicht annähernd dem, was sie erwartet hatte. Und sie hatte wirklich nicht viel erwartet. Nicht bei ihm.

»Einhundertdreißigtausend? So viel haben wir doch schon vor zehn Jahren bezahlt.«

Zaghaft blickte sie zu ihm auf, während sich ihre Finger in das zerknüllte Taschentuch krallten, das sie in ihren Händen hielt.

»Mehr ist beim besten Willen nicht drin«, erwiderte Weyde knapp und lehnte sich in die Lederpolster seines Bürosessels zurück.

»Aber das Haus ist doch inzwischen viel mehr wert.« Silvia Steinmann tupfte sich eine Träne aus dem Augenwinkel.

»Es könnte mehr wert sein«, sagte Weyde, dabei schwang ein leicht vorwurfsvoller Unterton in seiner Stimme mit. Er beugte sich über den ausladenden Designerschreibtisch zu ihr hinüber und nahm seine randlose Lesebrille ab. »Vergiss aber bitte nicht, liebe Silvia, was noch alles in euer Haus reingesteckt werden muss.« Er musterte sie mit einem schulmeisterlichen Blick, bevor er sich mit einer ausholenden Bewegung die Brille wieder aufsetzte. Mit hochgezogenen Augenbrauen blätterte er in der Mappe, die aufgeschlagen vor ihm auf dem Tisch lag.

»Eine neue Heizung, neue Fenster und, wie ich das sehe ...«, erneut blätterte er bedeutsam hin und her, »... ist das Dach auch bald fällig. Das sind alles Kosten, die auf den neuen Eigentümer zukommen. Das kann ich nicht einfach so aus Gefälligkeit beiseiteschieben. Bei allem Verständnis für eure Situation.«

Silvia Steinmann nickte und presste die Lippen aufeinander. Sie dachte an die vielen Kostenvoranschläge der Handwerker, die sich seit langem in ihrer Küchenschublade sammelten. Aber ihre kleine Witwenrente reichte auch so schon hinten und vorne nicht. Und ohne die wöchentlichen Appartementreinigungen ... Sie durfte gar nicht daran denken.

»Aber, Hans«, sagte sie. »Das kostet doch keine 100 000 Euro.« Sie kannte die aktuellen Sylter Immobilienpreise, da sie sich sehr genau im Internet informiert hatte, bevor sie sich an Weyde gewandt hatte. Selbst unter Berücksichtigung der unstrittigen Renovierungskosten blieb sein Angebot immer noch weit hinter dem wirklichen Wert zurück. Dieses Wissen gab ihr noch einmal etwas Kraft. Sie richtete sich auf und sah ihm fest in die Augen. Mit gelassener Miene erwiderte Weyde ihren Blick.

»Du weißt doch selbst, was derzeit auf der Insel los ist«, sagte er. »An jeder Ecke wird gebaut.«

»Bei deinen Kontakten dürfte das ja wohl kein Problem sein«, unterbrach sie ihn beherzt. Sie spürte, wie langsam die Wut in ihr aufstieg. Wie konnte er ihre missliche Lage nur derart ausnutzen? Sie hatte nie viel auf Gerüchte gegeben, doch »Lister Immobilienhai«, wie man Weyde hinter vorgehaltener Hand im Dorf nannte, schien dann doch nicht so weit hergeholt zu sein.

»Aber, Silvia«, sagte er. Sein gelassener Gesichtsausdruck wich jetzt einem leidenden. »Normalerweise wäre es auch kein Thema. Aber du ahnst ja nicht, was hier los ist, seit der Bund seine Häuser und Grundstücke versilbert. Die Auftragsbücher der Handwerker sind randvoll. Da helfen auch noch so gute Kontakte nichts. Ich würde dir ja wirklich gerne mehr entgegenkommen, schon allein wegen Rolf. Aber …«

Silvia Steinmann bebte innerlich. Am liebsten hätte sie laut geschrien. Aus Wut. Aus Hilflosigkeit. Aus Verzweiflung. Doch sie riss sich zusammen. Die Jahre nach Rolfs Tod hatten schon zu viel Kraft gekostet. Weiß Gott, sie hatte doch nun wirklich alles versucht, um das Haus zu halten. Allerdings ließen sich ihre Gläubiger nicht noch länger hinhalten. Das Ultimatum, das sie letzte Woche erhalten hatte, war unmissverständlich. Mit einem tiefen Seufzer ergab sie sich ihrem Schicksal und kehrte in die Rolle der Bittstellerin zurück.

»Kannst du wirklich nichts mehr machen? Du weißt doch, dass ich mich so kurzfristig an niemand anderen mehr wenden kann.«

»Auch dann würdest du kaum ein wesentlich besseres Angebot bekommen«, sagte Weyde mit sanfter Stimme.

Silvia Steinmann nickte schwach. Sie wagte nicht aufzusehen. Stattdessen stopfte sie sich umständlich das nasse, zerfledderte Papiertaschentuch in die Hosentasche und beugte sich zu ihrer City Bag hinunter. Schniefend kramte sie auf der Suche nach frischen Taschentüchern darin herum.

»Bitte.« Weyde hielt ihr eine offene Packung Tempos hin, die er einer der Schreibtischschubladen entnommen hatte.

Silvia Steinmann sah kurz zu ihm auf, während sie im gleichen Moment ihre eigenen ertastete. Ohne sein Angebot zu beachten, richtete sie sich wieder auf, zupfte ein Tuch hervor und schneuzte sich die Nase.

»Schau mal«, sagte Weyde und warf seine Tempos mit einer gleichgültigen Geste in die Schublade zurück. »So ist es wirklich das Beste. Mit einem Schlag wärst du alle deine Sorgen los.«

»Aber unser Haus«, schluchzte sie.

Sie dachte an Rolf.

»Unser ganzes Leben haben wir für diesen Traum gespart. Wo sollen Hauke und ich denn hin? Bei dem bisschen, was wir verdienen. Und bei den Mieten.«

»Geht doch aufs Festland. Hauke kann doch von dort nach Westerland pendeln. Er müsste sich nicht mal einen neuen Job suchen. Das ist doch kein Problem. Weißt du eigentlich, wie viele ehemalige Insulaner das inzwischen so machen?«

Ohne auf seine Frage einzugehen, startete sie einen letzten Versuch.

»Und du kannst wirklich überhaupt nichts mehr am Preis machen?« Sie sah ihn flehentlich aus rotgeränderten Augen an.

Weyde runzelte nachdenklich die Stirn. Abermals blickte er prüfend in die Mappe und blätterte hin und her, während er abwägend mit dem Kopf wippte. Schließlich nahm er die Brille ab und warf sie vor sich auf die Unterlagen.

»Weil du es bist«, sagte er und fixierte sie mit gehobenen Augenbrauen. »Ich könnte dir eine kleine Nachzahlung anbieten. Schwarz natürlich. Vorausgesetzt, ich kriege das Haus gut verkauft. Wenn du heute noch unterschreibst, könnte ich sicher noch was nachschießen. Sagen wir so … zehntausend.«

»Du bist so ein Schwein!«, platzte es jetzt aus Silvia Steinmann heraus. Diese Unverschämtheit war einfach zu viel für sie. Letzte Chance hin oder her, so ließ sie nicht mit sich umgehen. Wütend sprang sie auf. In ihren Ohren rauschte es. Eine riesige Welle, die alles mit sich trug, was sich in den letzten Jahren in ihr aufgestaut hatte, schien wie in Zeitlupe auf sie zuzurollen und drohte ihr die Beine wegzureißen. Halt suchend sah sie sich um. Ihr Blick fiel auf das massive Modell eines Stockankers, das vor ihr auf dem Schreibtisch stand und Weyde als Briefbeschwerer diente. Leicht schwankend griff sie danach, und obwohl die Ankernachbildung nur lose auf dem Tisch lag, vermittelte ihr das schwere, kalte Metall zumindest das Gefühl, einen Halt gefunden zu haben. Für einen Moment starrte sie wie gebannt auf das glänzende Messing. Ein Anker, das Symbol der Hoffnung, schoss es ihr durch den Kopf. Ihr Blick wanderte langsam weiter. Jetzt war sie es, die von oben herabblickte. Mit offenem Mund und sichtlich irritiert sah Weyde zu ihr hinauf. Silvia Steinmann durchflutete ein seltsames Gefühl von Macht. Wie in Trance hob sie den Arm und schwang den Anker hoch über den Kopf. Mit einer unsicheren Geste hob Weyde zögernd die Hände. Silvia Steinmann genoss diese Mischung aus Verwunderung und Angst, die nun aus seinem Blick sprach. Da staunst du, dachte sie. Sie hob den Arm noch ein Stückchen höher. Im gleichen Moment wich das Rauschen in ihren Ohren einem rasenden Getöse, als sich von einer Sekunde auf die andere die Welle brach.

⚓

»Alles auf!«

Die Mitglieder der kleinen Gruppe, die eben noch um einen alten abgestoßenen Holztisch gesessen hatten, sprangen von ihren Stühlen auf. Sie rissen die rechte Faust in die Höhe und riefen wie aus einem Mund: »Heil Odin! Heil Mjöllnir!« Dabei richteten sie ihre Blicke ehrfürchtig auf ihren Anführer, der an der Stirnseite des Tischs saß und sich nun ebenfalls langsam erhob. Odin, wie alle ihn hier nannten, erwiderte den Gruß mit einem gebieterischen Nicken.

»Nächste Woche, wieder hier! Zur gleichen Zeit! Und zwar pünktlich! Ist das klar?«

»Jawohl, Odin!«, folgte sofort die Bestätigung.

»Wegtreten!«

Mit einem Schlag fuhren die immer noch erhobenen Hände herab, und es begann ein geschäftiges Treiben. Zügig und routiniert machte man sich daran, die Spuren der Anwesenheit zu verwischen: Einer aus der fünfköpfigen Gruppe löschte die Petroleumlampen, die ihnen notdürftig Licht gespendet hatten, und verstaute sie im Schein einer Taschenlampe in einem ausgebeulten Umzugskarton. Ein anderer wuchtete die massive Eichenholzplatte vom Tisch. Auf ihr war ein mächtiger Fäustel, als Symbol für den Thorshammer, über einer angelaufenen Messingplatte angebracht, in die mit altdeutschen Buchstaben »Mjöllnir« eingraviert war. Zwei dreieckige Ösen an einer der Längsseiten zeugten davon, dass die Eichenplatte ursprünglich an einer Wand gehangen haben musste. Im Zurückgehen wäre der junge Mann beinahe mit der Platte in den Händen über einen der zurückgeschobenen Stühle gestürzt.

Odin schüttelte missbilligend den Kopf und wandte sich einem der beiden Männer zu, die abwartend an den mit schwarzer Folie versiegelten Fenstern standen.

»Fertig, Thor?«, fragte er und warf nach einem kurzen Nicken des Angesprochenen noch einmal einen prüfenden Blick in die Runde, bevor er das Kommando »Licht aus!« gab.

Auf einen Schlag erloschen die eben noch emsig durch den Raum tanzenden Lichtstrahlen der Taschenlampen. Ein mechanisches Geräusch durchdrang die Dunkelheit, als die Fenster entriegelt wurden und die im Rahmen eingeklemmte Verdunklungsfolie freigaben.

Das fahle Licht des Mondes flutete den Raum und verlieh den Gesichtern ein wächsernes Aussehen. Ein Luftzug wehte durch die offenen Fenster herein und ließ die beiden Klapptüren, die die Galerie, auf der sie sich befanden, von dem darunter befindlichen Saal trennten, erbärmlich in ihren Scharnieren quietschen.

»Hermanns Geist«, flüsterte Bergelmir. Mit einem breiten Grinsen blickte er in die Runde. Jeder von ihnen trug hier einen Namen aus der nordischen Mythologie. Odin hatte sie ihnen feierlich verliehen, nachdem sie zuvor eine Aufnahmeprüfung hatten bestehen müssen. Bergelmirs Prüfung hatte darin bestanden, auf einer Westerländer Baustelle Zucker in den Tank eines Baggers zu schütten.

Zu der kleinen Gruppe gehörten noch Fjalar und Bergelmirs Bruder Galar. Dieser trat jetzt an das eiserne Geländer der Galerie und blickte ehrfürchtig in den Saal hinunter. Mit siebzehn Jahren war er nicht nur der Jüngste der Gruppe, sondern auch erst seit kurzem dabei. Unsicher sah er sich um.

Der Mond warf ein gespenstisches Licht in den leeren Saal, der dadurch noch unheimlicher wirkte. Die schweren Vorhänge an der großen Fensterfront waren halb heruntergerissen und hinterließen bizarre Schatten auf dem stumpfen Parkett. An den mächtigen Leuchtern, die von der holzgetäfelten Kassettendecke hingen, waberten zarte Schleier von Spinnweben im Luftzug.

»Welcher Hermann?«, fragte Galar.

»Na, Goebbels«, rief Bergelmir und versetzte seinem Bruder eine Kopfnuss. »Hab ich dir doch erklärt. Der Luftwaffenboss.« Verlegen grinste er in Richtung ihres Anführers und zuckte mit den Schultern.

»Schluss jetzt«, rief Odin gereizt. Die Fenster wurden eilends geschlossen, und die Folie verschwand zusammen mit dem Umzugskarton hinter einem dicken Filzvorhang in einer Nische. Odin musterte die Gruppe im Halbdunkel des Raums noch einmal, bevor er mit einer herrischen Kopfbewegung in Richtung Tür deutete.

»Alle raus hier. Und passt auf, dass euch niemand sieht!«

Ohne ein weiteres Wort verließ einer nach dem anderen den Raum. Bis auf Thor.

Odin sah seinen Stellvertreter an.

»Das sind nicht mehr die Jungs von früher«, sagte er mit unverhohlenem Bedauern in der Stimme.

»Wenigstens halten sie uns und unser Anliegen in den Schlagzeilen«, sagte Thor.

»Pff«, schnaubte Odin verächtlich. »Meinst du die lächerlichen Sabotageaktionen auf den Baustellen? So viel haben die auch noch nicht bewirkt. Der Ausverkauf der Insel geht munter weiter. Und bei unseren Dumpfbacken ist es nur noch eine Frage der Zeit, bis einer von ihnen erwischt wird. Nur gut, dass keiner der Burschen unsere wahre Identität kennt.« Odin legte väterlich die Hand auf Thors Schulter. »Es müsste mal was ganz Besonderes passieren. Etwas ganz, ganz Großes …«

Thor nickte skeptisch.

»Nur was? Außerdem schafft etwas Großes auch große Aufmerksamkeit. Vielleicht am Ende zu viel. Wir müssen auch an unsere eigene Sicherheit denken. Eben wegen dieser Dumpfbacken.«

Er hob die Hand und wandte sich zum Gehen.

»Ich muss dann los. Bis morgen.«

In der Tür drehte er sich noch einmal um und sagte mit einem Augenzwinkern: »Dann bin ich aber wieder der Boss!«

⚓

Ein Geräusch aus dem Nebenraum ließ Hans Weyde zusammenzucken. Hatte er etwa vergessen, die Eingangstür hinter Silvia Steinmann abzuschließen? Er rieb sich über die schmerzende Stelle an seinem Unterarm, an der sich inzwischen ein blauer Fleck gebildet hatte. Zum Glück hatte er sich nichts gebrochen, als er in letzter Sekunde ihren Schlag abgewehrt hatte. Er hätte tot sein können, wenn sie ihn mit der Wucht am Kopf getroffen hätte.

Erneut vernahm er dieses klackende Geräusch. Ich muss endlich mal das Schloss reparieren lassen, dachte er. Jeder kleine Windstoß drückte mittlerweile die Tür auf. Und er konnte ja nun wahrhaftig nicht ständig zur Tür springen, um einem Kunden aufzuschließen. Wenn diese Verbrecher von Handwerkern doch nur nicht so unverschämte Preise verlangen würden. Anscheinend waren sie der Auffassung, dass einem auf Sylt pauschal ein saftiger Inselzuschlag zustand.

Nebenan war es wieder still. Also doch nur der Wind, dachte er beruhigt. So konnte er noch schnell das Geld, das er zum Tagesabschluss gezählt hatte, im Tresor verschließen, ehe er nach Hause gehen würde. Weyde legte die beiden letzten Geldbündel, die er noch in seiner Hand hielt, in den Geldschrank. Ein wenig schmerzte ihn der Anblick des knapp um die Hälfte geleerten Fachs. Normalerweise hatte er immer einen sechsstelligen Geldbetrag als Handgeld in seinem Geldschrank. Von dem fehlte jetzt der Betrag, den er Silvia Steinmann für ihr Haus gezahlt hatte. Dennoch lächelte er zufrieden. Schließlich hatte er ihr für den missglückten Angriff satte 20 000 Euro abziehen können. Quasi als Schmerzensgeld. Und damit war sie, wie er fand, mehr als gut weggekommen, jeder andere hätte sie nach so einer Aktion hochkantig rausgeschmissen. Doch warum die goldene Gans schlachten, wenn noch ein lukratives Schnäppchen daran klebte? Bei dem Gedanken an den fetten

Gewinn, der ihn erwartete, lachte sein Herz. Was war dagegen schon ein harmloser blauer Fleck?

Ein lauter Schlag ließ ihn zusammenzucken.

»Dieser verdammte Wind«, fluchte Weyde leise. Was war das nur wieder für ein Sommer? Gut, dass er nicht im Tourismusgeschäft tätig war, da ließ sich dieses Jahr wirklich kein Blumentopf gewinnen. Er verschloss den Tresor, zog den Schlüssel ab und suchte mit gesenktem Kopf an seinem Schlüsselbund nach dem Schlüssel für die Eingangstür, während er langsam nach nebenan ging. Im Türrahmen hielt er kurz inne und tastete nach dem Lichtschalter, als er aus dem Augenwinkel einen Schatten wahrnahm. Erschrocken riss er den Kopf hoch, und im Lichtschein des Tresorraums, wie er den kleinen Nebenraum gerne nannte, erkannte er eine Gestalt, die jetzt unmittelbar vor ihm stand.

»Du?«, fragte er überrascht und ließ erleichtert die Schultern sinken. »Musst du einen so erschrecken?«

Anstelle einer Antwort hob sein Gegenüber den Arm, und zum zweiten Mal an diesem Tag blickte Weyde auf eine Hand, die einen schweren Gegenstand durch die Luft schwang. Diesmal handelte es sich allerdings nicht um einen Briefbeschwerer, sondern um einen vergoldeten Golfpokal, den er erst letztes Jahr bei dem Pfingstturnier des Sylter Golf-Klubs gewonnen hatte. Nicht einmal die Putzfrau durfte ihn berühren, geschweige denn aus der Glasvitrine nehmen.

»Was soll das?«, rief er aufgebracht. »Gib den sofort …«

Odin hatte noch gewartet, bis auch die letzten Schritte im Treppenhaus verklungen waren. Er wollte absolut sicher sein, dass ihm niemand folgte, wenn er zu seinem Auto ging. Bis auf das Ächzen des Dachgebälks über ihm regte sich nichts. Der Wind hatte offenbar noch einmal an Stärke zugenommen. Im schnellen Wechsel der vorwärtsgetriebenen Wolken verdunkelte sich immer wieder das in den Raum einfallende Mondlicht. Vorsichtig tastete er sich zunächst bis zur Tür vor und von dort weiter zur ersten Treppenstufe.

Langsam stieg er die Treppe hinab und schaltete seine Taschenlampe erst ein, als er sicher war, dass ihr Licht von außen nicht mehr entdeckt werden konnte. Im Keller folgte er ohne Eile einem langen Gang, an dessen Ende sich eine schwere Eisentür befand. Um sie zu öffnen, musste er sich mit seinem ganzen Körpergewicht dagegenstemmen.

Frische Seeluft schlug ihm ins Gesicht und verdrängte den muffigen Geruch des alten Kellers, der noch aus dem letzten Krieg stammte und damals als Schutzraum für die Offiziere der in List stationierten Seeflieger gedient hatte.

Odin atmete tief ein und schloss die Tür hinter sich, schob den mächtigen Riegel vor und sicherte ihn zusätzlich mit einem schweren Vorhängeschloss. Schwerfällig stieg er die ausgewaschene Betontreppe hinauf und blickte sich um. Von den anderen war nichts mehr zu sehen. Wenigstens das schienen sie verstanden zu haben, dachte er und schlich nachdenklich auf die Südseite des ehemaligen Offiziersheims, das erhaben auf einer Düne über List thronte. Dort drückte er sich in eine windgeschützte Ecke der riesigen Terrasse, die sich fast über die gesamte Länge des großen Saals erstreckte. Das ausladende Reetdach bot, trotz seiner Höhe, zusätzlichen Schutz. Odin blickte hinaus auf die dunkle See, auf der sich hier und da das Mondlicht spiegelte. In der Ferne zog ein schmaler Lichtstreifen, einem leuchtenden Wurm gleich, durch das Dunkel der Nacht. Er blickte auf seine Uhr. Das musste der letzte Zug vom Festland sein, der sich dort hinten auf dem

Hindenburgdamm der Insel näherte. Ohne den Blick abzuwenden, angelte er eine zerdrückte Zigarettenpackung aus der Jackentasche und zündete sich eine Zigarette an. Er nahm einen tiefen Zug und betrachtete anschließend die flimmernde Glut. Über zehn Jahre hatte er nicht geraucht. Aufgehört hatte er damals, als seine Frau sich immer mehr hatte gehenlassen. Nicht nur, dass sie wie ein Hefekuchen auseinandergegangen war, mit der äußeren Verwandlung war auch eine innere einhergegangen. Ständig schlecht gelaunt, hatte sie keine Gelegenheit ausgelassen, um auf ihm herumzuhacken. Der kleinste Anlass hatte schon gereicht, um diesen Fleischberg, der mal die Frau gewesen war, in die er sich auf den ersten Blick unsterblich verliebt hatte, zum Beben zu bringen. Und dann ewig diese Kippe in ihrem Mundwinkel …

Ihn schauderte. Allein der Gedanke war schon Grund genug dafür, das Rauchen wieder aufzugeben.

Im letzten November war Sabine dann plötzlich umgefallen. Vor dem Frühstück. Vor seine Füße. Ohne Vorankündigung. Mit Zigarette im Mundwinkel.

Er erinnerte sich, wie sie nach dem schweren Schlaganfall auf der Intensivstation der Nordseeklinik gelegen und er das erste Mal seit langer Zeit etwas anderes als Hass für sie empfunden hatte. Die vielen Schläuche, die überall in und aus ihrem Körper führten, hatten tatsächlich Mitleid bei ihm hervorgerufen.

Zu Sabines Beerdigung waren nur wenige Freunde erschienen, und das wohl mehr aus Anstand ihm gegenüber. Während ihrer Metamorphose hatte seine Frau keine Gelegenheit versäumt, auch die treueste Seele letztlich zu vergraulen. An jenem Tag war er dann zu dem ersten Kiosk hinter dem Friedhof gegangen und hatte sich, wie selbstverständlich, eine Packung seiner alten Zigarettenmarke und Streichhölzer gekauft. Einfach so, aus einer plötzlichen Laune heraus. War es das Gefühl der neu gewonnenen Freiheit, das ihn dazu verleitet hatte?

Eine Böe fegte um die Ecke und riss ihn aus seinen Gedanken. Er zupfte den hochgestellten Kragen der Jacke noch etwas dichter zusammen. Sein Blick fiel auf den für Lister Verhältnisse gigantischen Hotelneubau zu seiner Linken, hinter dem der Lister Hafen lag. Noch vor wenigen Jahren hatte man von hier aus freie Sicht gehabt.

Odin nahm einen kräftigen Zug und blies den Rauch verärgert in die Luft. Überall sprießen die Neubauten wie Pilze aus dem Boden, dachte er. Es war teilweise schon erstaunlich, wo immer wieder Baugrund gefunden oder durch Abriss alter Gebäude kurzerhand neuer geschaffen wurde. Wo sollte das nur enden? Wie sollte er mit seiner Gurkentruppe gegen diesen mächtigen und allgegenwärtigen Gegner ankommen? Aber es waren ja nicht nur die Baulöwen, die sich nach und nach die Insel unter den Nagel rissen. Da gab es ja auch noch die Immobilienmakler und Spekulanten, die sich mit dem Verkauf von Ferienwohnungen und Zweitwohnungen eine goldene Nase verdienten und damit den Lebensraum der Sylter Stück für Stück vernichteten.

Odin schüttelte resignierend den Kopf. Manchmal fragte er sich wirklich, warum er nicht einfach alles hinschmiss. Mit jedem Treffen von Mjöllnir festigte sich sein Eindruck, dass die Jugend eigentlich schon genug mit sich selbst zu tun hatte. Er dachte an die vielen tapferen Männer im Alter von Bergelmir, Galar und Fjalar, die früher, in der guten Zeit, als Volkssturm den Amis mit Panzerfäusten die Hölle heißgemacht hatten oder mit den grauen Wölfen auf Tauchfahrt gegangen waren. Bei seinen Jungs musste man hingegen froh sein, wenn sie sich nicht beim Übersteigen eines Bauzauns die Knochen brachen. Falls sie überhaupt über den Zaun kamen. Doch welche Alternativen blieben ihm auf diesem Fleckchen Geest und Sand?

Mit einem Ruck stieß er sich von der Wand ab, nahm noch einen letzten Zug und trat die Kippe sorgfältig aus. Er vergrub die Hände tief in den Taschen seiner Jacke und stakste schwerfällig zurück auf die Nordseite des massiven Backsteinbaus. Von dort führte ein schmaler Holzsteg zur Listlandstraße hinunter, wo er seinen Wagen geparkt hatte.

»Verdammt!«

Der letzte Regenschauer hatte die Bretter des Stegs glitschig wie Schmierseife werden lassen, fast hätte es ihn der Länge nach hingehauen. Nur mit Mühe konnte er sich an dem wackeligen Holzgeländer festhalten. Sein Blick folgte dem noch vor ihm liegenden Weg. Am Fuß der Düne, auf der anderen Straßenseite, hatte er wie gewöhnlich sein Auto auf dem Parkplatz der ehemaligen Inseldiskothek abgestellt. Ihre Glanzzeiten hatte die *Insel* allerdings längst hinter sich gelassen. Heute beherbergten ihre Räumlichkeiten unter anderem die Büroräume eines Immobilienmaklers.

Odin schlitterte vorsichtig auf den glatten Bohlen vorwärts, als er plötzlich eine Gestalt auf dem Parkplatz bemerkte. Sie stand hinter einem kleinen Kombi, der direkt neben seinem Wagen geparkt war, und sah sich um.

Hastig duckte sich Odin hinter einen Syltrosenbusch neben dem Steg. Er hatte sich schon was dabei gedacht, sein Auto stets dort abzustellen. Von hier oben hatte er die Kreuzung Listlandstraße und Dünenstraße immer gut im Blick und konnte so wie jetzt auf unliebsame Überraschungen frühzeitig reagieren.

Odin blickte besorgt zum Himmel. Unermüdlich trieb der Wind die Wolken vor sich her, doch durch die Wolkenlücken brach in regelmäßigen Abständen das Mondlicht.

Trotz seiner Deckung fühlte er sich hier, mitten auf der Düne, wie auf einem Präsentierteller. Vorsichtig reckte er den Hals. Die Straßen waren wie leergefegt, und auch die Gestalt auf dem Parkplatz war plötzlich verschwunden. Dafür stand die Heckklappe des Kombis weit offen.

Merkwürdig, dachte er und versuchte zu ergründen, was dort unten vor sich ging. Die nächste Wolke schob sich vor den Mond, und im gleichen Moment tauchte auch die Gestalt wieder auf. Offenbar hatte sie sich zwischen den Autos geduckt.

»Da will wohl noch jemand unentdeckt bleiben«, sagte Odin leise zu sich selbst. Allmählich machte ihn das seltsame Verhalten der Person, bei der es sich aufgrund der kräftigen Statur vermutlich um einen Mann handelte, neugierig.

Odin beobachtete, wie er jetzt an die geöffnete Heckklappe trat. Er zerrte einen großen Sack, aus dessen oberen Ende etwas Längliches herausragte, an den Rand der Ladefläche, ging kurz in die Hocke und legte ihn sich anschließend umständlich über die Schulter. Tief nach vorne gebeugt, schleppte er ihn mit schweren Schritten zum Haus und verschwand darin.

Odin wechselte mit schmerzverzerrtem Gesicht die Position. Sein rechtes Bein kribbelte heftig und war teilweise schon richtig taub. Ohne das Haus aus den Augen zu lassen, erhob er sich mühsam und streckte Beine und Rücken durch. Ein Tropfen klatschte unversehens auf seine Schulter und sofort darauf der nächste.

»Scheiße«, fluchte er leise und zog eilig den Kragen seiner Jacke zu, als auch schon ein heftiger Regenschauer einsetzte.

Wo blieb der Kerl nur? Odin blickte verärgert auf den Parkplatz hinunter, wo die Heckklappe des Kombis immer noch sperrangelweit offen stand.

Schön, dass du wenigstens im Trockenen bist, dachte er und erschauerte unter dem ersten Rinnsal, das langsam seinen Rücken hinunterlief.

Odin beschloss, die Dunkelheit auszunutzen. Er hatte am Ende des Holzstegs einen Verteilerkasten entdeckt, der ihm eine deutlich bessere Deckung bot. Mit einem Satz sprang er hinter dem Busch hervor, hangelte sich unter dem Geländer durch und schlitterte auf den klitschnassen Holzbohlen, Absatz für Absatz, Stufe für Stufe, den Steg hinab.

Nur wenige Meter trennten ihn noch von seinem Ziel, als plötzlich von links das Licht zweier Scheinwerfer den Regenvorhang durchschnitt und seine Aufmerksamkeit auf sich zogen. Dadurch übersah er den nächsten Absatz, trat ins Leere und stürzte vornüber. Halb rutschend, halb sich überschlagend, landete er schließlich hinter dem Verteilerkasten.

»Scheiße, Scheiße, Scheiße!«

Odin rieb sich mit schmerzverzerrtem Gesicht das rechte Knie, das er sich während seines Sturzes an einer Kante angestoßen hatte. Er blickte dem Auto hinterher, das, ohne die Geschwindigkeit zu vermindern, in Richtung Hafen davonfuhr. Wenigstens hatte der Fahrer ihn nicht gesehen.

In diesem Moment ließ ihn ein dumpfer Schlag aufhorchen. Die Heckklappe des Kombis. Er presste sich mit dem Rücken dicht an den Kasten und lauschte in die Dunkelheit. Ein Motor wurde gestartet. Vorsichtig lugte er um die Ecke seines Verstecks und sah, wie der Kombi rückwärts aus der Parklücke setzte und langsam auf die Straße zurollte. Dort blieb er kurz stehen, bevor der Motor aufheulte und der Wagen mit quietschenden Rädern auf die Listlandstraße einbog. Erst jetzt schaltete der Fahrer das Licht ein und raste nach links in die Dünenstraße.

»NF-HS 77«, murmelte er. Normalerweise merkte er sich nicht gleich jedes Nummernschild, aber irgendetwas stimmte hier nicht.

Schwerfällig zog er sich an dem Verteilerkasten hoch und blickte dem davonrasenden Wagen hinterher. Er vergewisserte sich, dass er nicht erneut von einem Auto überrascht wurde, und humpelte anschließend auf die andere Straßenseite. Auf halbem Weg zu seinem Wagen wechselte er die Richtung. Die Neugier ließ ihn nicht los. Was hatte der Fremde in dem Sack gehabt? Vielleicht konnte er ja hinter den Fenstern des Gebäudes irgendetwas entdecken, das das merkwürdige Verhalten des Mannes erklärte.

Er trat an das Fenster rechts neben der Eingangstür und schirmte die Augen mit beiden Händen gegen den Regen ab. Krampfhaft versuchte er, etwas hinter der nassen Glasscheibe zu erkennen. Ein erneutes Motorengeräusch ließ ihn herumfahren. Diesmal näherte sich ein Wagen aus Richtung Weststrand.

»Verdammt!«, fluchte er und drückte sich in den Rahmen der Eingangstür. War das etwa wieder der mysteriöse Fremde? Brachte er vielleicht noch eine zweite Fuhre seiner seltsamen Fracht? Eng presste er sich gegen die Tür, die daraufhin unvermittelt nachgab. Wild mit den Armen rudernd, stolperte er rücklings in den Raum und stieß heftig mit den Oberschenkeln gegen die Kante eines massiven Tischs.

»Au, verfluchter Mist!« Nun reichte es aber wirklich! Odin sprang zurück und schloss die Tür bis auf einen kleinen Spalt. Durch diesen beobachtete er, wie der Wagen vorbeirauschte und nach rechts in Richtung Westerland davonfuhr.

Erleichtert lehnte er sich mit dem Rücken gegen die Tür und strich sich die nassen Haare aus der Stirn. Er überlegte. Sollte er die Polizei rufen? Offenbar musste der Fremde hier eingebrochen sein, sonst hätte er die Büroräume nicht mitten in der Nacht unverschlossen zurückgelassen. Doch nahmen Einbrecher für gewöhnlich nicht etwas mit, statt es zu bringen? Hatte es sich also bei dem Fremden womöglich um den Makler gehandelt, der nur vergessen hatte, die Tür hinter sich abzuschließen? Ratlos rieb er sich über die schmerzende Stelle an seinem linken Oberschenkel.

Wenn ich schon mal hier bin, will ich auch sehen, was in dem Sack war, dachte er und zog seine Taschenlampe aus der Jackentasche. Er schaltete sie an und ließ den Lichtkegel langsam über den Schreibtisch wandern. Der Klavierlack des ausladenden Möbels reflektierte das grelle Licht der Lampe und blendete ihn. Odin kniff die Augen zusammen und lenkte den Lichtstrahl auf den Besucherstuhl, der vor dem Tisch stand. Im selben Moment zuckte er erschrocken zusammen. Auf dem Stuhl saß, keine zwei Schritte von ihm entfernt, eine Frau. Sie hatte den Oberkörper weit nach vorne gebeugt, und ihr Kopf ruhte auf der Schreibtischplatte. Vorsichtig leuchtete er ihr ins Gesicht. Sie hatte die Augen geschlossen.

»Hallo, Sie«, krächzte er mit belegter Stimme und machte behutsam einen Schritt auf sie zu. Zögernd beugte er sich zu ihr herunter und streckte unsicher die Hand nach ihr aus. In diesem Moment entdeckte er die klaffende Wunde an ihrem Hinterkopf.

2

Mit einem zufriedenen Lächeln lehnte sich Hauke Steinmann gegen den aquagrünen Sprinter und verschränkte die Arme vor der Brust. Niemand hatte heute Morgen Notiz von ihm genommen, als er in aller Herrgottsfrühe den blauen Müllsack in den Altkleidercontainer im Sjipwai geworfen hatte. Normalerweise entsorgte er an dem abgelegenen Platz den Müll, der nicht mehr in seine Tonne passte. Doch heute waren wirklich einmal Kleidungsstücke in dem Sack gewesen, und es hatte eigentlich keinen Grund gegeben, ihn heimlich zu entsorgen. Dass er es trotzdem gemacht hatte, lag daran, dass es sein Aus bedeutet hätte, wenn man ihn mit den Klamotten in Verbindung gebracht hätte. Doch diese Gefahr bestand nun nicht mehr.

»Hauke«, rief eine Stimme von der anderen Seite des Wagens nach ihm. »Nun komm endlich. Wir haben nicht den ganzen Tag Zeit.«

Steinmann stieß sich von dem Wagen ab und verzog das Gesicht.

»Ich komme ja«, sagte er und warf einen prüfenden Blick zum Himmel. Schon den ganzen Morgen trieb der Westwind regenschwere Wolken über die Insel, doch außer einem gelegentlichen Schauer waren sie bisher verschont geblieben. Der angekündigte Dauerregen entlud sich, wie gewöhnlich bei dieser Wetterlage, über dem Festland. Dennoch war es für Mitte Juli eindeutig zu kalt.

Er nahm eine Schaufel von der Ladefläche des Sprinters und folgte seinem Kollegen auf den Kirchhof von St. Martin.

Ihr Chef hatte sie heute nach Morsum geschickt, um die einfriedenden Wälle an der Dorfkirche auszubessern.

Auf seinem Weg über den kleinen Friedhof blieb sein Blick an einem unscheinbaren, efeuumrankten Findling hängen. Steinmann blieb stehen, stützte sich auf die Schaufel und betrachtete nachdenklich den Stein. Vor vielen Jahren war er schon einmal hier gewesen. Und obwohl das nun schon fast auf den Tag genau achtzehn Jahre zurücklag, kam es ihm vor, als sei es erst gestern gewesen, dass er an der Grabstätte dieses Fabian von Schlabrendorff gestanden hatte. Am 20. Juli 1994 war es gewesen. Wie das Datum, so hatten sich auch die Bilder von damals unauslöschlich in sein Gehirn gebrannt. Vier Kameraden, wie sie sich damals bezeichneten, und er hatten sich vor dem Grab versammelt. »Verräter, Verräter!« und »Heil Hitler« hatten sie lauthals in ihrem Alkoholrausch gebrüllt. Immer und immer wieder. Er hatte auch gebrüllt. Einfach so. Aus Kameradschaft. Zum Schluss hatten sie die leeren Flaschen des billigen Fusels, den ihr Anführer ihnen spendiert hatte, auf dem Stein zertrümmert und wild schwankend, Arm in Arm, vor den Scherben gestanden.

Ihr Anführer hatte nicht geschwankt. Er hatte auch nicht getrunken. Dafür hatte er sie auf einmal eilig und mit einem kurzen, anerkennenden Schulterklopfen in den Bully geschoben, mit dem sie gekommen waren. Steinmann konnte sich noch dunkel erinnern, wie er vom Rücksitz aus die blitzenden Blaulichter der anrückenden Polizeiwagen gesehen hatte.

An wessen Grab sie da ihre Parolen geschwungen hatten, hatte er erst am nächsten Tag aus der Zeitung erfahren. Es war irgend so ein berühmter Richter und Widerstandskämpfer gewesen, von dem er noch nie gehört hatte. Er musste irgendwas mit dem Dritten Reich zu tun gehabt haben, so viel wusste er, doch wirklich interessieren tat es ihn bis heute nicht.

»Nun komm endlich! Oder soll ich hier alles alleine machen?«

Aaron Nicolaisens Ruf riss ihn erneut aus seinen Gedanken.

»Von mir aus«, knurrte Steinmann mürrisch und nahm die Schaufel auf. Noch einmal blickte er zu dem Grab zurück. Die Polizei hatte sie in jener Nacht nicht erwischt, ihr Anführer hatte kühlen Kopf bewahrt und war über ein paar Schleichwege den Streifenwagen ausgewichen. Bei seinen Ortskenntnissen hatten die Saisonbeamten keine Chance gehabt.

Ein paar Monate nach ihrem Ausflug zu dem Grabmal hatten seine Kameraden bei einer ihrer Zusammenkünfte erneut »Verräter« gerufen. Anfangs hatte auch Steinmann wieder mitgebrüllt. Einfach so, weil die anderen brüllten. Eben aus Kameradschaft.

Im schummrigen Licht ihres Verstecks, das sich in einem alten Bunker in den Lister Dünen befunden hatte, war ihm eine wesentliche Veränderung erst später aufgefallen: Der große Hammer, der normalerweise in dem fensterlosen Raum auf einer Eichenplatte an der Stirnseite hing, fehlte. Mjöllnir. Thors Hammer. Nach ihm war die kleine Gruppe benannt worden. Mit einem Mal waren die anderen verstummt und hatten ihn angestarrt, als er gerade danach fragen wollte. Und bevor er ein Wort sagen konnte, hatten sie ihn auch schon gepackt und ihm mit Mjöllnir den rechten Arm zertrümmert.

In diesem Moment hatte er seine ganze Stärke, die er in den vorhergehenden Monaten bei Mjöllnir im Kreise seiner Kameraden gefühlt hatte, herausgeschrien. Und als sie ihn kurz darauf im »Urwald« zwischen den Straßen Landwehrdeich und Am Brünk abgelegt hatten, war er wieder der schwache Teenager.

Den nie enden wollenden Wochen im Krankenhaus und in der Reha waren die vielen einsamen Stunden in seinem Zimmer gefolgt. Nachdem er während seines kurzen Zwischenspiels zu Mjöllnir auch den letzten seiner alten Freunde verloren hatte, war er von da an ganz alleine gewesen. Alleine mit den Metallplatten in seinem Arm. Alleine mit seinen Computerspielen.

In dieser Zeit hatte er oft darüber nachgedacht, wie alles wohl verlaufen wäre, wenn sein Vater nicht seine dreckverkrusteten Stiefel gefunden und nach dem Zeitungsbericht über den Vandalismus am Grab Schlabrendorffs eins und eins zusammengezählt hätte. Was, wenn er anschließend nicht im väterlichen Verhör eingeknickt wäre und die Namen der anderen preisgegeben hätte?

»Mensch, Hauke«, rief Nicolaisen ungeduldig. »Was ist denn heute wieder mit dir los? Wäre wirklich schön, wenn wir noch trocken nach Hause kommen würden.«

»Ist ja gut«, sagte Steinmann. »Bin ja schon da!«

»Ich kann das langsam nicht mehr hören«, schimpfte Nicolaisen. »Ich glaube, ich werde heute mal mit dem Chef reden müssen. Kann ja nicht angehen, dass die ganze Arbeit immer an mir hängenbleibt.«

Wortlos trieb Steinmann die Schaufel mit einem kräftigen Tritt in den auszubessernden Friesenwall. Aus dem Augenwinkel blickte er verstohlen zu seinem Kollegen hinüber, der, immer noch schimpfend, einen Findling in den Friesenwall setzte.

Macht doch alle, was ihr wollt, dachte Steinmann. Mich seht ihr hier sowieso nicht mehr lange. Sobald Gras über die Sache gewachsen ist, mach ich mir erst mal ’ne schöne Zeit mit dem ganzen Geld.

3

Ein Päckchen für Benning!«

Robert Benning fuhr erschrocken von seiner Arbeit hoch, in die er so versunken gewesen war, dass er die Schritte des Postboten vor der offenstehenden Haustür glatt überhört hatte.

»Danke«, rief er eilig in den Flur und stand auf. An der Tür angekommen, warf er noch einen Blick in Richtung Straße, doch der Postbote war bereits hinter der dichten Hecke aus Syltrosen, die den Garten zum Gehweg abgrenzte, verschwunden.

Er bückte sich nach dem kleinen Karton, den der Briefträger im Windfang abgelegt hatte. Prüfend wog er ihn in den Händen. Wie merkwürdig leicht er war. Nachdenklich kratzte er sich am Kinn. Er konnte sich nicht erinnern, etwas bestellt zu haben.

Auf der Suche nach einem Absender, der vielleicht einen Hinweis auf den Inhalt geben würde, drehte er den Karton in alle Richtungen. Doch außer seiner Adresse, die in einer ihm unbekannten, krakeligen Handschrift direkt auf die Pappe geschrieben worden war, fand er nichts. Während er zurück ins Esszimmer ging, rüttelte er behutsam an dem Päckchen und hielt es dabei dicht ans Ohr. Auch das brachte keinen Aufschluss.

»Na, dann wollen wir mal sehen«, sagte er laut zu sich selbst und stellte das Päckchen auf den Esstisch. Mit einem kleinen Schälmesser, das er aus der Küche nebenan geholt hatte, schnitt er das Klebeband auf der Oberseite des Kartons der Länge nach auf. Gespannt klappte er die Deckel zur Seite und blickte auf einen zusammengefalteten DIN-A4-Bogen, unter dem ein blauer Plastikbeutel zum Vorschein kam. Neugierig betrachtete Benning zunächst das Blatt. Möglicherweise ein Lieferschein oder eine Rechnung. Er faltete es auseinander und las:

Und wenn der letzte Sylter von der Insel verschwunden und die Erinnerung an ihn zur Legende geworden ist, dann werden diese Gestade übervoll sein von den Toten ihrer Vertreiber. Und bald wimmeln sie von den wiederkehrenden Scharen, die einst dieses Land bevölkerten und es immer noch lieben.

Darunter prangte eine Art Siegel. Es bestand aus einem Kreis, in dessen Mitte die Umrisse Sylts dargestellt waren und dessen Rand den Schriftzug »Rüm hart – klaar kiming« trug. Weites Herz – klarer Horizont. Anfang und Ende des Schriftzugs trennten vier stilisierte Adlerfedern. Zusammen mit der Abbildung eines langen Enterhakens, der hinter dem Kreis von links unten nach rechts oben verlief, erinnerte ihn die Darstellung an ein Indianerschild mit Speer, wie er es aus alten Westernfilmen kannte.

Unwillkürlich musste er an die tragischen Ereignisse der Schlacht am Little Bighorn denken. Als Kind hatte er die Geschichte von General Custer und seinem siebten Kavallerieregiment geradezu verschlungen.

Benning wandte sich wieder dem Schreiben zu. Er kannte dieses Logo und damit auch den Absender. Über die Insianer, ein Aktionsbündnis, das sich gegen den, wie der Vorsitzende Okke Hansen es ausdrückte, »Ausverkauf Sylts« einsetzte, recherchierte er nun seit knapp vier Wochen. Dabei wurden auch seine eigenen Beobachtungen über die besorgniserregende Entwicklung auf dem Sylter Wohnungsmarkt immer wieder bestätigt. Alleine in den letzten fünf Jahren waren die Immobilienpreise um satte fünfzig Prozent gestiegen, während zeitgleich der Anteil an Zweit- und Ferienwohnungen zugenommen hatte. Bezahlbarer Wohnraum für Sylter Bürger war kaum noch zu finden. Selbst Saisonkräfte zahlten teilweise schon über 350 Euro für ganze elf Quadratmeter, und die Miete für eine vierzig Quadratmeter große Wohnung lag gegenwärtig bei gut 800 Euro. Wen wunderte es da, dass die Zahl der Inselflüchtlinge kontinuierlich stieg? Inzwischen pendelte bereits ein Fünftel der Bevölkerung Sylts täglich zwischen Festland und Insel. Dass das nicht ohne Auswirkungen auf die sozialen Strukturen bleiben konnte, war keine Überraschung. Das hatten nun auch die Landespolitiker bemerkt und sich der Angelegenheit angenommen. Und so war seine Chefredakteurin auf den Zug aufgesprungen und hatte ihn mit einem Bericht beauftragt, nachdem er schon einige Artikel zu diesem Thema veröffentlicht hatte.

Benning war gerade mitten in den Vorbereitungen für das erste Interview mit dem Vorsitzenden des Bündnisses, Okke Hansen, gewesen, als der Postbote ihn aufgeschreckt hatte. Demnach konnte es sich bei dem Päckchen nur um das versprochene Infopaket der Insianer handeln.

Er legte das sonderbare Schreiben zur Seite und betrachtete neugierig den Plastikbeutel.

Die haben es aber sehr genau genommen, dachte er. Auch wenn sie bisher nicht gerade einen Top-Sommer gehabt hatten, hielt er diese Art der Verpackung doch für etwas übertrieben. Sie hatten den Beutel sogar mit einem Gefrierbeutelclip verschlossen.

»Na, dann wollen wir uns diesen ›Schatz‹ mal ansehen«, sagte er und machte sich an dem Verschluss zu schaffen. Nachdem er ihn endlich geöffnet hatte, zog er den Beutel behutsam auseinander und beugte sich darüber.

»Uuuh!«

Angewidert wich er zurück und hielt sich die Nase zu. Ein schwerer metallischer Geruch, wie von geronnenem Blut, war ihm aus dem Beutel entgegengeschlagen. Was hatte man ihm denn da geschickt? Das konnte doch unmöglich das Infomaterial sein! War der Beutel verwechselt worden? Aber was, um alles in der Welt, lag da vor ihm?

Er holte tief Luft und bemühte sich, möglichst durch den Mund zu atmen. Mit angehaltenem Atem wandte er sich wieder dem Päckchen zu.

»Mein Gott!«, rief er ungläubig und machte einen Satz zurück. Entsetzt blickte er auf den unscheinbaren Karton, der auf dem Esstisch stand, dann taumelte er rückwärts in den Flur und stürmte von dort in Richtung der Haustür, wo er schwer atmend stehen blieb. Gierig pumpte er frische Luft in seine Lungen und hatte Mühe, sich nicht übergeben zu müssen. Sich mit einer Hand an der Hauswand abstützend, schüttelte er fassungslos den Kopf. Während seiner Zeit als Sanitäter bei der Marine und später als Medizintechniker in der Nordseeklinik hatte er schon einiges gesehen. Sogar an einer Sektion hatte er mal teilgenommen. Aber das …

⚓

Hauptkommissar Hinrichs blickte sich zufrieden in seiner Wohnung um. Eigentlich war nun alles soweit vorbereitet: Der Kühlschrank war leer geräumt und wie alle übrigen Stromfresser ausgesteckt. Darauf achtete er normalerweise nicht so sehr, bei ihm waren viele Geräte im permanenten Stand-by-Modus, aber nicht, wenn es in den Urlaub ging.

Er ging nach nebenan ins Schlafzimmer, wo ein Hartschalenkoffer aufgeklappt auf dem schmalen Bett lag. Im Vorbeigehen griff er nach einem spakigen Kulturbeutel, der auf der Kommode stand, und warf ihn in den abgestoßenen Koffer.

»So, das wäre dann alles«, sagte er und klappte den Deckel zu. Ein lautes, quietschendes Geräusch ließ ihn aufhorchen. Durch das weit geöffnete Fenster sah er einen Autozug, der nur wenige Meter entfernt vorbeifuhr. Gleich würde sich eine neue Ladung Urlauber über die Insel ergießen. Nicht das letzte Mal für heute. Es herrschte unbestreitbar Hochsaison.

Mit einem breiten Grinsen schloss Hinrichs das Fenster und ließ die Jalousie herab. Welch herrliches Gefühl es war, diesem Trubel wenigstens für zwei Wochen entrinnen zu können.

Er wuchtete den Koffer vom Bett und stellte ihn in den Flur. In zwei Stunden ging sein Zug. Also war noch Zeit genug, um in Ruhe zum Bahnhof zu gehen, dort eine Kleinigkeit zu essen und den Urlaub beginnen zu lassen. Er zog sich seine Jacke über und wollte gerade die Wohnung verlassen, als der schrille Retro-Klingelton seines Smartphones ertönte.

Zögernd angelte er das Telefon aus der Hosentasche und blickte auf das Display.

Gott sei Dank nicht die Kollegen, dachte er erleichtert und nahm das Gespräch an.

»Hallo, Robbie! Na, da hast du aber Glück, dass du mich noch erreichst. Bin nämlich schon so gut wie auf'm Sprung. Heute Nachmittag geht's los. Inselhopping!«

»Inselhopping?«, fragte Benning.

»Westerland – Hamburg – Malle. Dem Rummel hier mal für zwei Wochen den Rücken kehren.«

»Auf Malle?«, kam es skeptisch vom anderen Ende der Leitung.

»Last-minute-Schnäppchen«, sagte Hinrichs. »Fast geschenkt. Und einem geschenkten Gaul …«

»Jaja, ich weiß«, unterbrach Benning ihn. »Da gibt es nur ein Problem.«

»Was denn für ein Problem?«

»Ein Päckchen, das hier vor mir auf dem Tisch steht.«

»Was hat denn deine Post mit meinem Urlaub zu tun?«

»Das solltest du dir besser selbst ansehen …«

⚓

»Verdammt«, fluchte Hinrichs. Er richtete sich langsam auf und blickte mit ernster Miene zu Benning, der ihn vom Flur aus beobachtete. »Wer zum Teufel schickt dir einen Skalp?«

»Das wüsste ich auch gerne«, antwortete Benning.

»Das ist wirklich ein Problem«, sagte Hinrichs. »Damit kann ich meinen Urlaub wohl vergessen. Vielen Dank auch.«

Er trat neben ihn und riss sich mit einer verärgerten Geste die Latexhandschuhe von den Händen.

»Ich hätte mir weiß Gott auch einen schöneren Tagesbeginn vorstellen können«, sagte Benning beim Anblick der blutigen Kopfhaut mit den verkrusteten Haaren.

»Jaja«, sagte Hinrichs sichtlich verstimmt und schüttelte den Kopf. »Aber warum immer ich?«

»Nun lass deinen Ärger nicht an mir aus«, sagte Benning. »Du musst doch einen Vertreter haben. Was ist denn mit dem?«

»Fuchs? In so einem Fall?« Hinrichs sah ihn spöttisch an. »Vergiss es. Was meinst du, welche Überredungskünste ich in Husum anwenden musste, um überhaupt zu dieser Zeit wegzukönnen.«

»Aber Fuchs ist doch …«

»Was ist mit mir?«

Von beiden unbemerkt, hatte Oberkommissar Helge Fuchs sich ihnen mit einem schwarzen Pilotenkoffer in der Hand von hinten genähert und sah sie jetzt abwechselnd an.

»Schon gut, Helge«, sagte Hinrichs und fügte rasch hinzu: »Ich wollte nur wissen, wo du bist.«

Fuchs hob den Koffer. »Ich habe den hier aus dem Auto geholt. Das hatte ich dir aber gesagt.« Vorwurfsvoll blickte er Hinrichs für einen kurzen Moment an, bevor er fortfuhr: »Wenn ich dann mal vorbeidürfte?«

Hinrichs und Benning traten in dem schmalen Flur so weit auseinander, wie es ging, und Fuchs drängelte sich diensteifrig zwischen ihnen hindurch. Er stellte den Koffer vor dem Esszimmertisch ab, streifte sich Latexhandschuhe über und zupfte sie zurecht.

»Und Sie haben nichts weiter angefasst?«, fragte er Benning mit wichtiger Miene.

»Nein, ich habe nur den Karton geöffnet, das beiliegende Schreiben gelesen und dann den Beutel aufgemacht.«

»Also dann brauche ich zur Auswertung der Fingerspuren schon einmal Vergleichsproben von Ihnen.«

»Tut mir schrecklich leid«, sagte Benning und blickte kurz zu Hinrichs, der daraufhin lediglich mit den Achseln zuckte. »Normalerweise trage ich immer Handschuhe, wenn ich in meiner Wohnung bin. Vor allen Dingen, wenn ich die Post öffne.«

»Ihre Ironie können Sie sich sparen«, unterbrach Fuchs ihn und warf ihm einen verärgerten Blick zu. »Ich mache hier auch nur meine Arbeit.« Er drehte sich wieder um und öffnete den Koffer, aus dem er ein paar Plastikbeutel herausnahm.

»So viel zum Thema Vertretung«, raunte Hinrichs, bevor er in Fuchs' Richtung rief: »Bring mir doch mal das Bekennerschreiben, Helge.«

Fuchs nahm einen durchsichtigen Asservatenbeutel und schob das Blatt, das noch neben dem Karton auf dem Tisch gelegen hatte, sorgfältig hinein.

Wenn du wüsstest, dass ich das nicht nur angefasst, sondern auch kopiert habe, dachte Benning schmunzelnd. Fuchs hielt Hinrichs den Beutel am ausgestreckten Arm entgegen.

»Hier«, sagte er knapp.

»Schon wieder diese Insianer«, sagte Hinrichs und wies auf das Logo am Ende des Blatts. »Erst diese Schmierereien und Sachbeschädigungen, und jetzt auch noch das.« Verärgert schlug er mit der flachen Hand auf das eingetütete Stück Papier.

Benning nickte. Immer wieder war das Logo in den letzten Monaten irgendwo auf der Insel aufgetaucht, vorzugsweise an Bauzäunen oder an Bauruinen, die neuen Ferienwohnungen Platz machen sollten. In der letzten Zeit hatten sich die Aktivitäten besonders auf den ehemaligen Fliegerhorst in Westerland konzentriert. Über dessen weitere Nutzung als Fläche für die Schaffung von bezahlbarem Wohnraum wurde in der Öffentlichkeit zunehmend heftiger und kontroverser diskutiert. Auch ein Aspekt, den er sich als Frage für das morgige Interview mit Okke Hansen notiert hatte.

»Und dann überall dieses ›Rüm hart – klaar kiming‹«, fuhr Hinrichs fort. »Wenn ich das schon höre. Sind die alten Walfängerkapitäne etwa wieder auferstanden? Aber jetzt kriegen wir sie an den Hacken, das schwör ich dir. Jetzt sind sie zu weit gegangen.«

Er wies mit dem Kopf in Richtung des Päckchens auf dem Esszimmertisch, an dem Fuchs sich gerade zu schaffen machte. »Der Besitzer der Haarpracht dort hat diese sicher nicht freiwillig hergegeben. Wir müssen also von einem Tötungsdelikt ausgehen, und da hört der Spaß endgültig auf.«

»Bisher konntet ihr den Insianern nie etwas nachweisen«, erwiderte Benning. »Das Logo kann schließlich jeder an die Zäune geschmiert haben. Außerdem kann man eine Skalpierung auch durchaus überleben. Ich habe da mal von einem Fall gehört …«

»Ach ja? Und weil man die Haare nun nicht mehr braucht, verschickt man sie mit der Post.«

»Jetzt übertreib mal nicht gleich«, sagte Benning. »Ich meinte ja nur, dass nicht zwangsläufig ein Tötungsdelikt dahinterstecken muss.«

»Meinen Sie nicht auch, dass wir schon längst davon gehört hätten, wenn es hier nur um eine Verletzung gegangen wäre?«, fragte Fuchs aus dem Esszimmer. »Wahrscheinlich hätte man uns sogar gebeten, bei der Suche nach dem abgerissenen Teil zu helfen. Schließlich kann man so was ja wieder annähen.«

»Du hast ja grundsätzlich recht«, sagte Hinrichs leise zu Benning, bevor er in Richtung Fuchs rief: »Trotzdem werden wir mal der Form halber in der Nordseeklinik und beim Rettungsdienst nachfragen. Stimmt's, Helge? Wir wollen uns ja hinterher nicht vorwerfen lassen, dass wir schlampig ermittelt hätten.«

Fuchs nickte wortlos, während er das Päckchen in einen großen Asservatenbeutel schob.

»Meinst du wirklich, dass die Insianer dahinterstecken?«, fragte Benning. »Schließlich kommt so eine brutale Aktion ihren Zielen nicht gerade zugute. Sie verschafft zwar Aufmerksamkeit, aber weniger auf ihr eigentliches Anliegen. Soweit ich weiß, sind inzwischen auch einige Politiker und angesehene Geschäftsleute bei denen engagiert.«

»Was ich meine, ist erst mal nicht wichtig. Wir haben dieses Schreiben und ein paar Haare, zu denen uns noch der Besitzer fehlt. Und im Moment weist nun mal alles auf die Insianer. So sieht es aus.«

»Trotzdem kann ich es mir einfach nicht vorstellen. Ich beschäftige mich nun schon einige Zeit mit der Gruppe. Auch die Farbschmierereien passen irgendwie nicht zu ihnen. Vielleicht versucht ja irgendjemand, ihnen das alles in die Schuhe zu schieben. Vielleicht jemand, der weiter an dem häppchenweisen Verkauf der Insel verdienen will ...«

»Wenn wir schon beim Spekulieren sind, vielleicht gibt es auch eine militante Splittergruppe«, sagte Hinrichs. »Oder einen Trittbrettfahrer oder, oder, oder ... Aber das hilft uns nicht weiter. Wir brauchen Fakten.«

»Ich kann ja mal Okke Hansen auf den Zahn fühlen, wir haben nämlich morgen einen Interviewtermin. Vielleicht hat der ja einen Verdacht, wer –«

»Untersteh dich«, unterbrach Hinrichs ihn scharf. »Das herauszufinden, ist zunächst mal unsere Sache.«

»Genau«, stimmte Fuchs zu. »Darf ich mal?« Er hatte inzwischen seine Arbeit beendet und drängte sich nun, den Koffer in der einen und den großen Asservatenbeutel, in dem das Päckchen mit seinem grausigen Inhalt gelandet war, in der anderen Hand, an ihnen vorbei. An der Haustür drehte er sich noch einmal um. »Ich bin dann schon mal beim Wagen.«

Hinrichs wartete, bis er verschwunden war. Erst dann wandte er sich mit einem eindringlichen und unmissverständlichen Blick seinem Freund zu.

»Und du, Robbie, hältst bitte die Füße still!«

»Willst du mir jetzt das Interview verbieten?« Benning sah ihn trotzig an.

»Du weißt genau, dass ich das weder kann noch will.« Er machte eine kurze Pause, bevor er fortfuhr: »Du hast doch sicher schon alles für das Interview vorbereitet, oder?«

»Natürlich!«

»Und kommt da irgendwo etwas von einem skalpierten Menschen vor?«

»Nein, natürlich nicht!«

»Dann lass es einfach so. Aber …«, er hob warnend den Finger, »… wenn du dich gegenüber Okke Hansen verplapperst und nur das Geringste von dem hier erzählst, dann kriegen wir zwei mächtigen Ärger. Außerdem wäre ich dir sehr verbunden, wenn du die Ereignisse von heute auch erst mal aus der Zeitung rauslässt. Zumindest, bis wir ein paar konkretere Hinweise haben. Ich melde mich dann spätestens morgen wegen der Pressemitteilung bei dir. Wir regeln das wie immer, oder? Du wirst doch sicherlich darüber schreiben?«

»Davon gehe ich stark aus«, sagte Benning. »Die Ingwersen kennt ja unser gutes Verhältnis. Da mach dir mal keine Sorgen.«

4

Kommt gar nicht in Frage!«, rief Silke Ingwersen. »Noch einmal lasse ich dich nicht auf einen Mörder los.« Bereits seit einer guten Viertelstunde versuchte Benning alles, um sie umzustimmen. Er war jetzt kurz davor, das spürte er.

»Warum, Robbie? Bist du dir wirklich sicher?«, hakte Silke Ingwersen nach. Ein Restzweifel schwang immer noch in ihrer Frage mit.

»Ja, bin ich«, antwortete Benning. Er begegnete ihr mit festem Blick. Natürlich würde er niemals die schrecklichen Ereignisse von vor drei Jahren vergessen. Jene Geschehnisse, die mit einer einfachen Berichterstattung begonnen hatten und bei denen es zum Schluss um Leben und Tod gegangen war. Auf seltsame und unvorhersehbare Weise hatte sich der Mord an einer jungen Urlauberin mit seiner eigenen Vergangenheit verflochten. Er hatte sich damals auf einmal inmitten einer tödlichen Geschichte befunden, über die er eigentlich nur berichten sollte. Nur in allerletzter Sekunde hatte er den Tod eines geliebten Menschen verhindern können. Und dieses Gefühl eines furchtbaren Unglücks in seiner unmittelbaren Nähe hatte er auch heute Morgen wieder gespürt, nachdem er den grausigen Inhalt des Päckchens entdeckt hatte.

Seine Chefredakteurin kannte ihn bereits seit vielen Jahren und wusste, was damals passiert war.

»Es ist wirklich kein Problem, Silke«, sagte er. »Du musst dir wirklich keine Sorgen machen. Du kriegst eine Topstory von mir, sobald ich alles mit Hinrichs geklärt habe. Und mit der alten Geschichte habe ich abgeschlossen. Der Killer kann niemandem mehr weh tun. Alles ist gut.«

Silke Ingwersen sah ihn immer noch unschlüssig an. Sie war es gewesen, die ihn damals auf den Mord am Weststrand angesetzt hatte. Benning wusste, dass sie sich einige Zeit lang Vorwürfe gemacht hatte. Aber niemand hatte seinerzeit ahnen können, welche Wendung die Geschichte nehmen würde.

»Ich weiß nicht …«, sagte sie.

»Aber Silke. Es hat doch absolut keinen Sinn, wenn ich weiter an dem Artikel über die Insianer arbeite und gleichzeitig Brodersen in der Skalpgeschichte recherchiert. Im Moment geht die Polizei davon aus, dass es eine Verbindung zu den Insianern gibt. Das heißt, Brodersen und ich würden uns nur gegenseitig auf die Füße treten.« Benning sah sie mit hochgezogenen Augenbrauen an. »Und vergiss bitte nicht, dass Hinrichs und Brodersen überhaupt nicht miteinander können.«

Er musterte sie jetzt eindringlich. Seinem letzten Argument konnte sie eigentlich nichts mehr entgegensetzen. Brodersen, ein aktiver Atomkraftgegner der ersten Stunde, war seit seiner Teilnahme an der »Schlacht von Brokdorf« nicht gerade gut auf die Polizei zu sprechen. Und das zeigte er, wo immer sich ihm die Gelegenheit bot. Aus diesem Grund erhielt Benning, obwohl er nur als freier Journalist für die *Sylter Zeitung* schrieb, grundsätzlich alle Aufträge, bei denen es auf eine gute Zusammenarbeit mit der Polizei ankam.

»Außerdem …«, sagte er und verschränkte die Arme vor der Brust, »… stecke ich sowieso mittendrin. Schließlich wurde das Päckchen an mich geschickt, und das sicher nicht zufällig.«

»Schon gut, schon gut!« Silke Ingwersen hob abwehrend die Hände. »Du kriegst die Story. Versprich mir aber, dass du sofort Bescheid sagst, wenn es Probleme gibt.«

»Natürlich«, sagte er und lächelte sie dankbar an. »Versprochen. Großes Indianerehrenwort.«

Benning verließ gerade die Redaktionsräume in der Andreas-Dirks-Straße, als er vom böigen Wind, der hier zwischen den Hochhäusern hindurchfegte, empfangen wurde. Fröstelnd hob er die Schultern und zog den Reißverschluss seiner abgegriffenen Lederjacke ein Stückchen höher. Er angelte mit der rechten Hand sein Smartphone aus der Hosentasche, um auf die Uhr zu sehen. Kurz vor zwölf. Um diese Zeit hatte Gunda normalerweise ihre Mittagspause. Vielleicht hätte sie ja Lust, diese mit ihm zu verbringen. Die Villa Meeresrauschen lag gleich um die Ecke. Nach den Ereignissen des Vormittags würden ihm ein paar Minuten Normalität guttun.

Tiefschwarze Wolken türmten sich hinter den Häusern der Friedrichstraße auf und trieben die ersten Urlauber in die Geborgenheit von Geschäften und Gaststätten. Benning stemmte sich gegen den kräftigen Westwind. Es kam ihm fast so vor, als wolle dieser ihn mit aller Macht von seinem Ziel fernhalten.

»Hey, Robbie, was machst du denn hier?«

Verwundert richtete Benning sich auf und blickte in die Richtung, aus der er die Stimme gehört hatte. Auf halbem Weg zur Villa Meeresrauschen kam Gunda ihm entgegen und winkte ihm freudig zu. Der Wind, eben noch ein fast übermächtiger Gegner, schien sich auf einmal auf seine Seite geschlagen zu haben: Mit kleinen, aber kräftigen Böen schubste er Gunda auf ihn zu und direkt in seine ausgebreiteten Arme.

»Nicht so stürmisch«, sagte er lachend und gab ihr einen Kuss auf die Wange. »Schön, dass ich dich hier treffe. Ich komme nämlich gerade aus der Redaktion und dachte mir, dass wir vielleicht deine Mittagspause zusammen verbringen könnten.«

»Das ist ja lieb«, sagte Gunda und lächelte ihn unter dem Rand ihrer Kapuze an. »Wollen wir eben zu Leysieffer rüber?«

»Gerne«, antwortete er.

»Dann lass uns schnell los. Ich habe nämlich nur 'ne knappe halbe Stunde.« Sie hakte sich bei ihm unter und zog ihn unternehmungslustig mit sich. Vorbei an den gläsernen Reklamekästen, die unzählige Immobilienangebote präsentierten, eilten sie die Fußgängerzone hinauf. Benning registrierte heute nur beiläufig die Angebote, die von der Eigentumswohnung in einem Hochhaus mit Dachterrasse und Meerblick für eine halbe Million bis hin zur Reetdachvilla in Kampen für 6,2 Millionen reichten. Gewöhnlich blieb er gerne an den Kästen stehen und staunte über diesen schier unerschöpflichen Bestand an Luxusimmobilien, den es nun schon seit Jahrzehnten gab. Und das auf einer Insel, die Jahr für Jahr, Sturm für Sturm ein Stückchen kleiner wurde.

Vor dem Bistro, dessen weißer Turm weltweit durch ein Video der *Ärzte*, die sich selbst als beste Band der Welt bezeichneten, bekannt war, blieben sie stehen. Benning blickte prüfend zum Himmel. Die dunklen Wolken waren inzwischen über sie hinweggezogen, und der erwartete Regenguss war ausgeblieben.

»Lass uns gleich hier bleiben«, sagte Gunda und wies auf einen der Stehtische, der windgeschützt in einer Nische stand. »Drinnen werden wir jetzt sicher keinen Platz finden.«

Benning nickte.

»Möchtest du auch was essen?«, fragte er. »Ich hole uns schnell was.«

»Nix da!« Sie hob abwehrend die Hände. »Du bleibst mal schön hier und hältst uns das Plätzchen frei. Ich weiß nämlich noch gar nicht, was ich haben will. Da muss ich erst mal gucken. Und du? Was soll ich dir mitbringen?«

»Für mich nur einen Latte. Ich esse nachher in Ruhe zu Hause.«

»Gut. Bin gleich wieder da.«

Benning blickte ihr mit einem Lächeln hinterher. So war sie, seine Gunda. Wenn sie unter Zeitdruck stand, gab es keine großen Diskussionen, alles ging ratzfatz. Das kannte er schon und ließ sie einfach gewähren. Er revanchierte sich dafür in den ruhigen Momenten. Dann war es Gunda, die sich auch gerne mal verwöhnen ließ. Sie verstanden sich einfach, auch ohne große Worte, und hatten für sich eine Form des Zusammenlebens gefunden, in der sie gerne zusammen waren, es aber nicht mussten. Jeder hatte sein eigenes Leben und seine Freiheit. Alles schien so leicht und perfekt zu sein, wenn da nur nicht dieses Gefühl tief in seinem Inneren nagen würde. Ein Gefühl, das ganz viel mit Gunda zu tun hatte, von dem sie allerdings nichts wusste.

Vor drei Jahren hatte er das erste Mal diese Veränderung gespürt, kurz vor jenen furchtbaren Erlebnissen, die ihrer beider Leben komplett auf den Kopf gestellt hatten. Er, der väterliche Freund, der für sie nach dem Tod ihres Vaters eine Art Vormundschaft übernommen hatte, ausgerechnet er hatte sich in sie verliebt. Lange hatte es gedauert, bis er endlich ehrlich zu sich selbst gewesen war und sich seine Gefühle eingestanden hatte. Und es schlugen immer noch zwei Herzen in seiner Brust. Doch seine Verpflichtung, die er einst gegenüber ihren Eltern eingegangen war, hinderte ihn daran, seinen Gefühlen freien Lauf zu lassen.

»Und, viel zu tun?«

Benning fuhr hoch. Er hatte gar nicht mitbekommen, dass Gunda schon wieder hinter ihm stand. Sie stellte einen riesigen Salatteller auf den Tisch und sah ihn fragend an. »Wo warst du gerade mit deinen Gedanken? Unsere Getränke kommen auch gleich.«

Benning nickte und rückte ihr einen Barhocker zurecht.

»Der Artikel über die Insianer«, sagte er knapp. »Ich bin mir noch nicht ganz sicher, ob ich wirklich alles zusammenhabe, was ich morgen mit Okke Hansen besprechen möchte.«

»Ach ja«, sagte sie und knabberte genüsslich an einem Scampi. »Du hast ja morgen dieses Interview.«

»Genau, deswegen war ich eben noch mal in der Redaktion.«

»Latte macchiato?« Die Bedienung war an ihren Tisch getreten und blickte ihn fragend an.

»Für mich, danke.«

»Darf ich dann auch gleich abkassieren?«, fragte sie, während sie die Getränke abstellte. »Das wären zusammen 15,80.«

Benning nickte. Er angelte, noch ehe Gunda zum Protest ansetzen konnte, einen 20-Euro-Schein aus der Tasche und hielt ihn der Bedienung hin. »Achtzehn.«

Die Kellnerin bedankte sich und reichte ihm das Wechselgeld, ehe sie sich wieder fröstelnd in die Wärme des Bistros zurückzog.

»Das sollst du nicht immer machen«, sagte Gunda. »Ich kann auf eigenen Beinen stehen und mein Essen selbst bezahlen.«

Benning nippte kurz an seinem Latte macchiato.

»Das weiß ich doch«, sagte er mit milder Stimme. »Du darfst mich dann das nächste Mal einladen.«

»Ich nehme dich beim Wort«, sagte Gunda und versuchte, eine widerspenstige Cocktailtomate mit der Gabel aufzuspießen. Dabei rutschte der Ärmel ihres Anoraks ein Stückchen hoch, und das Tattoo an ihrem Handgelenk wurde sichtbar. *Confianza* stand dort in kleinen, geschwungenen Buchstaben. Confianza – Vertrauen. Gunda hatte es sich vor einiger Zeit in

Hamburg stechen lassen. »Damit ich die hässliche Narbe nicht mehr sehen muss«, hatte sie ihm erklärt. Benning wusste nur zu gut, dass es nicht die Narbe war, die sie störte, so eitel war sie eigentlich nicht. Es war die Erinnerung an denjenigen, dem sie diese Narbe zu verdanken hatte. Niemals würde Gunda Peter Bens vergessen können, den Mann, dem sie ihre Liebe und ihr Vertrauen geschenkt und der sie fast umgebracht hatte. Auch wenn Gunda das nie so ausgesprochen hatte, er wusste, dass es so war.

Gunda hatte seinen Blick offenbar bemerkt, verstohlen zog sie den Ärmel wieder ein Stück hinunter und schob dann den Teller beiseite.

»Was ist mit unserem Ründchen nachher?«, fragte sie und reckte sich auf ihrem Hocker. »Ich glaube, das werde ich heute gut gebrauchen können, ich spüre jeden Knochen. Und übermorgen ist auch noch großer Gästewechsel: die Reste aus Hamburg und Brandenburg.«

»Du Arme«, sagte Benning und streichelte ihr mit gespieltem Mitleid über die Wange. »Ich bedaure dich auch mal, wenn ich Zeit habe.«

Sein herausforderndes Grinsen quittierte sie sogleich mit einem Klaps auf seine Schulter.

»Ach, du«, sagte sie. »Was hast du denn heute schon geleistet? Wahrscheinlich hat der Herr wieder bis neun im Bett gelegen, hat gemütlich gefrühstückt und sich dann in aller Ruhe an den Computer gesetzt.«

»Von wegen. Nach Frühstück war mir heute nämlich gar nicht. Wenn du wüsstest, was heute in der Post gewesen …« Er stockte. Fast hätte er sich verplappert.

»So, was war denn so Schlimmes in der Post, dass es dir den Appetit verschlagen hat?« Neugierig sah Gunda ihn an. »Wieder 'ne Steuernachzahlung?«

»Du kannst wohl Gedanken lesen«, sagte er erleichtert, hatte sie ihm doch damit eine Steilvorlage für eine Ausrede geliefert. »Diese ewigen Voraus- und Nachzahlungen sind mir langsam ein Graus. Vielleicht sollte ich meine Selbständigkeit wieder aufgeben.«

Gunda lachte lauthals.

»Und wieder einem geregelten Job als Medizintechniker in der Nordseeklinik nachgehen? Das machst du niemals! Nach all den Jahren. Außerdem, wer nimmt dich denn noch? In deinem Alter?«

»Na, nun werd mal nicht frech.« Er hob mahnend den Finger und versuchte, so gut es ging, ernsthaft zu gucken. »Schließlich gehört man mit fünfzig noch lange nicht zum alten Eisen. Immerhin laufe ich dir immer noch weg.«

»Apropos«, sagte Gunda. »Du hast meine Frage noch nicht beantwortet. Was ist nun mit Laufen?«

»Sobald du da bist, geht's los. Dann werden wir ja sehen.«

5

Der dunkelblaue Passat fuhr langsam die Hafenstraße hinauf und hielt vor einem blau-weißen Schwedenhaus.

»Da wären wir mal wieder«, sagte Hauptkommissar Hinrichs und warf Fuchs, der mit einem kräftigen Ruck die Handbremse anzog, einen vielsagenden Blick zu. »Mal sehen, was der Herr Hansen uns heute so auftischt.« Umständlich schälte er sich aus dem Beifahrersitz und warf mit Schwung die Autotür ins Schloss. Mit zusammengekniffenen Augen blinzelte er zu dem Mast, der vor dem Haus stand und an dessen Ende eine Fahne im Wind flatterte. Auf blauem Grund trug sie die weißen Umrisse einer Teekanne und den Schriftzug »Tee in Lee«.

Hinrichs schmunzelte. Tee in Luv wäre heute passender, dachte er und blickte in Richtung des Deichs, hinter dem das Rantumer Becken lag. Es roch nach Meer und Schlick.

»Wollen wir?«, fragte Fuchs, der inzwischen den Wagen abgeschlossen hatte und mit einem Fuß bereits auf der ersten Stufe der Treppe stand, die zu der schmalen Holzveranda des Schwedenhauses hinaufführte.

Hinrichs schüttelte den Kopf.

»Da wirst du jetzt kein Glück haben«, sagte er. »Mittagspause! Wir müssen hier lang.«

Mit einer kurzen Kopfbewegung wies er in Richtung eines niedrigen Gartentors, hinter dem ein gepflasterter Weg rechts am Haus vorbeiführte.

Okke Hansen besaß drei kleine Teeläden auf der Insel, in denen eine Vielzahl unterschiedlichster Teesorten, kleine Tee-

Accessoires sowie Kandis und Teegebäck angeboten wurden. Ein Laden befand sich in Westerland, einer in Keitum und einer hier in seinem Wohnhaus in Rantum.

»Ach so«, sagte Fuchs achselzuckend und folgte seinem Chef mit kurzen, schnellen Schritten zur Nordseite des Hauses.

Hinrichs erwartete ihn bereits an der Seitentür, die zu Hansens Wohnung führte. Gerade wollte er auf den Klingelknopf drücken, als sich die Tür auch schon öffnete.

»Moin, die Herren!«

Lässig lehnte Okke Hansen in der halb geöffneten Tür und blickte sie an.

»Hab Sie schon kommen sehen, Herr Kommissar«, sagte er zu Hinrichs. »Was verschafft mir schon wieder die Ehre? Hat mal wieder jemand einen Bauzaun mit unserem Logo verziert?«

»Vielleicht können wir das drinnen besprechen«, antwortete Hinrichs und machte einen Schritt auf Hansen zu. »Das ist mein Kollege Oberkommissar Fuchs. Wir dürfen doch?«

»Selbstverständlich«, sagte Hansen und stieß die Tür ganz auf. »Fühlen Sie sich wie zu Hause. Sie kennen sich ja aus.«

Er schloss die Tür hinter den Beamten und folgte ihnen in die Wohnküche.

»Nehmen Sie doch Platz«, sagte er und wies mit einer einladenden Geste auf die Sitzecke im hinteren Bereich der Küche, während er sich am Herd zu schaffen machte.

»Ist es jetzt das achte oder neunte Mal, dass Sie mir Ihre Aufwartung machen?« Er warf Hinrichs einen fragenden Blick zu.

Ohne auf die Frage einzugehen, nahm Hinrichs an der Stirnseite des Tischs Platz, während sich Fuchs auf die Bank neben ihn zwängte.

»Na, raus mit der Sprache«, sagte Hansen und nahm zwei Becher aus einem der Küchenschränke. »Was gibt's denn diesmal? Wieder ein abgefackelter Bauwagen oder vielleicht ein sabotierter Kran, wie beim letzten Mal?«

Mit den Bechern und einer Teekanne in Friesisch-Blau, deren Bauch ein langer dunkler Riss zierte, trat er an den Tisch und blickte fragend in die Runde.

»Nichts davon«, sagte Hinrichs knapp und blickte auf die Teekanne, die er schon von seinem letzten Besuch kannte. Wieder lugte ein fleckiger Papierfilter unter dem mehrfach geklebten Deckel hervor und ließ ihn erschauern. Und auch die dunkelbraune Patina, die aus sämtlichen Öffnungen der Kanne zu kriechen schien, machte alles andere als einen appetitlichen Eindruck.

»Tee?«

Hansen schaute sie fragend an.

»Gerne«, rief Fuchs, der ein leidenschaftlicher Teetrinker war und dessen Becher im Büro nicht viel besser aussah als Hansens Teekanne.

»Eigentlich sind wir nicht zur Teestunde hier«, sagte Hinrichs und warf Fuchs einen missbilligenden Blick zu.

»Für mich doch lieber nicht«, sagte Fuchs daraufhin hastig und lächelte verlegen.

Hansen zuckte nur mit den Schultern und stellte die Becher zur Seite, bevor er seinen eigenen füllte. Die Kanne stellte er auf den Tisch und setzte sich gegenüber von Fuchs auf einen Stuhl.

»Wissen Sie, Herr Kommissar«, sagte er und sah ihn leicht von unten an. »Sie verschwenden wirklich Ihre Zeit mit Ihren ewigen Besuchen. Ich kann nur wiederholen, was ich Ihnen schon beim letzten Mal gesagt habe: Die Insianer haben mit den Vorfällen auf den Baustellen nichts zu tun. So etwas ist nicht unsere Art des Protests.«

Er nahm zwei Kluntjes aus der Zuckerdose, die neben einem überfüllten Plastikaschenbecher vor ihm auf dem Tisch stand, und warf sie so schwungvoll in seinen Becher, dass einige Tropfen Tee auf die geblümte Wachstischdecke spritzten. Sofort wischte er sie mit dem Ärmel seines ausgeblichenen blauen Marinehemds weg und trank einen Schluck.

»Kommt Ihnen das hier bekannt vor?«, fragte Hinrichs und hielt Hansen eine Kopie des Bekennerschreibens unter die Nase, die er aus der Innentasche seiner ausgebeulten Schimanski-Jacke gezogen hatte.

Mit einer gelangweilten Geste nahm Hansen das Blatt entgegen und begann zu lesen. Hinrichs musterte ihn dabei aufmerksam. Okke Hansen, ein drahtiger Anfangvierziger, dessen lockiges, schulterlanges Haar von einem dünnen Stirnband zusammengehalten wurde, war ein begeisterter Surfer. Wie Hinrichs außerdem wusste, führte er neben seinem Teegeschäft auch noch Angelfahrten durch. Die vielen Stunden an und auf der See hatten sich tief in seine anscheinend immer braungebrannte Haut gegraben. In seinem schmalen Gesicht blitzten zwei wache, tiefbraune Augen, deren Blick ihn just in diesem Moment traf.

»Was ist das für'n Stuss?«, fragte Hansen und ließ das Blatt langsam sinken.

»Wir dachten eigentlich, dass Sie uns das erklären können«, sagte Fuchs und beugte sich etwas vor. »Schließlich ist das doch Ihr Logo, oder?«

Hansen nickte.

»Trotzdem seh ich das hier zum ersten Mal. So etwas gibt's bei uns nicht, das können Sie mir glauben. Ich achte sehr genau darauf, was unter unserem Briefkopf rausgeht. Und so ein mystischer Kram ganz sicher nicht. Wir liefern Fakten und keinen Hokuspokus.«

Er schlug mit der flachen Hand an das Blatt und zitierte: »›…wimmeln sie von den wiederkehrenden Scharen, die einst dieses Land bevölkerten …‹ Wer denkt sich denn so'n Mist aus?«

Kopfschüttelnd warf er das Blatt vor Hinrichs auf den Tisch.

»Wir arbeiten, wie Sie vielleicht bemerkt hätten, wenn Sie sich etwas genauer mit uns auseinandergesetzt hätten, ein wenig seriöser. Und ganz sicher nicht mit solchen nichtssagenden Pamphleten.«

Hinrichs schmunzelte insgeheim, während er verstohlen Hansens zerschlissene Jeans und das ausgeblichene Marinehemd mit dem speckigen Kragen betrachtete. So sieht also Seriosität aus, dachte er.

»Und die Graffiti an den Bauzäunen?«, fragte Fuchs. »Wie bezeichnen Sie die? Etwa Kunst am Bau?«

»Fangen Sie schon wieder an?« Hansen schlug wütend mit der Faust auf den Tisch. »Und wenn Sie sich auf den Kopf stellen …«

»Schon gut, schon gut!«, sagte Hinrichs mit ruhiger Stimme und hob beschwichtigend die Hände. Er sah Hansen eindringlich an.

»Das Schreiben ist also nicht von Ihnen?«, fragte er nach einer kurzen Pause.

»Nein, natürlich nicht! Was soll der ganze Aufstand überhaupt? Wegen so einem lächerlichen Stück Papier?«

Ohne auf Hansen einzugehen, fuhr Hinrichs fort: »Wenn dieses Schreiben also nicht von Ihnen stammt, könnte es dann vielleicht jemand aus Ihrer Gruppe verfasst haben? Hinter Ihrem Rücken?«

Hansen schüttelte energisch den Kopf und nahm einen kräftigen Schluck aus seinem Teepott.

»Wie ich Ihnen schon gesagt habe: Alles geht über meinen Tisch. Natürlich kann ich nicht alle Mitglieder der Insianer überprüfen, aber wir haben unsere Ziele, und die würde niemand von uns leichtfertig mit solchen Schwachsinnsaktionen gefährden. Und nur weil irgendjemand unser Logo benutzt, bedeutet das nicht automatisch, dass wir etwas mit der Sache zu tun haben, schließlich kann sich jeder Hans und Franz das Logo im Internet runterladen. Zum Beispiel von unserem Blog oder unserer Homepage. Aber das müssten Sie eigentlich wissen, Sie werden uns doch sicherlich schon komplett durchleuchtet haben, oder?«

Seine Augen funkelten Hinrichs herausfordernd an, bevor er fortfuhr: »Ihr beobachtet uns doch bestimmt Tag und Nacht.«

Hinrichs schnaubte.

»Jetzt überschätzen Sie sich und Ihre Initiative aber etwas. Sollte ich wirklich irgendwann mal so viel Personal haben, dass ich mich um jeden, der hier über die Stränge schlägt, persönlich kümmern kann, dann bekommen auch Sie und Ihre … Ihre Insianer einen eigenen Beamten.«

»Na, immerhin ›beehren‹ Sie mich nun schon zum x-ten Mal wegen irgendwelcher Lappalien. Anscheinend haben Sie ja doch genug Personal. Warum sonst machen zwei so hochbezahlte Staatsdiener so 'nen Aufstand wegen diesem Wisch?«

Hinrichs blickte Hansen noch einmal prüfend mit zusammengekniffenen Augen an. Nichts hatte bisher darauf hingedeutet, dass er das Bekennerschreiben schon vorher einmal gesehen geschweige denn verfasst hatte. Dafür hatte Hansen den Text zu konzentriert gelesen.

»Gut, Herr Hansen«, sagte er und schlug mit der flachen Hand auf den Tisch. »Das war dann wohl erst mal alles.« Er stemmte sich von seinem Platz hoch und steckte das Schreiben in die Innentasche seiner Jacke zurück. »Sie halten sich aber bitte weiter zu unserer Verfügung.«

Hansen runzelte die Stirn.

»Erst mal alles? Heißt das, dass Sie demnächst wieder hier auf der Matte stehen? Na, da muss ja einer mächtig Staub mit dem Wisch aufgewirbelt haben. War wohl beim Landrat in der Post?«

»Nicht ganz«, sagte Hinrichs und sah ernst zu ihm hinab. »Es hat einen Toten gegeben.«

»Einen Toten?«

Hansen sah ihn ungläubig an.

»Sie haben ganz richtig gehört. Vielleicht wird Ihnen jetzt der Ernst der Lage bewusst.«

Er bedeutete Fuchs mit einer Kopfbewegung, schon einmal vorzugehen, und wandte sich anschließend noch einmal an Hansen.

»Und wenn Ihnen doch noch etwas einfallen sollte, Sie wissen ja, wie Sie mich erreichen.«

⚓

»War das eben nicht Michael?«, fragte Benning überrascht und blickte dem blauen Passat hinterher, der ihnen aus Rantum entgegengekommen war.

»Wirklich?« Gunda warf einen raschen Blick über die Schulter.

»Natürlich, ich kenne doch seinen Dienstwagen«, sagte er. »Hätte ja wenigstens kurz grüßen können.«

Gunda nickte.

»Egal, lass uns weiterlaufen.«

Vorbei am *Meerkabarett*, wo an diesem Abend Bernd Stelter auftreten sollte, wie die zahlreichen Plakate auf der Insel verkündeten, führte ihr Weg sie weiter zum Rantumer Hafen. Benning warf einen verstohlenen Seitenblick zu dem blauweißen Schwedenhaus zu seiner Rechten, in dem Okke Hansen wohnte. Ob Michael vorhin etwas rausbekommen hatte? War er deshalb einfach an ihnen vorbeigerauscht, weil ihn die Ereignisse so beschäftigt hatten? Sobald sie wieder zu Hause waren, würde er ihn anrufen.

»Wer zuerst oben ist, alter Mann«, rief Gunda unvermittelt, und ehe er sichs versah, spurtete sie bereits den Deich hinauf.

»Na warte!«

Benning rannte ihr hinterher, doch Gunda war gut trainiert, und mit dem Überraschungsmoment auf ihrer Seite hatte er keine Chance. Prompt empfing Gunda ihn mit einem frechen Grinsen auf der Deichkrone.

»Und?«, fragte sie. »Wer läuft nun wem weg?«

»Mit so einem Vorsprung kann das jeder«, sagte er gespielt vorwurfsvoll und reichte ihr seine Trinkflasche.

»Das bisschen!« Gunda zwinkerte ihm zu und nahm einen kräftigen Schluck.

»Immerhin«, sagte er und legte seufzend den Kopf in den Nacken. Er streckte die Arme in die Luft.

»Ist das nicht herrlich hier?« Benning ließ die Arme wieder sinken und blickte über den beschaulichen Hafen. Über dem Watt hatte der Wind die Wolken auseinandergetrieben, und die Strahlen der heißen Sommersonne fielen angenehm warm auf sein Gesicht. Am Anleger zerrten ein paar Boote auf der gekräuselten und mit kleinen Schaumkronen bedeckten See unternehmungslustig an ihren Leinen, während in der Ferne große schwarze Wolken ihre nasse Last über dem Festland abluden. Deutlich konnte man hier und da die dichten Regenvorhänge erkennen.

»Hui, wie pfeift der Wind und keucht …«, sagte Gunda, die seinem Blick gefolgt war.

»… dass der Baum sich niederbeugt!«, ergänzte Benning. Seelenverwandtschaft, dachte er. Auch ihn hatte der Anblick an die Geschichte vom fliegenden Robert im Struwwelpeter erinnert.

»Hier war ich auch schon ewig nicht mehr zum Malen«, sagte er und nahm nun auch einen Schluck aus der Flasche, die Gunda ihm hingehalten hatte.

»Stimmt«, sagte sie. »Ich hab auch schon lange kein neues Bild von dir gesehen. Dein Job bei der Zeitung scheint sich ja ordentlich zu lohnen. Vielleicht sollte ich auch noch umsatteln.«

»Vergiss es«, sagte er. »Konkurrenz aus dem eigenen Haus kann ich gar nicht gebrauchen.« Hastig steckte er die Flasche in seinen Gürtel und wandte sich dabei etwas von ihr ab, damit sie sein Schmunzeln nicht sah. Natürlich reichte weder sein Verdienst bei der Zeitung noch seine Malerei für ein Leben auf Sylt. Im Grunde waren es Tätigkeiten, die er zwar ausgesprochen gerne machte, die aber letztlich nur zur Fassade dienten. Er wollte sein Millionenvermögen, das er überraschend von seinem Vater geerbt hatte, vor Neidern und falschen Freunden verbergen. Niemand außer ihm wusste davon, auch Gunda nicht. Nicht, dass er ihr misstraute, aber sie hatte manchmal doch eine etwas schnelle Zunge.

Der Wind hatte wieder aufgefrischt, und die Wanten der Segeljollen schlugen klappernd gegen die Metallmasten. Im Westen näherte sich schon die nächste Front dunkler Wolken.

»Wenn wir es noch trocken nach Hause schaffen wollen, sollten wir so langsam los«, sagte er.

Sie ließen sich vom Rückenwind über den Deich des Rantumbeckens in Richtung Keitum treiben, wo sich der Turm von St. Severin, der alten Keitumer Dorfkirche, über die Landschaft erhob. Auf der höchsten Erhebung des Sylter Geestkerns errichtet, hatte ihr trutziger, spätgotischer Turm auch als Seezeichen gedient. Heute kündigte die nachts weithin sichtbar angestrahlte Kirche lediglich noch den Zugreisenden ihre baldige Ankunft in Westerland an.

Benning und Gunda verließen die Straße kurz hinter St. Severin und liefen hinunter zur Wattseite. Dort reichte der Blick vom Hindenburgdamm und dem Morsum-Kliff im Süden bis hinauf nach List im Norden. Locker trabend, erzählte Gunda von ihrem Tag im Hotel, und Benning hörte ihr geduldig zu, er kannte ja ihre sich immer wiederholenden Geschichten von anstrengenden Gästen.

Sie hatten inzwischen die Braderuper Heide erreicht, als Gunda auf einmal fragte: »Und wie war's bei dir? Bist du mit deinem Artikel weitergekommen?«

Benning wollte gerade antworten, als ihn ein lautes Motorengeräusch, das sich rasch näherte, daran hinderte. Ein zweimotoriges Privatflugzeug flog brummend über sie hinweg und setzte anschließend zur Landung auf dem benachbarten Flugplatz an. Bennings Blick fiel auf den alten Hangar des ehemaligen Marinefliegerhorstes, wo nach dem Willen der Insianer neuer Wohnraum für Sylter entstehen sollte. Die Insianer, das Päckchen, schoss es ihm auf einmal wieder durch den Kopf. Die grausige Wirklichkeit hatte ihn wieder eingeholt. Er war gespannt, ob Hinrichs inzwischen etwas herausbekommen hatte.

6

Mit dem Regen hatte nun der Wind auch wieder zugenommen. Melina Krasniqi drückte sich noch bisschen dichter an den Mann an ihrer Seite. Mit der linken Hand hielt sie krampfhaft die Ecke des blauen Müllsacks fest, den die beiden schützend über ihre Köpfe hielten.

»Bist du sichär das richtiger Weg?« Unsicher sah sie ihn aus ihren smaragdgrünen Augen an. Die nasse Kälte des Asphalts hatte längst die Sohlen ihrer abgelaufenen Sandalen durchdrungen und schnitt mit jedem Schritt schmerzhaft in ihre nackten Füße.

Reinhard Schmelzer nickte stumm. Mitleidig blickte er zu ihr hinunter. Ihre schwarzen Haare klebten in Strähnen an der Stirn, und die Kälte hatte die heftig zitternden Lippen schon leicht bläulich gefärbt. Hoffentlich irrte er sich nicht. Dies ist wieder so ein vertaner Tag, dachte er. Nicht nur, dass sie bis auf die Knochen nass waren und froren, sie waren auch hungrig und vor allen Dingen müde. Seit sie heute Morgen auf Sylt angekommen waren, hatten sie nichts mehr gegessen. Er dachte an das köstliche Leberwurstbrot, das Petzi ihnen mit einem mitfühlenden Lächeln überlassen hatte, nachdem er sie heute Morgen in seinem schönen warmen Lastwagen mitgenommen hatte. Wie Petzi in Wirklichkeit hieß, wusste Schmelzer nicht, nur dass dies der Name gewesen war, der auf dem Schild hinter der Windschutzscheibe gestanden hatte.

Am Rand des Flensburger Gewerbegebiets hatten sie vorher lange vergeblich ihr Glück mit Autostopp versucht.

»Wo soll es denn hingehen?«, hatte Petzi durch die geöffnete Beifahrertür gefragt. Im Moment wollten sie nur an einen Ort, wo sie sich ausruhen konnten und vielleicht sogar noch etwas zu essen bekamen. Wo dieser Ort war, war ihnen dabei vollkommen egal. Heute Morgen hatten sie nur rausgewollt. Raus aus dem Regen. Raus aus der Kälte. Genau wie jetzt.

»Es kann nicht mehr weit sein«, sagte er und versuchte dabei, so zuversichtlich wie möglich zu klingen. »Schau, dahinten ist ja der Flugplatz.« Er wies mit dem Kopf in Richtung einer weitläufigen Fläche zu ihrer Rechten, an deren Ende zahlreiche Bodenlichter, die unverkennbar eine Startbahn markierten, in der Dunkelheit funkelten. »Es ist genau so, wie Gonzo gesagt hat. Gleich müssten wir an das Tor kommen.«

⚓

Melina Krasniqi nickte stumm und zog fröstelnd den Kopf zwischen die Schultern. Inzwischen hatte der Regen auch ihre alte Patchwork-Jacke durchdrungen, und der Wind zog durch jede Öffnung ihrer Kleidung. Inständig hoffte sie, dass dieser Gonzo nicht gesponnen hatte. Ein wenig suspekt war ihr der kauzige Typ, der sie heute Morgen nach ihrer Ankunft in Westerland zu sich gewunken hatte, schon vorgekommen. Zusammen mit seinem Hund Boomer hatte er an einem Brunnen in der Innenstadt gesessen, den die eigenartige Skulptur einer dicken, nackten Frau zierte. Um ihn herum hatten einige Plastiktüten gelegen, in die er offenbar sein ganzes Hab und Gut gestopft hatte.

»Na, ihr sucht doch bestimmt nicht nach einem Hotel«, hatte er ihnen zugerufen und sich eine selbstgedrehte Zigarette angesteckt. Mit einem zahnlosen Grinsen hatte er ihnen anschließend eine alte Zigarilloschachtel hingehalten, in der er seine gesammelten Zigarettenkippen aufbewahrte. Unsicher hatten sie seine überraschende Einladung angenommen und sich zu ihm gehockt.

Bei dem Gedanken an die köstliche Zigarette, die Schmelzer ihr aus den Tabakresten der Stummel gerollt hatte, lief ihr trotz der Kälte ein wohliger Schauer über den Rücken. Gonzo hatte ihnen von sich und der Insel erzählt und davon, wie man ohne Kurtaxe an den Strand kommt oder wo man am besten etwas Essbares in Abfalleimern der Hotels und Restaurants findet. Von ihm hatten sie auch den Tipp mit dem ehemaligen Fliegerhorst bekommen.

»Siehst du«, sagte Schmelzer und riss sie aus ihren Gedanken. Er wies auf ein großes graues Eisentor, das keine zwanzig Meter vor ihnen den Weg versperrte. Die beiden Torflügel waren mit einer schweren Kette und einem Vorhängeschloss gesichert. Melina sah ihn fragend an.

»Keine Sorge«, sagte Schmelzer. »Gonzo hat von einem kleinen Loch gesprochen, das hier links vom Tor im Zaun sein soll.«

Mit großen Schritten stapften sie durch das hohe Gras. Und tatsächlich: Nach knapp zehn Metern fanden sie die gut versteckte Stelle, an der der Maschendrahtzaun zerschnitten war. Sie sahen sich noch einmal um und krochen dann eilig hindurch.

»Mir ist so kalt«, sagte Melina und wischte sich die nassen Hände an ihrer Jacke ab. Der kurze Umweg durch das feuchte Gras hatte dafür gesorgt, dass sie nun gar keinen trockenen Faden mehr am Leib trug.

»Wir haben es gleich geschafft«, sagte Schmelzer. »Irgendwo da vorne müssen die Baracken stehen.« Er drückte sie an sich und wies die Straße hinauf.

Melina nickte und blickte sich besorgt um. Sie erinnerte sich daran, wie Gonzo sie gewarnt hatte, nicht die erste Straße rechts zu nehmen. »Dort treibt die Inseljugend ihr Unwesen«, hatte er gesagt. »Mit Partys und Saufereien. Da hat die Polente gerne ein Auge drauf.«

Vorbei an einem verwilderten Sportplatz und einer alten Sporthalle folgten sie dem Weg weiter geradeaus, an dessen Ende sie dann auch endlich die Umrisse der ersten Baracken entdeckten.

Der Regen hatte mittlerweile nachgelassen. Der Wind trieb die dunklen Wolken auseinander, und durch die entstandenen Lücken fiel das helle Licht des abnehmenden Mondes.

»Komm«, sagte Schmelzer. Er nahm ihre Hand und zog sie gleich in die erstbeste Baracke. Vorsichtig schoben sie sich durch die halb geöffnete Eingangstür, deren Flügel schief in den Angeln hingen, durchquerten einen kleinen Windfang und erreichten einen langen Flur, der sich über die gesamte Länge der Baracke erstreckte. An seinen Enden flutete das fahle Licht des Mondes durch die Fenster. Von dem Flur aus führten in regelmäßigen Abständen Türen in weitere Räume.

Melina klammerte sich ängstlich an Schmelzer.

»Keine Angst«, sagte er. »Lass uns gleich hier vorne reingehen.«

Er zog sie an der Hand in das dem Windfang direkt gegenüberliegende Zimmer. Melina lugte vorsichtig an Schmelzer vorbei und sah sich unsicher um. In der linken Hälfte des Raums hatte man offensichtlich altes Mobiliar abgestellt. Neben einem schmalen Spind ließ sich ein altes Bettgestell erahnen, von dem allerdings nur das Fußende unter einigen Brettern und einer durchgebogenen Matratze hervorschaute.

Mal wieder in einem richtigen Bett schlafen, dachte Melina und ließ den Blick jetzt weiter durch den Raum schweifen.

Unter den Fenstern an der gegenüberliegenden Wand türmten sich aufgerollte Teppichreste zwischen drei prall gefüllten Müllsäcken. Der rechte Teil des Zimmers war leer, und genau dorthin zog Schmelzer sie.

»Lass uns hier bleiben«, sagte Schmelzer und ließ seinen Rucksack auf den Boden gleiten. Anschließend half er ihr bei ihrem. Melina fröstelte, als er ihr den wärmenden Rucksack von den Schultern nahm und ihr das vom Regen und Schweiß durchnässte Hemd unangenehm kalt am Rücken klebte. Sie rieb sich über die Arme und beobachtete, wie Schmelzer versuchte, die aufgequollene Zimmertür so weit wie möglich zuzudrücken.

»Weiter geht's nicht«, sagte er und begann, ihre Isomatten auf dem Boden auszurollen.

»Gib mir deine Jacke. Ich hänge sie mit meiner da drüben an den Spind. Bis morgen sind sie dann sicher fast trocken.«

Melina nickte dankbar, reichte ihm ihre klitschnasse Jacke und zog dann mit zitternden Fingern ihre Schlafsäcke aus der Plastiktüte, die sie trocken halten sollte.

Schmelzer war inzwischen zurückgekehrt, legte ihr sanft den Schlafsack um die Schultern und rieb ihr mit der flachen Hand über den Rücken.

»Gleich wird's wärmer«, sagte er und führte sie zu den Isomatten. Sie kauerten sich eng nebeneinander mit dem Rücken an die Wand, und Melina lehnte ihren Kopf erschöpft an seine Schulter. Sie spürte die wohltuende Wärme, die von seinem Körper ausging.

Um sie herum war es jetzt totenstill. Sogar der Wind, der eben noch durch die Baracke geweht war, schien für einen Moment den Atem anzuhalten. Sie blickte gedankenverloren ins Leere und genoss das Gefühl der aufkommenden Müdigkeit. Dabei dachte sie an die letzten Tage, in denen sie nicht viel Schlaf bekommen hatten. Die alte, feuchte Hütte im Hundewald bei Flensburg war nicht annähernd so gut geschützt gewesen wie dieses Plätzchen.

Schmelzers Hand streichelte sanft über ihr Haar.

»Gut, dass wir diesen Gonzo getroffen haben«, sagte er leise. »Am Strand hätten wir sicher nicht so ein gemütliches Plätzchen gefunden.«

»Ja«, sagte Melina matt und schloss langsam die Augen.

Eine unerwartete Bewegung Schmelzers ließ sie kurz darauf aufschrecken.

»Oh, hab ich dich geweckt?«, fragte er schuldbewusst. »Das tut mir leid. Ich wollte nur noch eine rauchen.«

»Is' nisch schlimm«, sagte sie und ließ den Kopf wieder sinken. Mit schweren Augenlidern beobachtete sie ihn, wie er sorgfältig die letzten Krümel in seinem Tabaksbeutel zusammenkratzte und sie vorsichtig auf dem Zigarettenpapier verteilte. Nachdem er fertig war, hielt er ihr die Zigarette hin.

»Möchtest du?«

»Nein danke, mein Schatz«, sagte sie leise.

Schmelzer zuckte daraufhin kurz die Achseln und zündete sich die Zigarette an. Melina beobachtete ihn weiter und lächelte. Jedes Mal, wenn er an der Zigarette zog, glimmte sie für einen kurzen Moment auf und erhellte sein Gesicht. Sie sah, wie sehr er Zug für Zug genoss. Es war ihre letzte Zigarette, noch eine würden sie aus den Tabakresten nicht mehr zusammenbekommen. Sie wusste, was ihm Zigaretten bedeuteten. Umso mehr schätzte sie seine Geste, ihr diese letzte Zigarette angeboten zu haben. Melina erinnerte sich noch gut an den Tag, an dem sie sich in Berlin das erste Mal getroffen hatten. Nach ihrer langen Flucht war sie mit den wenigen Habseligkeiten, die ihr noch geblieben waren, am Bahnhof Zoo gelandet. Ohne Geld, ohne Essen und ohne Ziel. Die hektisch vorbeilaufenden Menschen hatte sie um ein bisschen Geld angebettelt, doch nur wenige hatten ein paar Münzen für sie übrig gehabt. Meistens hatte man abschätzig zu ihr herabgeschaut, und die Handzeichen einiger Männer, die eine Gegenleistung für eine kleine Spende verlangten, waren so eindeutig, dass man nicht ihre Sprache sprechen musste, um sie zu verstehen.

Dann hatte auf einmal Schmelzer vor ihr gestanden. Mit einem bedauernden Lächeln hatte er seine leeren Hosentaschen nach außen gekrempelt und sich zu ihr gehockt. Sie wusste nicht, warum sie ihm sofort vertraut hatte. Waren es seine Augen gewesen? Oder die zerschlissene Kleidung, der speckige Rucksack und die ausgelatschten Schuhe, die ihr sofort verraten hatten, dass auch er keine feste Bleibe hatte? Jedenfalls war sie ihm, ohne zu zögern, in den nahegelegenen Park gefolgt. Dort hatten sie sich unter einen Baum gesetzt, und er hatte seine letzten Brot- und Käsereste mit ihr geteilt. Mit Händen und Füßen hatten sie sich unterhalten und waren von da an gemeinsam weitergezogen. Mit seiner Hilfe hatte sie ein bisschen Deutsch gelernt, und die ganze Zeit war er ihr Anker in dieser Welt gewesen, die so fremd und so anders als ihre alte war. Das erste Mal hatte sie nur aus Dankbarkeit mit ihm geschlafen, auch wenn er sie zu nichts gezwungen hatte. Es war eben so passiert. In einer der vielen kalten Nächte hatten sie sich eng zusammengekuschelt, um sich gegenseitig zu wärmen, und dann …

»Woran denkst du?«, fragte Schmelzer plötzlich und riss sie aus ihren Gedanken. Melina sah ihn an, und genau in diesem Moment fiel das Mondlicht auf sein Gesicht. Da war er wieder, dieser verliebte Blick, mit dem er sie damals am Tag danach angesehen hatte. Und in diesem Augenblick war ihr klargeworden, dass er wirklich etwas für sie empfand. Lange hatte sie sich gegen das in ihr aufkeimende Gefühl gewehrt, das sie für immer verloren glaubte, zu schwer hatten die Erinnerungen an jene Zeit auf ihr gelastet, in der sie die Liebe aus ihrem Herzen verbannt hatte.

Melina legte den Kopf etwas schief und strich ihm zärtlich eine lockige Strähne aus dem Gesicht.

»Denke, wie glücklisch isch mit dir bin«, sagte sie dankbar.

Schmelzer lächelte und hielt ihr den Rest der Zigarette hin. In diesem Moment zuckte sie angewidert zurück. Da war auf einmal dieser eigenartige Geruch. Kam er von der Zigarette?

»Was ist los?«, fragte Schmelzer und beobachtete verwundert, wie sie sich zu ihm vorbeugte und sich vorsichtig den aufsteigenden Rauch der Zigarette zufächelte.

Melina schüttelte den Kopf und sah sich suchend um. Von der Zigarette kam dieser Geruch nicht, der immer mehr an Intensität zunahm und dessen süßliche Note furchtbare Erinnerungen in ihr weckte.

»Hier Tod!«, sagte sie mit zittriger Stimme und blickte Schmelzer entsetzt an, während sie ängstlich zurückkroch und sich eng an die Wand drückte.

»Was meinst du?«, fragte er und griff nach ihrer Hand.

»Hier tote Mensch!«

Hilfesuchend krallte sie sich in seine Jacke. Schmelzer nahm sie in den Arm und streichelte ihr besänftigend über die Haare.

»Beruhig dich, Liebling. Hier ist niemand außer uns.«

»Riechst du nicht? Hier tote Mensch. Sischär!« Sie hob den Kopf und sah ihn immer noch angsterfüllt an. Sie kannte diesen Geruch, unauslöschlich hatte er sich in ihr Gedächtnis gebrannt. Genau wie der Tag, an dem sie ihn das erste Mal gerochen hatte. Damals, als sie sich nach vielen Stunden – oder waren es Tage gewesen? – vorsichtig aus ihrem Versteck geschlichen hatte. Vorher hatte sie sich einfach nicht getraut. Nicht, bevor sie sich sicher gewesen war, dass die Serben weg waren. Erst dann war sie nach Hause gerannt und hatte nach ihren Eltern gerufen. Anfangs noch leise, dann immer lauter, doch niemand hatte ihr geantwortet. Verzweifelt war sie durch alle Räume gestürmt, bis sie sie schließlich auf dem Dachboden gefunden hatte. Niemals würde sie den Anblick der verstümmelten Körper vergessen, die dort kopfüber von den Dachbalken gehangen hatten.

⚓

»Jetzt rieche ich es auch«, sagte Schmelzer. Behutsam löste er sich von Melina und sah sich suchend um.

»Bestimmt die Matratze. Wer weiß, wer da schon alles draufgelegen hat?«

Er bückte sich zu seiner Tasche und kramte den Plastikbeutel hervor, in dem er nicht nur seine Streichhölzer vor Nässe schützte, sondern auch einen Kerzenstummel aufbewahrte.

»Ich schmeiß das olle Ding jetzt einfach raus und lüfte einmal kräftig durch. Du wirst sehen, dann wird es gleich besser.«

Er zündete die Kerze an und reichte sie Melina. »Halt sie gut fest«, sagte er mit einem besorgten Blick auf ihre zitternden Hände. »Wir haben nicht mehr viele Streichhölzer.«

Sie nickte stumm und schirmte die kleine Flamme mit der Hand ab. Schmelzer stand auf und ging zur Tür, die er vorhin so mühsam im Rahmen verklemmt hatte. Mit einem kräftigen Ruck zog er sie auf und ging dann auf die andere Seite des Raums.

»Es ist wirklich die Matratze«, sagte er und hielt sich angewidert die Nase zu. Je mehr er sich der fleckigen Bettauflage genähert hatte, desto unerträglicher war der Gestank, trotz der frischen Luft, die jetzt durch die weit geöffnete Tür hereinströmte.

Mit spitzen Fingern zerrte er die Matratze in Richtung Tür. Ein gellender Schrei zerriss plötzlich die gespannte Stille, und im gleichen Moment wurde es schlagartig dunkel.

⚓

»Verdammt!«, fluchte Sörensen und leuchtete mit seiner Taschenlampe durch die Gitterstäbe des Eisentors. »Wie sind die jetzt schon wieder reingekommen?«

Noch einmal rüttelte er prüfend an dem großen Vorhängeschloss. Es war fest verschlossen.

Sörensen blickte auf. Wieder hörte er Schreie, die ihm einen Schauer über den Rücken jagten. Schreie, die so anders waren als das übliche Gejohle pubertierender Jugendlicher, die in dem alten Kasino der ehemaligen Kaserne abfeierten. Nein, das waren eindeutig die angsterfüllten Schreie einer Frau.

Langsam tastete er nach seinem Funkgerät, das in einem Holster an seinem Gürtel steckte. Dabei blickte er weiter in die Dunkelheit hinein, von wo die Schreie herzukommen schienen. Irgendetwas Schlimmes musste dort passiert sein. Vielleicht war jemand in einen der alten unterirdischen Bunker gestürzt?

Er drückte die Sprechtaste.

»Zentrale?«, fragte er. Wieder ertönten die Schreie aus der Ferne.

»Zentrale hört«, ertönte es knackend aus dem Funkgerät.

»Ich brauche Verstärkung am Fliegerhorst. Irgendwas stimmt hier nicht.«

7

Gunda Paulsen zog den Schlüssel aus dem Zündschloss und sank erschöpft in den Sitz zurück. Was für ein Tag! Aber war sie im Grunde nicht selbst schuld? Warum war sie noch mal ans Telefon gegangen, als die Nummer des Hotels auf ihrem Handydisplay aufleuchtete? Hätte sie sich nicht denken können, weswegen ihre Chefin anrief? Schließlich war Petra, als sie sie heute Nachmittag an der Rezeption abgelöst hatte, schon ganz schön angeschlagen gewesen. Kurz nachdem sie von ihrem Lauf mit Robert zurückgekehrt war, hatte der Anruf sie ereilt.

Ihr Blick ging zur Uhr am Armaturenbrett. Es war nun schon fast Mitternacht. Sie atmete tief durch, griff nach der Handtasche, die neben ihr auf dem Beifahrersitz lag, und war schon fast im Begriff, die Tür zu öffnen, als sie erschrocken zusammenfuhr. War da nicht direkt vor ihrem Wagen ein Schatten auf dem Gehweg gewesen? Schnell betätigte sie den Verriegelungsknopf und sah sich ängstlich um. Doch weder vor Bennings Haus noch auf dem Bürgersteig war jemand zu sehen. Sah sie jetzt schon Gespenster vor lauter Müdigkeit?

Angestrengt blickte sie hinaus. Der frische Westwind rauschte durch die niedrigen Bäume und Büsche, die die schmale Auffahrt vor Bennings Haus säumten, und ließ die Schatten der sich im Wind wiegenden Zweige im Schein der Straßenlaternen auf der Fassade tanzen. War es das gewesen, das sie eben aus dem Augenwinkel wahrgenommen hatte? Erleichtert ließ sie die Schultern sinken und schüttelte den Kopf. Du unverbesserlicher Angsthase, dachte sie.

Gunda stieg aus dem Wagen und schlug die Tür zu, als ein lautes Rascheln hinter ihr sie herumfahren ließ. Aber auch jetzt war es wieder nur eine Böe, die durch das dichte Buschwerk fuhr. Trotzdem wollte sie so schnell wie möglich ins Haus. Hastig verriegelte sie im Weggehen den Wagen mit einem Druck auf die Fernbedienung am Autoschlüssel und blieb kurz an dem kombinierten Rad- und Fußweg, der zwischen der Auffahrt und Bennings Grundstück lag, stehen. Erst vor ein paar Tagen wäre sie hier fast zur gleichen Zeit mit einem Radfahrer zusammengerasselt, der sein Licht nicht angeschaltet hatte. Rasch schaute sie nach rechts und links. Dabei bemerkte sie eine Gestalt, die links von ihr am Ende des Weges stand und bei der es sich anhand der Statur zweifellos um einen Mann handelte. Keine zwanzig Meter von ihr entfernt, blickte er regungslos zu ihr hinüber. Dabei fiel für den Bruchteil einer Sekunde das Licht der Straßenlaterne auf sein Gesicht, bevor er sich abwandte und hinter der hohen Hecke des Nachbargrundstücks in Richtung Waldstraße verschwand.

Gunda überlegte. Irgendwie war er ihr bekannt vorgekommen, auch wenn sie nur seine Silhouette gesehen hatte. Aber diese auffallend große Nase … Wahrscheinlich jemand aus der Nachbarschaft bei einem späten Abendspaziergang, dachte sie. Oder ein Bekannter von Robert? Unschlüssig blieb sie vor ihrer Haustür stehen. Vielleicht hatte er ja Besuch gehabt und war noch auf. Mit eiligen Schritten ging sie zur Südseite des kleinen Reetdachhauses und drückte die Türklinke. Abgeschlossen. Sie warf einen Blick nach rechts. Hinter dem Wohnzimmerfenster brannte Licht. Sie suchte den Hausschlüssel für seine Wohnung aus dem Schlüsselbund und steckte ihn ins Schloss. Seit sie damals als Teenager zu ihm gezogen war, besaß sie diesen Schlüssel.

»Robbie?«, rief sie mit gesenkter Stimme. Falls er schon schlief, wollte sie ihn auf keinen Fall wecken. »Ich bin's. Bist du noch wach?«

Sie machte einen Schritt vorwärts und wäre dabei fast über ein Päckchen gestolpert, das irgendjemand derart ungeschickt vor der Haustür plaziert hatte, dass es ihr in der Dunkelheit nicht aufgefallen war. Gunda hob das Päckchen auf und betrachtete es verärgert, während sie langsam die Tür von innen schloss.

»Robbie?«

Sie lauschte in die Wohnung, noch immer erhielt sie keine Antwort. Sie ging ins Esszimmer und blickte vorsichtig in das angrenzende Wohnzimmer. Dort lag er, selig schlummernd auf dem Sofa. Offenbar war er beim Fernsehen eingeschlafen.

Gunda stellte das Päckchen auf den Esstisch und ging langsam zu ihm hinüber. Behutsam zog sie die Fernbedienung unter seiner Hand hervor und schaltete den Fernseher aus. Augenblicklich verstummte der Nachrichtensprecher, und es wurde seltsam still, nur Bennings ruhiger und regelmäßiger Atem war zu hören. Sie setzte sich neben ihn auf die Kante des Sofas und blickte sanft lächelnd auf ihn hinab. Da lag er nun, ihr ehemaliger Ersatzvater und bester Freund. Sie konnte sich kaum noch vorstellen, dass sie mal Onkel Robert zu ihm gesagt hatte. Damals war sie noch ein Kind und Robert der beste Freund ihres Vaters gewesen. Seit sie denken konnte, war er bei ihren Eltern ein und aus gegangen und hatte irgendwie schon immer zur Familie gehört. Mit einem Mal verfinsterte sich ihre Miene. Mit den Gedanken an die alten, unbeschwerten Zeiten waren auch die anderen Bilder wieder da. Der tödliche Unfall ihres Vaters, der damals ihre kleine, heile Welt von einer Minute zur anderen in Scherben gelegt hatte. Dann ihre Mutter, die danach nichts Eiligeres zu tun hatte, als aufs Festland zu ziehen. Im Gegensatz zu ihrem Vater und ihr hatte sie nie wirklich etwas für die Insel empfunden und war auch nur ihrem Mann zuliebe hierhergezogen.

»Und du kommst mit, Fräuleinchen«, hatte sie gedroht und damit Gunda mit ihren gerade mal sechzehn Jahren noch mehr aus der Bahn geworfen. Gundas Blick wanderte gedankenverloren zum Fenster. Sie erinnerte sich an die endlosen Diskussionen und Streitereien, die die Entscheidung, wegzuziehen, ausgelöst hatte. Gunda war auf Sylt aufgewachsen, hier hatte sie ihre Freundinnen, die ihr gerade damals in den schweren Tagen so viel Halt gegeben hatten.

Dankbar blickte sie auf Benning hinab. Er war es gewesen, der in diesem unerbittlichen Mutter-Tochter-Zwist vermittelt und letztlich dafür gesorgt hatte, dass sie bleiben durfte. Gunda war in seine Ferienwohnung gezogen und ihre Mutter zu ihren Eltern nach Flensburg.

Benning seufzte leise im Schlaf.

Wer weiß, was ich ohne dich geworden wäre?, dachte Gunda. Wahrscheinlich hätte ich die Schule geschmissen und wäre irgendwohin abgehauen.

Die Pendeluhr im Esszimmer schlug eins und riss sie aus ihren Gedanken. Auf einmal überkam auch sie eine bleierne Müdigkeit. Vorsichtig erhob sie sich und nahm die dunkelblaue Fleecedecke von der Sofalehne. Behutsam deckte sie Benning zu und hauchte ihm einen zärtlichen Kuss auf die Wange. Bevor sie den Raum verließ, drehte sie sich noch einmal zu ihm um, bevor sie endgültig das Licht löschte.

8

Moin, Meier!«, sagte Hinrichs. »Müde? Siehst ganz schön fertig aus.«

Der junge Kommissar schüttelte den Kopf. »Müde bin ich nicht mehr, aber …«

»Verstehe«, sagte Hinrichs und klopfte seinem uniformierten Kollegen, der sonst nicht so kleinlaut war, ermutigend auf die Schulter. Meiers Gesicht war deutlich anzusehen, dass er sich seinen diesjährigen Einsatz als Saisonunterstützung auf Sylt etwas anders vorgestellt hatte. Bäderpolizei, wie man die Beamten vom Festland bezeichnete, klang irgendwie nach Sommer, Sonne und Meer. Vielleicht rechnete man noch mit Fahrradunfällen, unerlaubten Strandpartys und Discoschlägereien. Hier und da noch die üblichen Einbruchs- und Diebstahldelikte. Dafür ließ man doch gerne mal für ein paar Wochen den harten Alltag der Davidwache hinter sich. Doch meistens merkten die jungen Beamten schnell, dass auch der Dienst auf einer Urlaubsinsel nicht unbedingt ein Zuckerschlecken war. Wobei ein Tag wie heute auch für die Hochsaison auf der Insel ungewöhnlich heftig war.

Hinrichs blickte zu der niedrigen Baracke, die im Schein der zuckenden Blaulichter der umherstehenden Einsatzfahrzeuge vor ihm lag.

»Ist es dort?«, fragte er.

Meier nickte wortlos.

»Na, dann wollen wir mal!«

Hinrichs rieb sich müde das rechte Auge, während er zur Baracke hinüberging. Es war noch keine Viertelstunde her, dass sein Diensthandy geklingelt hatte, mit einem Fuß war er da schon im Bett gewesen. Man hatte ihn kurz darüber informiert, dass zwei Tote auf dem alten Fliegerhorst gefunden worden waren. War einer der Toten unter Umständen die noch immer fehlende Leiche, der man die Kopfhaut entfernt hatte? Gespannt betrat er die Baracke.

»Hier lang«, sagte Meier und wies mit der Hand nach rechts. Hinrichs hätte auch so den Weg mühelos gefunden, das gleißende Licht, das direkt vor ihm aus einem der Zimmer auf den Flur strahlte, war unübersehbar.

Hinrichs grüßte kurz in die Runde, als er den Raum betrat, und blickte sich um. In dem Raum herrschte bereits emsiges Treiben: Beamte der Spurensicherung stellten kleine Tafeln mit fortlaufenden Nummern auf, und gelegentlich zuckte das Blitzlicht einer Kamera auf. Links von ihm beugte sich Beate Folkerts, die Notärztin, über zwei leblose Personen, die auf einem rostigen Bettgestell mit dem Rücken an der Wand lehnten.

Hinrichs schluckte, als er die großflächige Kopfwunde an einem der Opfer bemerkte. »Weiß man schon, wer sie sind?«, fragte er, an Meier gewandt, der daraufhin ein Notizbuch aus seiner Lederjacke zog.

»Bei der Frau handelt es sich laut Ausweis um eine gewisse Silvia Steinmann, wohnhaft im Landwehrdeich 15 in List.« Meier stockte für einen kurzen Moment, bevor er fortfuhr. »Und der Tote daneben ist wahrscheinlich ein gewisser Hans Weyde. Das Bild in seinem Ausweis ist schon etwas älter, und da hatte er noch Haare.« Erneut hielt er inne und sah Hinrichs unsicher an. »Ich meine …«

»Schon gut«, meinte Hinrichs. »Sagtest du Hans Weyde?«

Meier nickte.

»Der Immobilienmakler aus List?«

Meier zuckte die Schultern und sah in sein Notizbuch.

»Ob er Immobilienmakler war, weiß ich nicht. Jedenfalls ist er seinem Ausweis nach in List gemeldet.«

»Danke, Meier«, sagte Hinrichs. Er sah ihn mitfühlend an und wies mit einer kurzen Kopfbewegung in Richtung Tür. »Guck doch schon mal, wo Fuchs bleibt.«

Meier nickte dankbar und fischte sein Handy aus der Hosentasche, während er sich eilig auf den Weg nach draußen machte.

»Riecht ja entsetzlich!« Hinrichs war neben die Notärztin getreten und sah ihr mit gerümpfter Nase über die Schulter.

»Sieht auch nicht schön aus«, sagte Beate Folkerts, während sie sich langsam aufrichtete.

»Ja, Beate, das kannst du wirklich laut sagen.«

Hinrichs ließ kurz einen Blick über die beiden Toten gleiten, bevor er sich wieder ihr zuwandte. Er kannte Beate Folkerts inzwischen schon einige Jahre. Sie, eine waschechte Insulanerin, in Archsum aufgewachsen, war nach dem Abitur nach Berlin gegangen und hatte dort Medizin studiert. Nach dem Studium hatte sie dort einige Jahre in der Charité gearbeitet, bevor sie ihre Facharztausbildung am UKE in Hamburg abschloss. Vor vier Jahren hatte das Heimweh gesiegt, und sie war nach Sylt zurückgekehrt, um die Stelle der Notärztin zu übernehmen.

»Furchtbare Sache«, sagte sie und sah ihn kopfschüttelnd an. »So was sehe ich auch nicht alle Tage.«

Hinrichs nickte.

»Kannst du schon was zur Todesursache sagen?«

Beate Folkerts blickte abschätzend auf die beiden Toten hinunter.

»Beide wurden offenbar mit einem stumpfen Schlag auf den Kopf getötet.« Sie wies mit dem Finger auf die blutverkrusteten Haare am Hinterkopf von Silvia Steinmann, deren Kopf auf ihre linke Schulter gekippt war.

»Und das hier …« Beate Folkerts wies auf Hans Weyde. »Eine klassische Skalpierung! Und das meine ich so, wie ich es sage.« Sie beugte sich vor, nahm den weit nach hinten überstreckten Kopf des Toten in beide Hände und präsentierte ihm die nackte Schädeldecke. Trotz des angetrockneten Blutes konnte Hinrichs deutlich die Schädelnähte erkennen.

»Danke, danke«, sagte Hinrichs und wandte sich ab. »Reicht schon.«

Beate Folkerts legte den Kopf behutsam in seine ursprüngliche Position und trat wieder neben ihn.

»Wir hatten in Hamburg auch mal eine Skalpierung«, sagte sie, während sie sich die blutverschmierten Latexhandschuhe abstreifte. »Ein Tischlergeselle mit schönen langen Haaren war in eine Fräse geraten und …«

»Beate, bitte«, sagte Hinrichs und sah sie inständig an. »Keine Einzelheiten. Lass uns beim Fall bleiben.«

Beate Folkerts zuckte mit den Achseln.

»Jedenfalls wurde hier die Kopfhaut nicht abgerissen, dafür sind die Wundränder zu glatt. Außerdem habe ich einige Einkerbungen auf dem Stirnbein gefunden, die von einem scharfen Messer stammen könnten. Wie ich schon sagte: eine klassische Skalpierung. Die Kopfhaut haben wir übrigens bisher nicht finden können.«

»Danke, Beate«, sagte Hinrichs. Er sah sie ernst an. »Ich glaube, die haben wir schon.«

Beate Folkerts sah sich überrascht im Raum um. »Wie, die habt ihr schon?«

Hinrichs legte ihr die Hand auf die Schulter und führte sie etwas beiseite.

»Die kam heute früh mit der Post.«

»Mit der Post?« Beate Folkerts sah ihn ungläubig von der Seite an.

»Ja, mit der Post! Viel mehr wissen wir aber noch nicht.« Er blickte noch einmal zu den beiden Toten. »Was meinst du, wie lange sind die beiden schon tot?«

Beate Folkerts folgte seinem Blick.

»Schwer zu sagen«, sagte sie mit einer abwägenden Geste. »Ich schätze, dass sie schon mindestens vierundzwanzig Stunden tot sind, die Totenstarre ist noch weitgehend ausgeprägt. Was ich aber mit Sicherheit sagen kann, ist, dass die beiden nicht hier getötet wurden, hier befindet sich eindeutig zu wenig Blut. Gerade die Kopfwunden müssen enorm geblutet haben.«

Hinrichs sah sie gedankenvoll an.

»Das habe ich schon vermutet. Das nächste Puzzlestück wäre dann also der Tatort.«

»Mehr kann ich leider nicht für dich tun«, sagte Beate Folkerts und zog mit einer bedauernden Miene die Stirn in Falten. »Den Rest müssen jetzt die Kieler Kollegen machen.«

Sie wandte sich zum Gehen, drehte sich aber noch einmal zu ihm um. »Fast hätte ich's vergessen. ›Feuer und Erde‹ habe ich schon benachrichtigt. Die Bestatter müssten eigentlich jeden Moment hier sein. Also, mach's gut.«

»Tschüss, Beate. Und ruhigen Dienst noch.«

In der Tür wäre sie fast mit Oberkommissar Fuchs zusammengestoßen, der hereingestürmt kam und ihr gerade noch ausweichen konnte.

»Na, ausgeschlafen?« Hinrichs warf ihm einen missbilligenden Blick zu.

»Tut mir leid, Chef. Aber ich …«

»Schon gut, Helge.« Hinrichs winkte ab. »Irgendwann mussen wir ja auch mal schlafen.«

In wenigen Sätzen erklärte er seinem Kollegen den Sachstand und winkte anschließend noch einmal Kommissar Meier hinzu, der bislang abwartend neben der Tür gestanden hatte.

»Wer hat die Toten gefunden?«, fragte Hinrichs den jungen Beamten, und wie auf Kommando zog Fuchs sein Notizbuch aus der Innentasche seines schwarzen Sakkos hervor. Beide blickten Meier erwartungsvoll an.

»Der Notruf kam von der Sicherheitsfirma SECURAS«, sagte Meier. »Einer ihrer Leute hatte bei einem Rundgang Schreie gehört. Daraufhin hat er Verstärkung angefordert, und bei der anschließenden Kontrolle haben er und ein Kollege dann zwei Obdachlose und die Toten vorgefunden.«

»Die Namen?«, fragte Fuchs.

»Sörensen und Giersch«, antwortete Meier wie aus der Pistole geschossen.

»Und die von der SECURAS?«

»Wie?«, fragte Meier verdutzt. »Sörensen und Giersch sind die von der SECURAS!«

Fuchs strich wild in seinem Notizbuch herum.

»Und wie hießen dann die beiden?« Er wies mit dem Daumen über seine Schulter.

»Das habe ich doch schon vorhin …« Meier brach ab und blickte verlegen zu Hinrichs, der nur auffordernd die Augenbrauen hochzog. Daraufhin wiederholte er noch einmal die Angaben, so dass Fuchs mitschreiben konnte.

»Dann fehlen noch die Namen der zwei Obdachlosen«, sagte Fuchs ungeduldig. »Haben Sie die vielleicht auch noch irgendwo da drin stehen?« Er wies auf Meiers Notizbuch, der sofort wieder zu blättern anfing.

»Ah, da ist es. Melina Krasniqi und Reinhard Schmelzer.« Zufrieden klappte Meier sein Büchlein zu und blickte Hinrichs und Fuchs abwechselnd an.

»Und?«, fragte Hinrichs. »Das war wohl schon alles? Sonst haben Sie nicht mehr für uns?«

So langsam verlor er nun auch die Geduld. Von einem Kommissar erwartete er, dass man ihm nicht alles einzeln aus der Nase ziehen musste. Auch ihm ging der skalpierte Tote an die Nieren, aber das war kein Grund, unkonzentriert zu arbeiten.

»Mehr habe ich aber nicht«, sagte Meier und blickte ihn fragend an.

»Sie können mir also nicht sagen, wo sich die Herrschaften jetzt befinden? Vielleicht habe ich ja noch die eine oder andere Frage.«

»Doch, natürlich«, sagte Meier hastig. »Die Wachmänner haben wir schon nach Hause geschickt. Sie kommen aber gleich morgen zur Vernehmung auf die Wache.«

»Und die Obdachlosen?«

»Sind in der Nordseeklinik, die Frau war vollkommen außer sich. Die Notärztin hat ihr eine Beruhigungsspritze gegeben und sie mit dem ersten Rettungswagen wegbringen lassen. Er hätte Ihnen eigentlich entgegenkommen müssen.«

»Na also«, sagte Hinrichs. »Geht doch. Warum denn nicht gleich so?«

Meier senkte niedergeschlagen den Kopf.

Meier, Meier, dachte Hinrichs. Du bist und bleibst ein hoffnungsloser Fall. Bereits bei ihrer ersten Begegnung vor drei Jahren, damals war Meier noch ein junger Kommissaranwärter und das erste Mal auf Sylt gewesen, war er eher durch Übereifrigkeit und Obrigkeitshörigkeit als durch Leistung aufgefallen. Hinrichs hatte da noch gehofft, dass sich das mit zunehmender Erfahrung legen würde. Doch offensichtlich war dies nicht der Fall. Ihn hatte es schon gewundert, dass man Meier noch einmal hergeschickt hatte. In der Regel setzte man nur junge und noch unerfahrene Beamte als Saisonunterstützung ein.

»Und melden sich dieser Schmelzer und seine Freundin auch morgen auf der Wache?«, fragte Fuchs.

»Äh, also, ich meine …« Meier schielte vorsichtig zu Hinrichs, bevor ein Ruck durch seinen Körper ging und er mit fester Stimme sagte: »Ich werde gleich persönlich hinfahren, Herr Hauptkommissar, und die beiden befragen.«

»Lassen Sie es gut sein, Meier«, sagte Hinrichs. »Die haben für heute wahrscheinlich genug durchgemacht.«

Er wandte sich an Fuchs.

»Schick eine Streife zur Nordseeklinik. Die sollen diesen Schmelzer abholen und ihn für heute Nacht in unserer Wache unterbringen. Seine Begleitung wird sicher die Nacht in der Klinik bleiben müssen. Und dann werden wir zwei uns mal auf den Weg nach List machen.«

⚓

»Herr Steinmann?«

Das verschlafene Gesicht, das ihnen aus dem schmalen Türspalt entgegensah, nickte stumm.

»Kripo Westerland. Hauptkommissar Hinrichs, und das ist mein Kollege Oberkommissar Fuchs.« Er hielt kurz seine Marke hoch. »Dürfen wir reinkommen?«

»Polizei?« Von einer Sekunde auf die andere hatte sich Steinmanns Gesichtsausdruck verändert. Offensichtlich überrascht und auf einmal hellwach, blickte er die beiden an. »Ist was passiert?«

»Vielleicht besprechen wir das besser drinnen«, sagte Hinrichs mit gesenkter Stimme.

»Natürlich«, sagte Steinmann. »Kommen Sie.« Er öffnete die Tür und führte sie durch einen schmalen Flur in Richtung Wohnzimmer.

»Ist Ihr Vater auch da?«, fragte Hinrichs. Dem verwitterten Keramikschild an der Haustür zufolge wohnte hier neben Silvia Steinmann und Rolf noch ein gewisser Hauke. Der Sohn, wie Hinrichs annahm. Und da der Mann, der ihnen geöffnet hatte, eindeutig zu jung für Rolf Steinmann war, musste es sich bei ihm wohl um Hauke Steinmann handeln.

»Mein Vater ist tot«, erwiderte Steinmann knapp. Er stieß die Tür zum Wohnzimmer auf und schaltete das Licht ein. »Aber nun sagen Sie schon. Was ist passiert? Ist was mit meiner Mutter?«

Ohne auf die Frage einzugehen, betrat Hinrichs den Raum und wies auf das Sofa.

»Dürfen wir?«

Steinmann nickte wortlos und ließ sich, ohne den Blick von Hinrichs zu nehmen, in einen abgewetzten Fernsehsessel sinken, der an der Stirnseite des Couchtischs stand.

»Also, Herr Steinmann«, sagte Hinrichs. »Ich muss Ihnen leider mitteilen, dass wir Ihre Mutter tot aufgefunden haben.«

Das Bedauern in seinem Blick war, auch wenn er gleichzeitig sehr genau die Reaktion Steinmanns beobachtete, durchaus ernst gemeint. Im Lauf der Jahre hatte er schon viele Todesnachrichten, insbesondere während seiner Zeit bei der Bremer Kripo, überbringen müssen. Auch heute fiel es ihm noch schwer, daraus machte er keinen Hehl. Anders als der eine oder andere seiner Kollegen, die selbst in solchen Fällen von Routine sprachen. Doch Hinrichs war der festen Überzeugung, dass es sich dabei nur um Schutzbehauptungen handelte. Insbesondere die jüngeren Kollegen hatten unverkennbar Probleme damit, im Dienst auch mal Gefühle zuzulassen. Natürlich durfte man sich bei Ermittlungen in Todesfällen nicht vom Mitleid beeinflussen lassen, neben einer gebotenen Anteilnahme gehörte auch eine gehörige Portion Aufmerksamkeit und Objektivität dazu. Dieser Spagat, Gefühl und Arbeit in Einklang zu bringen, und auch einem vermeintlich trauernden Angehörigen zunächst einmal zu misstrauen, war nicht immer leicht, zeichnete aber letztlich einen guten Ermittler aus.

»Tot?« Steinmann sah die beiden Beamten abwechselnd an. »Hatte sie etwa einen Unfall?«

»Nein, sie wurde vermutlich ermordet«, sagte Hinrichs.

»Ermordet?«, rief Steinmann und sprang von seinem Sessel auf. Vor der Wohnzimmertür blieb er stehen und wandte ihnen den Rücken zu. Hinrichs und Fuchs warfen sich einen abwartenden Blick zu.

»Sie wurde vor ungefähr zwei Stunden auf dem alten Fliegerhorst in Westerland aufgefunden«, sagte Fuchs.

»Auf dem Fliegerhorst?« Steinmann drehte sich schlagartig um und sah sie ungläubig an.

Hinrichs nickte und legte seine Hand auffordernd auf die Armlehne des Fernsehsessels. »Herr Steinmann, setzen Sie sich doch bitte wieder.«

Steinmann ließ sich wortlos in den Sessel sinken.

»Wie kommt sie denn auf den Fliegerhorst?«, fragte er.

»Das wissen wir noch nicht. Wann haben Sie Ihre Mutter das letzte Mal gesehen?«

Steinmann schien die Frage gar nicht gehört zu haben, denn er starrte ihn nur gedankenverloren an und murmelte: »Auf dem Fliegerhorst. Aber das kann doch nicht ...«

Hinrichs und Fuchs wechselten einen Blick.

»Was kann nicht, Herr Steinmann?«, fragte Fuchs.

»Ach, nichts«, sagte Steinmann und schüttelte den Kopf. »Ich kann es nur nicht fassen. Wirklich ermordet?«

»So sieht es im Moment aus. Also, wann haben Sie Ihre Mutter das letzte Mal gesehen?«

»Vorgestern. Beim Frühstück.«

Hinrichs horchte auf.

»Und seitdem haben Sie sie nicht vermisst?«, fragte er.

»Nein«, antwortete Steinmann. Er stützte seine Ellbogen auf die Oberschenkel und fummelte unsicher an dem Tischläufer herum. »Sie war öfter mal über Nacht weg.«

»Ohne Ihnen Bescheid zu geben?«

Steinmann hob den Kopf und sah ihn eindringlich an. »Meine Mutter ist …« Er stockte kurz. »Ich meine, meine Mutter war … Jedenfalls sind wir erwachsen. Wir haben uns nicht ständig beim anderen abgemeldet, wenn wir mal 'ne Nacht weggeblieben sind. Ich wohne hier auch nur, weil ich bisher keine Wohnung gefunden habe. Sie wissen ja, wie schwer es ist, auf Sylt was Bezahlbares zu bekommen.«

»Hatte Ihre Mutter irgendetwas gesagt, wo sie hinwollte oder ob sie mit jemandem verabredet war?«, fragte Hinrichs mit ruhiger Stimme weiter. Ihm war die unterschwellige Aggressivität in Steinmanns Äußerung nicht entgangen.

»Nein. Als ich abends von der Arbeit kam, war sie schon weg. Und wie schon gesagt, das war nicht ungewöhnlich.«

Hinrichs legte den Kopf etwas schief, während er Steinmann von der Seite ansah.

»Noch eine letzte Frage. Kennen Sie einen gewissen Hans Weyde?«

»Den Makler? Natürlich. Wer kennt den nicht?«

»Ich meinte eigentlich, ob Sie ihn vielleicht näher kennen? Oder vielleicht Ihre Mutter?«

Steinmann sah ihn fragend an.

»Wie kommen Sie denn jetzt darauf? Was hat Herr Weyde mit meiner Mutter zu tun?«

»Wir haben ihn zusammen mit Ihrer Mutter gefunden. Auch er wurde gewaltsam getötet.«

Hinrichs bemerkte, wie Steinmann auf einmal käsebleich wurde und ihn entgeistert ansah.

»Sie haben beide tot auf dem Fliegerhorst gefunden?«

»Ja, genau. Und Sie können sich wirklich nicht denken, was Ihre Mutter von Herrn Weyde gewollt hatte?«

»Nein! Absolut nicht«, sagte Steinmann mit gesenktem Blick. »Meine Eltern kannten ihn wohl von früher. Er war mit meinem Vater drüben in der Marineschule gewesen. Das ist aber schon Jahre her. Aber sonst …«

»Danke«, sagte Hinrichs und nickte Fuchs kurz zu, der daraufhin sein Notizbuch einsteckte, in dem er sich zwischenzeitlich ein paar Notizen gemacht hatte. »Das wäre dann erst mal alles.« Schwerfällig drückte er sich aus dem durchgesessenen Sofa hoch und streckte angestrengt den Rücken durch.

»Haben Sie vielleicht noch einen persönlichen Gegenstand Ihrer Mutter, den wir für eine DNA-Probe nehmen können? Eine Zahnbürste oder einen Kamm?«

»Ja, natürlich«, antwortete Steinmann. »Ich hole sie eben.«

Hinrichs bedeutete Fuchs mit einer kurzen Geste, Steinmann zu folgen. Vom Türrahmen aus beobachtete er, wie die beiden die Treppe ins Obergeschoss hinaufstiegen. Natürlich wusste sein Kollege, dass sie eine derartige Probe in diesem Fall nicht benötigten, schließlich hatten sie Silvia Steinmann eindeutig identifizieren können. Die Probe für den Abgleich mit Spuren-DNA-Profilen würde die Kieler Gerichtsmedizin ohnehin von der Leiche entnehmen. Doch auch für solche Fälle hatten Fuchs und er sich auf dieses Vorgehen verständigt, damit der Zurückbleibende sich in Ruhe umsehen konnte.

Eilig trat Hinrichs ins Wohnzimmer zurück, um sich etwas genauer umzusehen. Der abgewohnte Eindruck wurde durch das schwache Licht der Deckenleuchte, in deren Lampenschale die Überreste von Mücken und Fliegen lagen, zusätzlich verstärkt. Und auch der wuchtige Wohnzimmerschrank aus Nussbaum, der genau wie der Rest der Wohnzimmereinrichtung zweifellos noch aus D-Mark-Zeiten stammte, setzte diesen Eindruck fort. Aus dem Bild fiel der moderne Flachbildfernseher in Klavierlackoptik, der auf der obligatorischen Fernsehbank thronte und so gar nicht mit dem Rest harmonierte.

Hinrichs trat an den Wohnzimmerschrank und betrachtete die gerahmten Fotos, die dort in einem offenen Regal standen. Aufmerksam ließ er seinen Blick über die Bilder gleiten, bevor er das größte herausnahm. Es zeigte ein junges Paar, das vor einem Rosenbogen posierte und glücklich in die Kamera lächelte. Auch wenn Silvia Steinmann vorhin keinen schönen Anblick geboten hatte und seit der Aufnahme viele Jahre vergangen waren, erkannte er sie auf Anhieb in dem hübschen Mädchen mit dem weißen Brautkleid. Der ordentlich gescheitelte Mann in Marineuniform an ihrer Seite musste demnach Rolf Steinmann sein. Hinrichs stellte das Bild zurück und betrachtete das nächste. Ein kleiner Junge, er schätzte ihn auf ungefähr sechs Jahre, lachte stolz, auf seinem roten Bobbycar sitzend, in die Kamera. Die anderen Bilder zeigten die Familie vor einem hell erleuchteten Weihnachtsbaum sowie zwei ältere Ehepaare, vermutlich Hauke Steinmanns Großeltern. Neben der Familiengalerie standen noch drei abgegriffene Winnetou-Romane. Hinrichs Blick überflog das gute Familienporzellan, das die Steinmanns in der Glasvitrine der Schrankwand präsentierten. Gerade als er sich den Schubladen widmen wollte, hörte er Schritte auf der Treppe. Hastig eilte er in den Flur, wo Fuchs mit Hauke Steinmann eben die letzten Stufen herunterkam.

»Wir wären dann so weit«, sagte Fuchs und hielt einen durchsichtigen Beutel mit einer ausgefransten Zahnbürste in die Höhe.

Hinrichs nickte und wandte sich noch einmal an Steinmann.

»Herr Steinmann«, sagte er mit ruhiger, fester Stimme. »Wir melden uns bei Ihnen, sobald Ihre Mutter von der Gerichtsmedizin freigegeben ist. Sie können uns auch jederzeit anrufen, falls Sie Fragen haben oder Ihnen noch irgendetwas Ungewöhnliches auffällt, das mit dem Tod Ihrer Mutter zusammenhängen könnte. Jeder kleine Hinweis könnte wichtig sein.« Er reichte ihm seine Visitenkarte und verließ zusammen mit Fuchs das Haus.

Im Auto blickte Hinrichs noch einmal zurück.

»Ist dir auch aufgefallen, dass er mehr über den Fundort als über den Tod seiner Mutter überrascht war?«

Fuchs sah ihn verblüfft an.

»Jetzt, wo du es sagst …«

9

Robert Bennings verschlafener Blick fiel auf die Uhr des DVD-Players. Kurz nach sieben. Ihm war furchtbar warm. Verwundert schob er die warme Fleecedecke beiseite. Normalerweise ging er eher ins Bett, als dass er sich zudeckte, wenn er vor dem Fernseher einnickte. Schwerfällig schwang er die Beine vom Sofa und streckte die Arme weit über den Kopf. Sein Rücken brannte wie Feuer. Er fuhr mit den Händen durch das zerstrubbelte Haar und verharrte für einen Moment, den Kopf auf die Arme gestützt. Er überlegte. War das, was ihm im Kopf rumspukte, nun furchtbare Realität oder nur ein schlechter Traum gewesen? Hatte man ihm gestern wahrhaftig einen Skalp geschickt? Es schien alles so unwirklich. Er schlug sich aufmunternd auf die Oberschenkel und stand auf.

»Erst mal 'nen schönen Kaffee«, sagte er laut zu sich selbst, während er umständlich an dem niedrigen Couchtisch vorbeistolperte. Er warf dem heimtückischen Möbelstück, an dessen Ecke er sich regelmäßig das Schienbein anstieß, einen bitterbösen Blick zu und hob drohend den Finger.

»Der nächste Sperrmüll ist deiner«, sagte er, bevor er seinen Weg zur Küche fortsetzte. Plötzlich blieb er wie angewurzelt stehen.

Das kann nicht sein, dachte er und rieb sich ungläubig die Augen. Vor ihm auf dem Esstisch stand auf einmal wieder so ein Karton wie jener, in dem er gestern den Skalp vorgefunden hatte. Langsam machte er einen Schritt auf den Tisch zu, ohne dabei den Blick von dem Päckchen zu nehmen.

Das war unmöglich! Auch wenn er eben noch nicht sicher gewesen war, ob er alles nur geträumt hatte, jetzt konnte er sich wieder sehr gut daran erinnern, wie Oberkommissar Fuchs das Päckchen gestern mitgenommen hatte. Und doch stand wieder eines schön säuberlich zugeklebt an der gleichen Stelle.

Zögernd beugte er sich über den Karton. Selbst die krakelige Schrift, mit der seine Anschrift auf das Päckchen geschrieben worden war, ähnelte der von gestern. Er richtete sich wieder auf und rieb sich grübelnd das Kinn. Wie zum Teufel konnte, bitte schön, noch eines …

»Robbie? Bist du schon wach?«

Benning zuckte zusammen. Gunda! Sie war hier?

Dann hatte sie das Päckchen gestern Abend reingebracht. Er legte den Kopf in den Nacken und schloss für einen Moment die Augen. Es gab also offensichtlich ein zweites Päckchen. Hieß das etwa auch …? Er traute sich kaum, den Gedanken zu Ende zu führen. Was hatte man wohl diesmal hineingepackt? Vielleicht ein abgeschnittenes Ohr oder einen Finger? Die Vorstellung, dass es irgendwo auf der Insel eine zerstückelte Leiche gab, die ihm irgendjemand portionsweise zuschickte, ließ Übelkeit in ihm aufkommen.

Oben knarrte die kleine Verbindungstür, die das Obergeschoss seiner Wohnung mit der anderen Haushälfte, in der sich das Ferienappartement befand, verband. Er hatte sie damals beim Umbau bewusst einbauen lassen, um sich in seinem gesamten Haus frei bewegen zu können, ohne außen herumgehen zu müssen.

»Robbie?«, ertönte erneut ihre Stimme.

Benning nahm hastig das Päckchen vom Tisch und rannte in den Flur. Auf keinen Fall durfte sich Gunda an den Karton erinnern. So neugierig, wie sie war, würde sie sicher von ihm verlangen, ihn sofort zu öffnen.

Er hastete zu dem kleinen Gäste-WC, das direkt neben der Haustür lag und das als Abstellkammer für seine Malutensilien diente. Eilig stellte er das Päckchen in eine Ecke hinter zwei leere Leinwände. Keine Sekunde zu früh.

»Da bist du ja«, sagte Gunda, während sie mit verschlafenem Gesichtsausdruck die Treppe heruntertapste. »Warum antwortest du nicht?«

»Erst einmal guten Morgen«, sagte er und zog bedächtig die Tür hinter sich ins Schloss. Er trat an die Treppe und blickte sie mit einem freundlichen Lächeln an.

»Morgen«, antwortete Gunda müde und blieb auf der letzten Stufe vor ihm stehen.

»Ich bin auch eben erst aufgewacht«, sagte er. »So wie du aussiehst, ist es wohl gestern noch ziemlich spät geworden.«

Gunda nickte und schlang matt die Arme um seinen Nacken.

»Stimmt«, sagte sie und küsste ihn auf die Wange. »Und dann konnte ich nicht einschlafen.«

»Deswegen bist du also noch zu mir rübergekommen und hast mich zugedeckt? Ich hatte mich schon gewundert.«

Gunda lächelte.

»Du hast leider schon geschlafen wie ein Murmeltier«, sagte sie. »Und dabei hatte ich mich so auf ein schönes Glas Wein mit dir gefreut.«

»Tut mir leid«, sagte Benning. »Muss wohl beim Fernsehen eingeschlafen sein.«

»Wie immer«, sagte sie, hüpfte von der Stufe und schlurfte in Richtung Esszimmer. »Und dabei dachte ich, dass du noch Besuch gehabt hattest. Wegen dem Mann …«

»Welcher Mann?«, fragte Benning und folgte ihr mit besorgtem Blick.

Gunda hielt kurz inne und wandte sich zu ihm um.

»Na, als ich nach Hause kam, lief hier ein Mann rum. Allerdings war er schon fast oben an der Waldstraße, als ich ausgestiegen war. Vielleicht hat er ja auch nur das Päckchen vorbeigebracht. Apropos …«

Sie sah sich suchend um.

»Wo ist es denn?«, fragte sie und wies auf den Tisch. »Ich hatte es doch hierhingestellt.«

»Ach so, das Päckchen«, sagte Benning rasch. »Das habe ich schon weggeräumt. War nichts Wichtiges. Nur Infomaterial über die Insianer. Du weißt doch, für meinen Artikel. Hat wahrscheinlich Hühnchen vorbeigebracht.«

»Hühnchen?«, fragte Gunda, während sie weiter zur Küche ging.

»Eigentlich Torsten Huhn«, sagte Benning. »Einer unserer Volontäre.«

»Und, sieht er auch wie ein Hühnchen aus?«, fragte Gunda und nahm die Kaffeekanne aus der Maschine, um sie mit Wasser zu füllen.

Benning lachte.

»Nein, ganz im Gegenteil. Er ist eigentlich mehr so ein Surfertyp: groß, blond, muskulös. Ich glaube, er surft sogar wirklich. Jedenfalls treibt er sich immer am Brandenburger Strand rum, wenn der Surf-Cup stattfindet.«

»Dann war er es sicher nicht«, sagte Gunda. »Der Mann von gestern Abend hatte mehr Ähnlichkeit mit einem Adler als mit eurem Hühnchen. Bei dem Zinken.«

»Du hast sein Gesicht gesehen?«, fragte Benning mit einer Mischung aus Besorgnis und Neugierde.

»Nur ganz kurz im Licht der Laterne. Wie gesagt, er war schon oben an der Waldstraße. Ei?«

Gunda hatte den Kühlschrank geöffnet und hielt mit fragendem Blick ein Ei in die Höhe.

Benning nickte nachdenklich und lehnte sich gegen den Türrahmen.

»Allerdings kam er mir irgendwie bekannt vor«, sagte sie, während sie den Herd anstellte. »Deswegen dachte ich ja auch, er wäre bei dir zu Besuch gewesen.«

Benning überlegte fieberhaft, wer von seinen Bekannten eine Adlernase hatte, es fiel ihm aber niemand ein. Angenommen, der Unbekannte hat wirklich das Päckchen vor meine Tür gelegt, dachte Benning und schluckte. Dann hieße das, Gunda hat möglicherweise, ohne es zu wissen, den Täter gesehen.

»Darf ich mal?«, fragte Gunda unvermittelt und holte ihn aus seinen Gedanken. Sie stand mit einem Tablett, auf dem sie inzwischen Besteck, Teller, Marmelade und Butter zusammengestellt hatte, abwartend vor ihm.

»Natürlich«, antwortete er und machte rasch einen Schritt zur Seite.

»Stimmt was nicht?«, fragte sie im Vorbeigehen. »Du guckst so komisch.«

»Nein, nein«, sagte er rasch und folgte ihr ins Esszimmer. »Ich bin nur noch mal in Gedanken mein Interview durchgegangen.«

»Hast du immer noch nicht alles zusammen?« Gunda sah ihn erstaunt an. »Aber vorm Fernseher einschlafen!«

Er zuckte hilflos mit den Schultern, woraufhin sie kopfschüttelnd in die Küche zurückging.

Benning setzte sich an den Tisch. Der Gedanke, dass Gunda möglicherweise dem Mann über den Weg gelaufen war, der ihm menschliche Körperteile zuschickte, ließ ihn nicht los. Besonders beunruhigte ihn, dass, wenn Gunda ihn gesehen hatte, er auch sie gesehen hatte und wusste, dass es nun eine Zeugin gab.

»So, jetzt dürften wir eigentlich alles haben.«

Gunda stellte das Tablett mit der zweiten Fuhre neben ihm ab und verteilte den Brotkorb mit frischem Toast, die Eier und die Kaffeekanne auf dem Tisch. Anschließend setzte sie sich neben ihn und wollte gerade nach einem Toast greifen, als sie seinen besorgten Blick bemerkte.

»Was ist denn?«, fragte sie und ließ die Hand sinken.

»Nichts, was soll denn sein?«

»Ich sehe doch, dass etwas nicht stimmt. Das kann doch nicht nur mit dem Interview zusammenhängen. Es ist ja auch nicht dein erstes.« Gunda hatte sich inzwischen einen Toast genommen und fing an, ihn zu bestreichen.

Benning suchte krampfhaft nach einer Erklärung. Den Grund für seine tatsächliche Besorgnis konnte er unmöglich preisgeben. Erstens hatte er die ganze Sache noch nicht einmal für sich selbst einigermaßen verarbeitet, und dann war da ja auch noch das zweite Päckchen. »Ist es wegen der Wohnung?«, fragte Gunda und knabberte unsicher an ihrem Toast. Ich könnte dich küssen, dachte Benning erleichtert. Gunda hatte ihm, ohne es zu wissen, das Stichwort für seine Ausrede geliefert.

Gunda bemerkte, wie seine Miene sich mit einem Mal aufhellte. War es also doch das Dauerthema, das in letzter Zeit immer häufiger zu Diskussionen zwischen ihnen führte, und das ihn auch jetzt wieder bedrückte. Seit Wochen lag er ihr nun schon in den Ohren, sie solle doch endlich ihre Wohnung in der Hebbelstraße aufgeben und ganz in das Ferienappartement nebenan einziehen. Wenn sie ehrlich war, hatte sie das im Grunde schon längst getan. Die wenigen Male, die sie sich in den letzten drei Jahren in ihrer eigenen Wohnung aufgehalten hatte, konnte man schon fast an einer Hand abzählen. Daher waren seine Argumente allesamt absolut unstrittig, insbesondere das der stattlichen Miete, die sie jeden Monat für nichts bezahlte.

»Ich verstehe nun mal nicht, warum du nicht endlich die Wohnung kündigst«, sagte Benning, während er sein Ei aufschlug. »Es gibt genug Leute, die händeringend nach einer Wohnung suchen, während du dir den Luxus einer nahezu ungenutzten zweiten Bleibe leistest. So viel verdienst du ja nun auch wieder nicht.«

»Du hast ja recht«, sagte Gunda mit einem gequälten Gesichtsausdruck und dachte an ihren ausgereizten Dispo. Aber was war mit ihrer Freiheit? Ihrer Unabhängigkeit? Wie stolz war sie damals gewesen, als sie den Mietvertrag für ihre erste eigene Wohnung unterschrieben hatte. Sie, Gunda Paulsen, hatte eine eigene Wohnung auf Sylt.

Sie unterhielten sich noch einige Minuten über das Thema, während sie weiter frühstückten, bis sich Benning auf einmal, nach einem kurzen Blick auf die Pendeluhr, erhob.

»Mensch, ich muss mich ja fertig machen«, sagte er und verschwand eilig im benachbarten Bad.

Gunda spülte den letzten Bissen mit einem Schluck Kaffee hinunter und begann, den Tisch abzuräumen.

Benning hatte inzwischen seine Morgentoilette beendet und war nach oben verschwunden, um sich umzuziehen. Gunda räumte die letzten Teller in die Geschirrspülmaschine und schenkte sich noch einen Kaffee nach.

»So, ich muss dann mal los!«

Benning war in die Küche zurückgekehrt, nahm ihr mit einem sanften Lächeln den Kaffeebecher aus der Hand und trank einen Schluck.

»Sehen wir uns zum Mittag?«, fragte Gunda. »Ich muss allerdings um eins wieder an der Rezeption sein.«

Benning machte eine abwägende Kopfbewegung und gab ihr den Becher zurück.

»Könnte eng werden. Warte lieber nicht auf mich. Ich hole dich aber auf jeden Fall heute Abend ab.«

Gunda sah ihn erstaunt an. Wieso wollte er sie plötzlich von der Arbeit abholen?

»Lass man«, sagte sie. »Ich weiß noch gar nicht, wann ich heute fertig werde. Morgen ist wieder großer Gästewechsel. Vielleicht gehe ich nach der Arbeit noch mit Susanne auf einen Absacker in die Stadt.«

Benning nickte, wobei sie seinem Gesicht deutlich ansehen konnte, dass ihm das nicht so recht passte. Heute ist er aber richtig seltsam, dachte Gunda.

»Ist das nicht in Ordnung, wenn ich mal wieder weggehe?«

»Doch, doch«, sagte er schnell, tastete seine Taschen ab und zog den Autoschlüssel aus der Hosentasche.

In der Küchentür hielt er noch einmal inne und drehte sich um.

»Ach ja. Und wie gesagt, denk noch mal über die Sache mit deiner Wohnung nach.«

»Mach ich«, sagte sie. »Großes Indianerehrenwort!«

Kurz darauf beobachtete sie durch das Küchenfenster, wie Benning das Päckchen von gestern Abend in den Kofferraum des MX 5 legte und nach einem prüfenden Blick zum Himmel das Verdeck zurückklappte.

Gunda nippte an ihrem Kaffee, während Benning langsam aus der Auffahrt rollte, auf die Norderstraße abbog und davonfuhr. Sie erinnerte sich wieder an ihr Gespräch von gestern, als sie die Pause am Rantumer Hafen gemacht hatten.

»Du bist aber auch manchmal verbrettert«, sagte sie zu sich selbst und schüttelte den Kopf. Es war das Geld, das ihn immer wieder zu dem Wohnungsthema drängte. Nicht nur, dass sie für ihre Wohnung viel Miete zahlte, sie belegte ja auch noch sein Appartement und damit die Ferienwohnung, mit der er Geld verdienen könnte. Geld, das ihm sicherlich jetzt fehlte. Hatte sie sich nicht schon häufiger gefragt, wie er mit dem bisschen Malerei und den paar Zeitungsartikeln über die Runden kam? Verärgert über sich selbst, schüttete sie den Rest des inzwischen kalt gewordenen Kaffees in den Ausguss.

Sie musste sich endlich entscheiden: Entweder zog sie jetzt fest hier ein und zahlte regulär Miete, oder sie blieb in der Hebbelstraße. Dann aber auch mit allen Konsequenzen, und das hieß, sein Ferienappartement endgültig zu räumen.

Grübelnd ging Gunda ins Esszimmer und blickte hinaus in den Garten. Was sprach dagegen, ihre Wohnung aufzugeben? Ihre Freiheit? Hatte er sie denn jemals in irgendeiner Weise eingeengt?

Sie schüttelte den Kopf. Dafür, dass sie sich so häufig in seiner Nähe aufhielt, gab es einen Grund: Sie brauchte ihn. Sie brauchte die Sicherheit und die Geborgenheit, die sie bisher nur bei ihm gefunden hatte. Er half ihr und war für sie da, wenn die bösen Erinnerungen zurückkehrten. Sie seufzte glücklich, als sie genau in diesem Moment eine Entscheidung traf.

10

Benning schaltete den Motor aus und blickte zu dem alten Backsteingebäude der Westerländer Polizeiwache, aus dem im gleichen Moment Oberkommissar Fuchs herauseilte.

Der überschlägt sich ja mal wieder vor Diensteifer, dachte Benning und stieg aus.

»Wo ist es?«, fragte Fuchs.

Benning öffnete den Kofferraum und beobachtete, wie Fuchs das Päckchen vorsichtig aus dem Kofferraum des MX 5 hob und wieder zur Zentralstation der Sylter Polizei zurückging. Dabei hielt er das Päckchen wie einen Karton mit rohen Eiern vor sich. Hinrichs, der an der Eingangstür stehen geblieben war, hielt ihm die Tür auf und winkte anschließend Benning zu sich.

»Seit deinem Anruf hat er die Einfahrt nicht mehr aus den Augen gelassen«, rief Hinrichs zu ihm hinüber.

»Na, dann war es ja gut, dass ich von unterwegs angerufen habe«, sagte Benning, während er das Verdeck zuklappte. Anschließend ging er zu seinem Freund, der immer noch die Tür aufhielt, und sah ihn ernst an.

»Wir müssen dringend reden«, sagte er. »Ich brauche unbedingt Zeugenschutz für Gunda.«

Hinrichs sah ihn überrascht an.

»Zeugenschutz?«

Benning nickte aufgeregt.

»Sie hat den Täter gesehen. Und er sie möglicherweise auch.«

Hinrichs legte ihm die Hand auf die Schulter und schob ihn sanft durch die Tür.

»Lass uns erst mal reingehen und in meinem Büro weiterreden. Ich habe auch noch was mit dir zu besprechen.«

Benning folgte seinem Freund in dessen Büro und setzte sich auf den Besucherstuhl, der neben den Schreibtischen von Hinrichs und Fuchs stand.

»Kaffee?«

Hinrichs stand an der kleinen Kaffeestation neben der Tür und hielt eine abgestoßene Tasse in die Höhe.

Benning nickte kurz.

»Kannst du das mit dem Zeugenschutz arrangieren?«, fragte er. »Um neun hat sie Feierabend.«

»Aber Robbie«, sagte Hinrichs und hielt ihm einen dampfenden Pott Kaffee unter die Nase. »Erzähl doch erst mal in aller Ruhe, was passiert ist. Wen hat Gunda denn nun genau gesehen?«

Mit dem Becher in der Hand ließ Hinrichs sich behutsam in seinen abgewetzten Kunstlederstuhl sinken und nippte vorsichtig an seinem Kaffee.

»Also«, sagte Benning und suchte verzweifelt einen Platz, wo er seinen Becher abstellen konnte. Hinrichs' Schreibtisch glich mal wieder einer riesigen Aktenablage, überall stapelten sich Ordner und Gittermappen. Wie konnte sich sein Freund in so einem Chaos nur zurechtfinden? Schließlich entdeckte er eine kleine Stelle dicht neben dem Fuß des Computermonitors und stellte seinen Becher dort ab. Mit ernster Miene beugte er sich vor und erzählte Hinrichs von Gundas Begegnung mit dem Fremden.

»Hat sie ihn erkannt?«, fragte Hinrichs, nachdem Benning geendet hatte.

Benning schüttelte den Kopf.

»Nein, sie sagte nur, dass er ihr irgendwie bekannt vorkam. Ach ja! Und dass er eine Hakennase hatte.«

»Hmm«, sagte Hinrichs und sah ihn skeptisch über den Rand seines Kaffeepotts an. »Das ist nicht gerade viel. Kann auch ganz einfach ein Nachtschwärmer gewesen sein oder jemand aus der Nachbarschaft, der mit seinem Hund Gassi gegangen ist.«

»Da war kein Hund«, sagte Benning gereizt. »Davon hätte Gunda sonst erzählt.«

Hinrichs trank noch einen Schluck Kaffee, bevor er die Tastatur seines Computers nahm und achtlos auf einen der Aktenstapel warf, der dabei bedenklich verrutschte. Er stellte seinen Becher auf den so frei gewordenen Platz und sah Benning eindringlich an.

»Bei aller Freundschaft, Robbie, aber das reicht nicht, um Gunda unter Schutz zu stellen. Ich verstehe ja durchaus deine Sorge. Doch selbst wenn ich genug Personal hätte, ist das keine ausreichende Begründung. Meine Kollegen zeigen mir einen Vogel.«

»Muss denn erst was passieren?«, fragte Benning verärgert. Es war wirklich immer und überall das Gleiche.

»Aber Robbie, wir wissen ja noch nicht mal, was sich in dem zweiten Päckchen …«

In diesem Moment flog die Bürotür auf.

»Noch ein Skalp und ein Bekennerschreiben«, rief Fuchs in den Raum und hielt ein DIN-A4-Blatt in die Höhe.

»Scheiße!«, sagte Hinrichs und sank auf seinem Stuhl zusammen. »Auch das noch.«

»Damit sind's dann wohl drei Tote«, sagte Fuchs und legte Hinrichs das Schreiben auf den Tisch.

»Drei Tote?«

Benning sah die beiden Beamten überrascht an.

Hinrichs nickte matt.

»Deswegen habe ich noch mit dir reden wollen. Wir haben letzte Nacht zwei Tote auf dem Fliegerhorst aufgefunden. Einen Mann und eine Frau, wobei der Mann, ein Immobilienmakler aus List, skalpiert wurde. Wenn wir jetzt also noch einen Skalp haben, müssen wir wohl noch mit einer weiteren Leiche rechnen, die irgendwo da draußen …« Er hielt für einen Moment inne, bevor er unvermittelt mit der flachen Hand auf den Tisch schlug und dabei fast seinen Becher umgeworfen hätte. »Verdammt, verdammt, verdammt!«, fluchte er laut. »Drei Tote, davon zwei skalpiert und einer noch vermisst. Und was haben wir? Nichts. Rein gar nichts. Bis auf diese eigenartigen Bekennerschreiben.«

»Und einen ersten Tatort«, sagte Fuchs. Er wippte auf den Zehenspitzen und blickte vielsagend in die Runde.

»Einen Tatort?«, fragte Hinrichs überrascht.

»Ich hab's auch gerade erst erfahren. Die Kollegen haben vor fünf Minuten aus List angerufen. Nachdem sie erfolglos Wey…«, er stockte und warf Benning einen kurzen Blick zu, bevor er fortfuhr, »also, die Wohnung des Maklers durchsucht hatten, sind sie noch zu seinem Büro gefahren, und Bingo!« Er schnippte grinsend mit den Fingern.

»Das ist ja wenigstens mal etwas«, sagte Hinrichs. »Dann werden wir da jetzt hinfahren.«

Hinrichs und Benning erhoben sich fast gleichzeitig, dabei trafen sich ihre Blicke.

»Keine Angst«, sagte Benning, der genau wusste, was sein Freund gerade dachte. »Ich störe euch nicht, wenn ihr Weydes Büro untersuchen wollt.«

»Woher kennen Sie seinen Namen?«, fragte Fuchs überrascht. »Ich habe gerade nur ›Makler‹ gesagt.«

»So viele Immobilienmakler gibt's in List ja wohl nicht«, sagte Benning und grinste Fuchs an. Anschließend wandte er sich wieder Hinrichs zu. »Ich habe gleich meinen Interviewtermin mit Okke Hansen.«

Hinrichs nickte.

»Hol schon mal den Wagen«, sagte er zu Fuchs und bedeutete ihm mit einer Handbewegung, den Raum zu verlassen. Nachdem sich die Tür hinter Fuchs geschlossen hatte, wandte er sich wieder an Benning.

»Mit der Pressemitteilung machen wir das ja wohl wie immer, oder?«

»Natürlich«, sagte Benning. Die Pressemitteilung, eine Arbeit, die nicht gerade zu den Lieblingsbeschäftigungen von Hinrichs gehörte. Es hatte sich über die Jahre so eingespielt, dass Benning ihm regelmäßig bei der Abfassung der Pressemitteilungen half. Dafür erhielt er im Gegenzug die offizielle Mitteilung immer als Erster und kam nebenbei noch an Informationen, die für gewöhnlich nicht so einfach an die Presse gingen.

»Kannst du mir noch schnell sagen, wer die tote Frau war?«, fragte Benning. Er wusste, dass Hinrichs normalerweise keine Namen aus laufenden Ermittlungen herausrückte. Schon gar nicht, wenn es für die Ermittlungen nicht zwingend erforderlich war. Aber vielleicht doch? Jetzt, wo Hinrichs schnell nach List wollte? Und tatsächlich beugte sich Hinrichs zu ihm vor und sagte hinter vorgehaltener Hand: »Was ich dir jetzt sage, bleibt unter uns. Du kennst unsere Abmachung?«

Benning nickte.

»Ich mache auch diesmal nur eine Ausnahme, weil es sich bei der Toten um eine Listerin handelt. Wahrscheinlich wird ihr Name spätestens morgen sowieso im ganzen Dorf rum sein.« Er warf einen kurzen Blick zur Tür, als habe er Angst, Fuchs könnte jeden Moment zurückkommen, bevor er schließlich sagte: »Bei der Toten handelt es sich um eine gewisse Silvia Steinmann.«

»Silvia Steinmann?«, fragte Benning überrascht.

»Kanntest du sie etwa?«, fragte Hinrichs nun genauso überrascht zurück und richtete sich wieder auf.

»Was heißt kennen? Es gab da mal einen Marineoffizier an der Versorgungsschule, der Steinmann hieß. Er war dort schon zu meiner Bundeswehrzeit, damals allerdings noch als Unteroffizier. Später ist er dann in die Offiziersausbildung gegangen und war danach bis zu seiner Pensionierung in List stationiert. Und wenn ich mich nicht arg täusche, hieß seine Frau Silvia.«

»Das würde zu dem Hochzeitsfoto passen, das ich in ihrer Wohnung gesehen habe«, sagte Hinrichs.

»Eigentlich müsste dir der Name auch bekannt vorkommen«, sagte Benning, während sie langsam zur Tür gingen. Hinrichs sah ihn fragend an.

»Wieso?«

»Denk noch mal nach«, sagte Benning. »Steinmann! Rolf Steinmann? Klingelt es da nicht?«

Hinrichs rieb sich grübelnd das Kinn.

»Steinmann, Steinmann …«

Plötzlich erhellte sich sein Gesicht.

»Du meinst, der Rolf Steinmann? Der Suizid vom letzten Jahr?«

»Vorletztes Jahr«, verbesserte Benning.

»Ja, genau«, sagte Hinrichs. »Hatte er sich nicht wegen irgendwelcher Spielschulden aufgehängt?«

Benning nickte.

»Schlimme Geschichte. Ich hatte damals die unschöne Aufgabe, einen Artikel für die Sylter zu schreiben. Silvia Steinmann hatte ihn damals gefunden, als sie vom Einkaufen zurückgekommen war, er hatte sich im Flur an der Garderobe aufgehängt.«

»Furchtbar«, sagte Hinrichs und öffnete die Tür.

»Aber was hatte sie mit Hans Weyde auf dem Fliegerhorst verloren?«, fragte Benning.

»Sie sind dort nur abgelegt worden«, sagte Hinrichs. »Warum, werde ich hoffentlich erfahren, wenn wir gleich den Tatort in Augenschein nehmen. Deswegen muss ich jetzt wirklich los.«

Benning hielt ihn am Arm zurück und sah ihn ernst an.

»Michael, was ist, wenn Gunda doch den Täter gesehen hat?«, fragte er besorgt. »Kannst du nicht wenigstens einen Kollegen …«

Hinrichs schüttelte bedauernd den Kopf.

»Es geht wirklich nicht, Robbie. Bei allem Verständnis. Mir ist die Sache mit Gunda damals auch nahegegangen. Ich verspreche dir aber, dass wir auch weiterhin die Augen offen halten. Insbesondere euch betreffend. Schließlich sucht der mutmaßliche Täter ja aus irgendeinem Grund deine Nähe. Mehr kann ich aber im Moment wirklich nicht machen. Ich melde mich nachher, wenn wir aus List zurück sind.«

11

Moin, Okke!«

Benning war gespannt, ob Okke Hansen ihn nach so langer Zeit noch wiedererkennen würde. Auf dem Weg nach Rantum hatte er überlegt, wie lange es her war, seit sie sich das letzte Mal gesehen hatten. Zehn Jahre bestimmt. 2002 hatte Benning zuletzt eine Fortbildung beim Roten Kreuz in Westerland durchgeführt. Damals hatte er dort als gelernter Medizingerätetechniker regelmäßig Einweisungen in die medizinischen Geräte vorgenommen.

»Robbie?«, fragte Hansen, wobei ihm die Überraschung deutlich ins Gesicht geschrieben stand.

Benning nickte lächelnd.

»Ich fass es nicht«, sagte Hansen. »Also doch! Ich war mir nämlich nicht sicher, als ich deinen Namen auf der Interviewanfrage las. Mensch, komm rein!«

Er führte ihn in die Küche und bot ihm einen Platz in der Sitzecke an.

»Was möchtest du trinken? Kaffee oder Tee?«

»Wenn's geht, lieber Kaffee«, sagte Benning und setzte sich an die Stirnseite des Tischs. »Aber mach dir bitte keine Umstände. Ich trinke auch gerne mal 'nen Tee.« Er zog beiläufig Notizbuch und Kugelschreiber aus der Seitentasche seiner Cargohose und legte sie vor sich auf den Tisch.

»Kein Problem«, sagte Hansen. »Wenn sich ein Besuch ordentlich bei mir anmeldet, habe ich ausnahmsweise auch Kaffee im Angebot. Leider häufen sich in letzter Zeit die ungebetenen Besuche. Milch und Zucker?«

»Nein danke«, sagte Benning und hob ablehnend die Hand. »Ungebetene Gäste?«

Hansen nickte und warf ihm einen entnervten Blick zu.

»Neuerdings geben sich die Bullen bei mir die Klinke in die Hand.«

Er stellte den Becher vor Benning auf den Tisch und setzte sich neben ihn.

»Die Polizei?«, fragte Benning. »Ach, wahrscheinlich wegen der Vorfälle auf den Baustellen.«

»Woher weißt du davon?«, fragte Hansen und gab sich gleich selbst die Antwort. »Ach ja, es stand ja genug davon in der Zeitung. Dann ist ›RoBe‹ sicher dein Kürzel bei den Artikeln, stimmt's?«

Benning nickte.

»Na, dann weißt du ja über alles Bescheid«, sagte Hansen seufzend. »Eine blöde Geschichte. Irgendwer macht sich einen Spaß daraus, uns das in die Schuhe zu schieben. Und die blöden Bullen fallen natürlich drauf rein. Erst gestern waren sie wieder hier ...«

Er stockte und zog den Becher, der schon bei Bennings Eintreffen auf dem Tisch gestanden hatte, zu sich heran. Benning betrachtete seinen alten Bekannten verstohlen von der Seite. Irgendetwas bedrückte Hansen unverkennbar. Wusste er vielleicht sogar schon von dem Skalp? Benning ärgerte sich, dass er vorhin bei Hinrichs' überhastetem Aufbruch nicht mehr daran gedacht hatte, ihn nach dem Ausgang des Verhörs zu fragen.

»Nun erzähl aber erst mal von dir«, sagte Hansen unvermittelt. »Wir haben uns ja seit Ewigkeiten nicht mehr gesehen.«

»Da gibt's eigentlich nicht viel zu erzählen«, sagte Benning. »Wie du sicher weißt, habe ich damals meinen Job in der

Nordseeklinik aufgegeben. Tja, und jetzt schreibe ich eben für die Zeitung.«

»Und außerdem malst du«, sagte Hansen und trank einen Schluck Tee.

Benning lächelte verlegen.

»Na ja. Was man so malen nennt.«

»Nun tu mal nicht so. Da habe ich schon schlechtere Bilder gesehen. Ich hätte mir sogar fast mal eins gekauft. Irgend so ein Sturmgemälde. Hätte schön in meinen Teeladen gepasst. Aber bei deinen Preisen …«

Benning zuckte die Schultern und musste an die vielen Gemälde denken, die er angeblich verkauft hatte und die in Wirklichkeit in einer Scheune in Sprakebüll lagerten.

»Du musst den Preis mal auf meinen Stundenlohn umrechnen«, sagte Benning. »Dann siehst du das in einem anderen Licht. Und irgendwie muss ich ja auch leben, du weißt ja selbst, was hier alles so kostet. Bei der *Sylter Zeitung* kann man auch kein Vermögen machen. Du kannst dich aber mal bei Gelegenheit melden, dann suchen wir ein schönes Bild für deinen Laden aus. Ich mach dir auch einen Freundschaftspreis.«

»Ich nehme dich beim Wort«, sagte Hansen mit ernster Miene.

»Bist du denn noch beim Roten Kreuz?«, fragte Benning.

Hansen schüttelte den Kopf.

»Kaum noch. In der Saison hält mich mein Teegeschäft ordentlich auf Trab. Dazu das Boot, die Angelfahrten und natürlich die Insianer.«

»Und genau wegen denen bin ich hier«, sagte Benning und schlug sein Notizbuch auf. »Ich beobachte die immer kritischer werdende Wohnungssituation nun schon seit einigen Jahren. Dabei ist mir natürlich auch die Gründung deiner Bürgerinitiative und deren Entwicklung nicht entgangen. Ich glaube, es ist an der Zeit, sich etwas eingehender mit euch zu beschäftigen. Vielleicht kann ich mit meinem Bericht ja sogar die Baustellenvorfälle in ein anderes Licht rücken.«

»Das wäre schön«, sagte Hansen. »Unsere Schlagzeilen sind, wie du ja weißt, derzeit keine gute Werbung für unser Anliegen.«

Er zog einen zerknitterten Tabaksbeutel aus der Hosentasche und drehte sich eine Zigarette. Benning beobachtete fasziniert, wie Hansens rauhe Finger geschickt den Tabak auf dem dünnen Papier verteilten, ohne es zu zerreißen. Anschließend steckte Hansen die fertige Zigarette in den Mundwinkel und tastete mit beiden Händen seine Taschen ab, offenbar auf der Suche nach Feuer. Dabei blickte er zufällig zu ihm rüber und unterbrach abrupt seine Suche.

»Wie unhöflich von mir«, sagte er und nahm die Zigarette wieder aus dem Mund. »Stört es dich, wenn ich rauche?«

»Es ist dein Haus«, sagte Benning schulterzuckend. Obwohl er eingefleischter Nichtraucher war, würde es ihm nicht im Traum einfallen, jemandem in dessen eigenen vier Wänden diesbezüglich Vorschriften zu machen. Er fand es schon schlimm genug, dass sich erwachsene Menschen dieser vermeintlichen Sucht derart unterwarfen, dass sie Freunde am Tisch sitzen ließen, um vor der Tür zu rauchen. Selbst zu Hause.

Hansen zündete sich die Zigarette mit einem Streichholz an, das er wie aus dem Nichts und scheinbar schon brennend aus der Hosentasche hervorgezaubert hatte.

»Gut«, sagte er, während er hinter einer großen blauen Qualmwolke verschwand. »Was willst du wissen?«

Er löschte das Streichholz mit einer kurzen Handbewegung und warf es zielsicher in den übervollen Aschenbecher, der vor ihm auf dem Tisch stand.

»Fangen wir doch gleich mit den Schmierereien und den Verwüstungen auf den Baustellen an«, sagte Benning. »Dann habe ich einen aktuellen Aufhänger.«

Hansen atmete tief ein und lehnte sich zurück.

»Wieso überrascht es mich nicht, dass du ausgerechnet darüber als Erstes sprechen möchtest?«, fragte er und blickte ihn vorwurfsvoll an. Er zog an seiner Zigarette und fuhr fort: »Aber wenn es jetzt auch noch einen Toten gegeben haben soll, ist das natürlich ein gefundenes Fressen für die Presse.«

Benning blickte auf sein Notizbuch. Hinrichs hatte also schon die Katze aus dem Sack gelassen. Doch wie viel wusste Okke? Er hob den Kopf und sah Hansen fest in die Augen.

»Deswegen habe ich dich aber nicht um ein Interview gebeten«, sagte er. »Trotzdem hast du natürlich recht, dass das sicher jetzt ganz schnell in den Fokus rücken wird. Deshalb ist es wichtig, dass wir alles tun, um euch weitestgehend aus der Schusslinie zu halten.«

»Pah«, sagte Hansen verächtlich. »Wenn ich daran denke, wie mir dieser Hinrichs dieses eigenartige Schreiben mit unserem Logo unter die Nase gehalten hat, weiß ich doch jetzt schon, was die über uns denken. Den anderen Verdacht werden wir ja auch nicht los. Und nur, weil irgendein Trittbrettfahrer seine Taten mit unserem Logo ziert.«

Er nahm einen tiefen Zug und blies den Rauch durch die Nasenlöcher, was seinen verärgerten Gesichtsausdruck noch verstärkte.

»Du meinst also, dass die Täter nur von sich selbst ablenken und deswegen euch die Schuld in die Schuhe schieben wollen?« Benning sah Hansen fragend an.

»Genau das denke ich! Wahrscheinlich sind das nur ein paar frustrierte Jugendliche von der Insel, die ihrem Unmut Luft machen wollen. Das könnte ich ja sogar noch verstehen.

Wo sollen die denn auch hin auf unserer ach so schönen Insel? Nicht genug damit, dass immer mehr Zweitwohnungen als solche deklariert werden. Dort, wo es noch Wohnraum für uns gibt, sind die Mieten inzwischen so hoch, dass sich das kein Schwein mehr leisten kann.«

Mit zitternden Händen nahm Hansen seinen Becher und leerte ihn mit einem Zug.

»Und was genau wollt ihr dagegen tun?«, fragte Benning mit ruhiger Stimme. »Selbst unter den Insulanern gibt es ja immer noch viel zu viele, die Haus und Hof verkaufen und dem verlockenden Ruf des Geldes folgen.«

Hansens Augen verengten sich zu schmalen Schlitzen. Benning spürte förmlich, wie die Wut in ihm kochte. Umso überraschter war er, als Hansen sich unvermittelt zurücklehnte und erneut den Tabaksbeutel aus der Tasche hervorzog.

»Leider hast du damit nicht ganz unrecht«, sagte er. »Obwohl man hier auch klare Unterscheidungen machen muss. Viele von denen, die in den letzten Jahrzehnten zugezogen sind, verlassen die Insel inzwischen wieder, weil sie im Winter nur noch in Geisterstädten leben und die sozialen Strukturen immer mehr zusammenbrechen. Aber wenn wir noch was ändern wollen, dann müssen wir jetzt alle Beteiligten an einen Tisch holen und deutlich machen, dass es schon längst fünf nach zwölf ist. Viele Auswege bleiben allerdings nicht mehr.«

Er zündete sich die nächste Zigarette an und blies den Rauch zur Decke, dabei folgte sein Blick gedankenverloren der Qualmwolke.

Benning sah von seinen Notizen auf und sagte: »Ich habe es ja selbst miterlebt, wie sich das Leben auf Sylt verändert hat. Besonders spürbar ist es, seit die Bundeswehr ihre letzten Kasernentore geschlossen hat. Seitdem sind die sozialen Strukturen in eine bedrohliche Schieflage geraten.«

»Bedrohliche Schieflage ist gut«, sagte Hansen. »Ich würde behaupten, dass wir kurz vor einem Kollaps stehen. Ich will dir mal was sagen …«

Benning wusste sowohl von seinen Recherchen als auch aus eigener Erfahrung, wovon Hansen sprach. Er selbst hatte die schleichenden Veränderungen in den letzten Jahren miterlebt. Noch gut erinnerte er sich an seinen ersten Winter auf Sylt. Vor dreißig Jahren hatte es tatsächlich noch so etwas wie ein Leben außerhalb der Saison gegeben. Doch bereits wenige Jahre später waren die ersten Ortsteile in Wenningstedt und Westerland tatsächlich zu so etwas wie Geisterstädten geworden: Die Straßen waren menschenleer und Kneipen und Geschäfte größtenteils geschlossen. Wenn es Nacht wurde, war es besonders auffällig. Dann fiel das Licht der Straßenlaternen in die dunklen Fensterhöhlen der leeren Ferienhäuser und Zweitwohnungen.

»Die meisten Grundstücke haben sich die Nazis in den 30er Jahren unter den Nagel gerissen.«

Hansen lachte verächtlich. »Einfach so. Entweder gleich durch Enteignung oder aber, indem man sie zu Spottpreisen zur Kriegsvorbereitung gekauft hat. So ist die halbe Insel in staatlichen Besitz gekommen. Und was macht der Bund?«

Hansen sah ihn fragend an.

»Soll ich es dir sagen? Er versucht jetzt, das alles auf unsere Kosten zu versilbern. Das nenne ich mal eine gelungene Rechtsnachfolge. Oder was meinst du?«

Er stand auf und sah mit erhobenen Augenbrauen zu ihm herunter. »Die Verbrechen reihen sich doch irgendwie nahtlos aneinander.«

Er nahm seinen Becher und ging zur Spüle.

»So was könntest du ja mal schreiben. Auch gerne in dieser Deutlichkeit.«

»Du wirst lachen«, sagte Benning. »Aber den Aspekt habe

ich schon in meinem Bericht erwähnt. Vielleicht nicht ganz so drastisch, aber es ist schon ein wesentlicher Punkt. Genau wie die Rolle der Insulaner, auf die ich noch mal zurückkommen möchte.«

Er sah erwartungsvoll zu Hansen hinüber, der seine Tasse in die Spüle gestellt hatte und nun aus dem Küchenfenster blickte. »Wie ich schon gesagt habe, es gibt es auch genug Sylter, die nicht ganz unschuldig an dieser Situation sind.«

»Das regt mich ja fast noch mehr auf«, sagte Hansen und drehte sich langsam zu ihm um. Er lehnte sich gegen die Arbeitsplatte und schob die Hände tief in seine Hosentaschen. »Dass die nicht merken, dass sie auf dem Ast sitzen, den sie gerade absägen. Wäre ja auch zu schön, wenn diese schwarzen Schafe nicht immer wieder mit ihrer Geldgeilheit unsere Ziele torpedieren würden. Auf der anderen Seite …«, er machte eine kurze Pause und nahm die Zigarette aus dem Mundwinkel, »… ist es letztlich nicht egal, wer die Insel Stück für Stück verscherbelt? Immer ist es der gleiche Grund: Profitgier. Fakt ist, dass es so nicht weitergehen kann. Weißt du, Robbie, unsere Initiative gibt es jetzt seit knapp sechs Jahren. Im Moment stehen wir kurz davor, dass wir bei der nächsten Kommunalwahl eine eigene Liste aufstellen können. Wir wollen … nein, wir müssen an die Stellen gelangen, an denen wir wirklich etwas bewirken können. Das sinnlose Besprühen irgendwelcher Bauzäune, um auf unser Eingangsthema zurückzukommen, oder das Abfackeln von Bauwagen hilft uns dabei nicht im Geringsten und schafft eine vollkommen falsche Form der Aufmerksamkeit. So viel Intelligenz sollte man uns schon zugestehen.« Er drehte sich um, öffnete den Wasserhahn und löschte den Stummel seiner Zigarette. Anschließend warf er ihn im eleganten Bogen in den offenen Treteimer, der neben der Spüle stand.

»Hast du sonst noch Fragen?«

12

Hauptkommissar Hinrichs zog einen Latexhandschuh aus der Hosentasche und streifte ihn über die rechte Hand, während er sich von der Eingangstür aus einen ersten Überblick über Weydes Geschäftsräume verschaffte, die er noch von früher kannte. Da waren hier allerdings keine Reetdachvillen verkauft worden, sondern Strandutensilien, Modellschiffe sowie Leuchttürme in allen erdenklichen Größen. Jetzt erinnerte nichts mehr an das ehemalige Souvenir- und Strandgeschäft. Statt Fischernetzen mit Muscheln und Seesternen hingen mittlerweile überall große Tafeln mit Immobilienangeboten in den Schaufenstern. Nüchtern, modern und klar strukturiert öffnete sich ihm der Raum, in dessen Mitte ein eleganter, L-förmiger Schreibtisch in Klavierlackoptik stand. An den Wänden reihten sich halbhohe Aktenschränke aneinander, über denen Kunstdrucke hingen, die Dünenlandschaften, Sonnenuntergänge und romantische Reetdachhäuser zeigten.

Hinrichs begrüßte einen Beamten der Spurensicherung mit einem kurzen Nicken, der vor dem Schreibtisch neben einem umgestürzten Besucherstuhl stand und die auf der Tischplatte deutlich erkennbaren Blutspuren fotografierte. Hinten im Raum sicherte ein weiterer Kollege Fingerspuren an einer Glasvitrine, die mehrere glänzende Pokale enthielt. Allerdings war er so in seine Arbeit vertieft, dass er keine Notiz von Hinrichs nahm. Eine weitere Tür führte in einen Nebenraum, aus dem just in diesem Moment ein uniformierter Polizist trat.

»Moin, Chef!«, rief dieser, als er Hinrichs erblickte, und stürmte diensteifrig auf ihn zu.

Er streckte Hinrichs die Hand entgegen, während er Fuchs nur mit einem kurzen Kopfnicken begrüßte.

»Moin, Kayser«, sagte Hinrichs und schüttelte ihm gleichgültig die Hand. »Was habt ihr?«

Hauptwachtmeister Kayser trat einen Schritt zur Seite und sah ihn mit wichtiger Miene an.

»Wie es bisher aussieht, Herr Hauptkommissar, deutet alles auf einen Raubüberfall hin.«

Hinrichs bemerkte aus dem Augenwinkel, wie Fuchs neben ihm die Augen verdrehte, und auch der SpuSi-Fotograf grinste verstohlen zu ihnen herüber. Hinrichs warf den beiden einen mahnenden Blick zu. Auch wenn er ihre Reaktion verstehen konnte, durfte er sich nicht an der vorherrschenden Antipathie der Kollegen gegen Kayser anschließen. Immerhin hatte er als Leiter der Westerländer Kripo auch innerbetrieblich unvoreingenommen zu sein, das galt auch Hauptwachtmeister Kayser gegenüber.

»Offenbar ist der Täter hier reingekommen«, sagte Kayser und deutete auf die Eingangstür. Mit einer weit ausholenden Bewegung veranschaulichte er den Weg von der Tür zu dem umgestürzten Besucherstuhl und fuhr fort: »Hat dann hier Frau Steinmann, die vermutlich einen Termin bei Hans …« Er stockte kurz und warf Hinrichs einen verlegenen Blick zu. »Ich meine, natürlich bei Herrn Weyde hatte. Jedenfalls muss er, also der Täter, ihr dann hier eins von hinten auf den Kopf gegeben haben. Zack!« Er machte einen Schritt auf den Kollegen von der Spurensicherung zu und deutete einen Schlag auf dessen Kopf an. Mit wichtiger Miene sah er zu Hinrichs hinüber, in der Hoffnung, ein Zeichen der Anerkennung in dessen Gesicht zu entdecken. Ein Mord in List, und er war zufällig vor den Kripokollegen hier gewesen. Vielleicht war das die

Chance, auf die er so lange gewartet hatte. Die Chance, sich zu profilieren, um wieder hierher zurückzukommen. Mit Wehmut dachte er an die zwei Jahrzehnte, in denen er hier am nördlichsten Zipfel der Republik für Recht und Ordnung gesorgt hatte. Ein Mord? So etwas hatte es zu seiner Zeit nie gegeben.

Nun sieht man ja, wo die ganze Sparerei hinführt, dachte er. Wäre seine kleine Wache vor neun Jahren nicht den weitgreifenden Reformen zum Opfer gefallen, wäre das hier sicher nicht passiert. Doch nun war es vorbei mit der Dorfidylle und der Ruhe. Hatte er nicht immer seinen Beitrag zu den Einsparungen geleistet, indem er auf Bäderbeamte verzichtet hatte? Alles, aber auch wirklich alles hatte er im Griff gehabt. Und jetzt? Jetzt hockte er zusammengepfercht mit all den anderen Beamten in der Westerländer Wache, die ihm auch nach der Einweihung des Erweiterungsbaus nicht den Platz und Freiraum bot, die er hier in List gehabt hatte.

»Und Weyde?«, fragte Hinrichs unvermittelt. »Was ist mit dem passiert?«

»Hier drüben«, sagte Kayser hastig und bedeutete Hinrichs mit einem Wink, ihm zu folgen. »Der muss mit dem Täter nach hinten gegangen sein ...«

Hinrichs und Fuchs folgten Kayser durch den Raum. Bevor sie in den Nebenraum traten, drehte sich Kayser noch einmal zu Hinrichs um, der vor der Vitrine stehen geblieben war und interessiert die Pokale betrachte. »Weyde war offenbar passionierter Golfer«, sagte Hinrichs.

Kayser nickte.

»Hans ... also, Hans Weyde, war Mitglied im Sylter Golf-Klub.«

»Gehört in den Kreisen wohl auch mit zum Geschäft«, sagte Fuchs.

Kayser warf ihm einen verärgerten Blick zu. Hans Weyde und er waren zwar nie die dicksten Freunde gewesen, doch in ihrer kleinen Dorfgemeinschaft hatte man immer fest zusammengestanden. Als Dorfpolizist hatte Kayser zu den Großen der Gemeinde gehört. Mit Hans Weyde, Pastor Sachs und dem Bürgermeister Leo Winkelmann hatte er einmal in der Woche an ihrem Stammtisch in der *Kajüte*, einer alten Hafenkneipe, zusammengesessen.

»Wollen wir weiter?«, fragte Hinrichs und drängte sich zwischen den beiden hindurch.

Ein Beamter der Spurensicherung war damit beschäftigt, Fingerspuren zu sichern, diesmal an einem Wandtresor. Er nickte Hinrichs kurz zu und wies anschließend auf den Boden, wo kleine Schildchen mit Nummern um einen schweren Golfpokal standen, der dort lag.

»Vorsicht, bitte!«, sagte er.

Kayser beobachtete aufmerksam, wie Hinrichs sich nach rechts wandte und zu dem Fenster an der gegenüberliegenden Wand ging.

»Das war fest verschlossen, als wir eintrafen«, sagte er und rüttelte demonstrativ an dem aufschiebbaren Gitter, das das Fenster von innen sicherte. Hinrichs begutachtete wortlos das Vorhängeschloss.

»Vollkommen unversehrt«, sagte Kayser eilig. »Das habe ich natürlich sofort überprüft.«

Er wies mit weit ausgestrecktem Arm zur Tür. »Der Täter muss, wie schon gesagt, vorne reingekommen sein, einen anderen Weg gibt es nicht.«

Hinrichs drehte sich langsam um und richtete seinen Blick auf den weit offenstehenden Tresor.

Kayser eilte einen Schritt voraus und hätte dabei fast eines der Schildchen, die neben dem Pokal standen, weggekickt.

»Hoppla«, rief er und warf Hinrichs einen entschuldigenden Blick zu.

Verdammt, dachte er, jetzt reiß dich aber mal zusammen.

Erleichtert stellte er fest, dass Hinrichs bereits vorsichtig an den Tresor herantrat.

»Hier muss der Täter Herrn Weyde dann gezwungen haben, den Safe zu öffnen«, sagte Kayser. »Und danach hat er ihn von hinten erschlagen.« Er stemmte die Hände in die Hüften. »Wie ich schon sagte, ein klassischer Raubüberfall!«

»Raubmord«, sagte Hinrichs beiläufig, während er das Innere des leeren Tresors eingehend betrachtete.

Du nervst, dachte er und warf einen verstohlenen Seitenblick zu Kayser. Wenn du doch immer so eifrig bei der Arbeit wärst und man dich nicht ständig dreimal bitten müsste, an den Dienstbesprechungen teilzunehmen. Am liebsten würde ich dich in deinem heißgeliebten List bis zu deiner Pensionierung vergammeln lassen, aber dafür habe ich zu wenig zu sagen.

Langsam richtete sich Hinrichs wieder auf und fragte: »Weiß man schon, was fehlt?«

Kayser zuckte die Schultern.

»Nein. Es heißt allerdings, dass er öfter größere Beträge in seinem Büro gehabt hat. Mehr weiß ich auch nicht.«

»Soso. Heißt es!« Hinrichs sah Kayser abschätzig von der Seite an. »Genau weiß das aber wahrscheinlich niemand, oder?«

»Nein«, antwortete Kayser kleinlaut.

»Hatte Weyde Angestellte?«

»Früher hat seine Frau hier mitgeholfen, aber die ist schon einige Jahre weg.«

»Also gibt es niemanden, der weiß, was sich in dem Tresor befunden hat.«

»Ich kann ja auch nur das sagen, was am Stammtisch über Herrn Weyde erzählt wurde, wenn er mal nicht da war«, sagte Kayser.

Hinrichs schüttelte misslaunig den Kopf und blickte noch einmal durch die offene Verbindungstür in die vorderen Geschäftsräume.

»Also«, sagte er gedehnt. »Was haben wir?«

Fuchs zog eilig sein Notizbuch hervor.

»Der Täter kommt herein und erschlägt Silvia Steinmann. Da sie offenbar vollkommen überrascht wurde, kann er nicht lange gefackelt haben, als er von draußen hereinkam. Anschließend wird er Weyde gezwungen haben, den Safe zu öffnen.«

Hinrichs wandte sich wieder dem Tresor zu. Kayser, der seinen Ausführungen bis hierhin gefolgt war, nickte zustimmend und sah ihn erwartungsvoll an.

»Was hat der Täter mit dem Tatwerkzeug gemacht, mit dem er die Frau erschlagen hat?«

Hinrichs sah sich suchend um.

»Wir haben nichts Derartiges gefunden«, sagte der Beamte der Spurensicherung.

»Aber es muss einen Grund dafür geben, dass er Weyde mit dem Pokal erschlagen hat«, sagte Hinrichs und blickte Fuchs für einen Moment fragend an, bevor er sich nachdenklich zum Gehen wandte. »Ich will schnellstmöglich den Bericht der SpuSi auf meinem Tisch haben«, sagte er. »Vor allen Dingen will ich wissen, von wem das viele Blut hier ist.«

»Geht klar, Chef«, sagte Fuchs, klappte sein Notizbuch zu und wollte ihm gerade folgen, als Hinrichs sich noch einmal zu ihm umdrehte.

»Ach, und Helge«, sagte er. »Du fährst nachher mit Kayser und den anderen zurück. Ich muss noch mal weg.«

13

Mit einem ausholenden Schwung lenkte Benning den roten MX 5 in die Auffahrt. Auf dem Rückweg von Rantum hatte er noch schnell einen kurzen Zwischenstopp in seiner Stammpizzeria eingelegt. Nun konnte er in aller Ruhe damit beginnen, die Notizen von dem Interview mit Okke Hansen in seine Recherchedatenbank einzutragen. Er blickte auf die Uhr am Armaturenbrett, während er umständlich sein Handy aus der Hosentasche fischte und es wieder laut stellte.

Michael hat sich noch nicht gemeldet, dachte er. Hoffentlich lässt er sich nicht zu lange Zeit, sonst wird es ganz schön eng mit der Pressemitteilung.

Er stieg aus und ging ins Haus. Im Esszimmer nahm er den Laptop aus dem Sekretär und setzte anschließend Kaffee auf. Und während er darauf wartete, dass sein Rechner hochfuhr und der Kaffee fertig war, überflog er noch einmal seine Notizen.

Zunächst verglich er die Zahlen, die Okke Hansen ihm gegeben hatte, mit denen in seiner Datenbank. Dass in Westerland zurzeit noch zweihundertfünfzig bundeseigene Häuser bewohnt waren, wusste er bereits. Auch, dass der Bund beabsichtigte, diese nach und nach zu verkaufen, hatte ihm Hansen noch mal bestätigt. Benning malte neben diesen Teil seiner Aufzeichnungen ein dickes Fragezeichen, hierzu wollte er auch die andere Seite hören. Er blickte aus dem Wohnzimmerfenster. Dort, keine zwanzig Meter entfernt und nur durch ein kleines Stück Garten und eine hohe Ligusterhecke von seinem Grundstück getrennt, lag die Außenstelle der Bundesanstalt für Immobilienaufgaben, BImA.

Dass ich noch nicht längst dort gewesen bin, dachte er kopfschüttelnd. Auf der anderen Seite hatte er jetzt genug Material, mit dem er sehr konkrete und vielleicht auch unangenehme Fragen stellen konnte.

Benning dachte an das Gespräch mit Hansen, und wie dieser zum Schluss aus dem Küchenfenster gezeigt und gesagt hatte: »Geh mal in vier Monaten durch Rantum, wenn auch das letzte verbliebene Lebensmittelgeschäft nur noch halbtags geöffnet hat.« Davon hatte Benning noch nichts gehört, im Gegensatz zu der Nachricht über die Schließung der Hörnumer Schule. Angeblich gab es nicht mehr genug Schüler! Doch eine andere Sorge, die er mit Hansen teilte, fand er viel prekärer: Was war, wenn auch die Feuerwehr nicht mehr genug Mitglieder hatte?

Nachdenklich legte er seine Notizen zur Seite und öffnete das Schreibprogramm auf seinem Laptop. Bevor ich an die Datenbank gehe, werde ich schon mal den Artikel über die beiden Toten vorbereiten, dachte er. Wahrscheinlich meldete sich Hinrichs mal wieder erst auf den letzten Drücker. Und wenn er noch rechtzeitig vor Redaktionsschluss abliefern wollte, mussten der Artikel und die Pressemitteilung im Wesentlichen stehen.

Doppelmord in Westerland. Mysteriöser Leichenfund gibt Polizei Rätsel auf.

Benning betrachtete die Überschrift und nickte zufrieden. Das war doch schon mal ein guter Anfang. Eifrig tippte er weiter: *In der Nacht von Donnerstag auf Freitag machte ein Obdachlosenpärchen auf dem Gelände des ehemaligen Marinefliegerhorsts, wo es Schutz vor dem schlechten Wetter suchte, eine schreckliche Entdeckung.*

Er hielt inne. Vielleicht ein bisschen sehr lang, dachte er und drückte länger auf die Korrekturtaste. Na, das fängt ja gut an.

Ein lautes Zischen aus der Küche ließ ihn erfreut aufhorchen. Endlich war der Kaffee so weit, damit ließ es sich sicher gleich viel leichter arbeiten.

Er ging in die Küche, und während er sich einen Becher einschenkte, warf er einen kurzen Blick aus dem Fenster. Zu seinem Erstaunen stand ein alter, ihm wohlbekannter Passat hinter seinem Wagen in der Auffahrt – Michael!

Eilig stellte er die Kaffeekanne in die Maschine zurück und lief durchs Esszimmer in Richtung Flur, da klingelte es auch schon an der Tür.

»Ist offen«, rief er in den Flur und ging zurück in die Küche, um noch einen zweiten Kaffee einzuschenken.

»Robbie?«, fragte Hinrichs und klopfte an die offene Esszimmertür.

»In der Küche!«

Benning nahm die beiden Becher und ging Hinrichs entgegen.

»Ah, da bist du«, sagte Hinrichs.

»Hier«, sagte Benning und hielt ihm einen der Kaffeebecher entgegen.

»Danke, den kann ich jetzt gut gebrauchen.«

Hinrichs setzte sich an die Stirnseite des Tischs und blies über den Kaffee, bevor er vorsichtig einen Schluck nahm.

»Und, wie war's in List?«, fragte Benning und setzte sich neben ihn.

Hinrichs zuckte die Achseln.

»Leider noch keine wesentlichen neuen Hinweise. Aber wenigstens haben wir schon mal einen Tatort. Wie es im Moment aussieht, sind unsere beiden Toten vom Fliegerhorst in

Weydes Büro getötet worden. Wir müssen allerdings zunächst die Laboruntersuchungen abwarten, um die Blutspuren eindeutig zuordnen zu können.«

»Okay«, sagte Benning. »Dann müssen wir den Teil der Pressemitteilung noch etwas allgemeiner halten. Ich habe nämlich gerade damit begonnen.«

»Na, dann bin ich ja gerade rechtzeitig gekommen«, sagte Hinrichs und berichtete in wenigen Sätzen von der Tatortbesichtigung.

Benning hatte sein Notizbuch vorgenommen und notierte sich den einen oder anderen Stichpunkt, der ihm wichtig erschien.

»Viel Verwertbares ist ja nicht dabei«, sagte er und fügte noch eilig hinzu: »Für einen Zeitungsartikel, meine ich natürlich.«

»Schon gut«, sagte Hinrichs und blickte gedankenverloren in seinen Becher. »Ist ja leider wirklich so. Ich hoffe nur, dass die sich im Labor beeilen. Und wenn ich daran denke, dass vermutlich irgendwo auf der Insel noch eine dritte Leiche ist, wird mir ganz anders.«

»Das Interview mit Okke Hansen hat auch nicht viel Neues ergeben und schon gar nichts, was irgendwie mit den Todesfällen zusammenhängt. Ich bin mir ziemlich sicher, dass Okke nichts mit den Aktionen auf den Baustellen zu tun hat.«

»Okke?«, fragte Hinrichs überrascht. »Duzt du dich schon mit ihm?«

Benning lachte.

»Ach, das hatte ich dir ja noch gar nicht erzählt. Ich kenne ihn noch von früher, vom Roten Kreuz. Er hat mir übrigens erzählt, wie der Name Insianer zustande gekommen ist.«

»Und wie?«

»Es war seine Idee. Er ist nämlich ein alter Karl-May-Fan …«

»Richtig«, unterbrach Hinrichs ihn und sah mit wissender Miene zu ihm herüber. »Die ollen Bücher in der Küche, auf dem kleinen Regal über der Sitzbank.«

»Genau«, erwiderte Benning. »Also, er hat einfach Insulaner mit Indianer gekreuzt. Insianer.«

»Ganz toll«, meinte Hinrichs trocken.

»Du«, sagte Benning und hob warnend den Finger. »Lass ihn das nicht hören, er ist nämlich sehr stolz darauf. Was hat er noch gesagt? Ach ja: ›Irgendwie sind wir Sylter ja auch ein bisschen Indianer. Nur dass unsere Bleichgesichter die Immobilienspekulanten und ihre Helfershelfer sind, und auf einem Kriegspfad sind wir ja auch irgendwie.‹«

»Nur hängen die Insianer ihre Skalpe offensichtlich nicht an ihre Gürtel, sondern verschicken sie lieber mit der Post. Du wirst mich verstehen, dass ich nach dieser Aussage deinen Freund nicht aus dem Kreis der Verdächtigen ausschließen kann.«

»Trotzdem glaube ich nicht, dass er mit drinsteckt«, sagte Benning. »Natürlich könnte es Abtrünnige unter den Insianern geben, das will ich auf keinen Fall ausschließen. Aber wenn dem wirklich so ist, dann ohne Okkes Wissen. Nun sag mir lieber mal, warum Weyde und Silvia Steinmann nach ihrem Tod noch auf den Fliegerhorst gebracht wurden. Wer geht so ein Risiko ein?«

14

Das klappernde Geräusch des Briefkastendeckels ließ Benning aufhorchen. Wer konnte das um diese Uhrzeit sein?, fragte er sich und verließ die Küche. Der Zeitungsbote war schon längst wieder weg, und für den Postboten war es eindeutig zu früh.

Im Flur kam ihm bereits Gunda entgegen, die wie gebannt auf die Titelseite der *Sylter Zeitung* starrte, die sie aus dem Briefkasten genommen hatte.

»Ach, du«, sagte Benning. »Was treibt dich denn schon so früh rüber?«

»Morgen«, sagte Gunda gedankenversunken. Ohne den Blick von der Zeitung zu nehmen, ging sie an ihm vorbei ins Esszimmer.

Benning blickte ihr verwundert hinterher.

»Wieder ein Mord«, sagte Gunda leise und setzte sich an den bereits gedeckten Tisch.

Das ist es also, dachte Benning. Da hätte ich auch gleich drauf kommen können.

Er folgte ihr ins Esszimmer und sah besorgt auf sie hinab. Obwohl der letzte Mord auf Sylt bereits drei Jahre zurücklag, verwunderte es ihn nicht weiter, dass Gunda von »wieder« gesprochen hatte. Auch ihm kam es wie gestern vor, so nah und präsent waren die Ereignisse von damals auf einmal wieder.

Er setzte sich neben sie und musterte sie aufmerksam von der Seite.

»Gunda?«, fragte er vorsichtig.

Langsam löste sich ihr Blick von der Schlagzeile.

»Entschuldige«, sagte sie mit einem sanften Lächeln und hauchte ihm einen Kuss auf die Wange. Dann sah sie ihn ernst an. »Hast du schon gehört? Es ist wieder jemand ermordet worden.«

Für einen Moment trafen sich ihre Blicke.

»Moment mal«, sagte sie und zupfte ungeduldig mit der einen Hand den Lokalteil hervor, während sie mit der anderen den Teller zur Seite schob, der vor ihr auf dem Tisch stand.

»Mysteriöser Doppelmord«, las sie mit belegter Stimme. »Ein rätselhafter Leichenfund beschäftigt die Westerländer Kripo. Von Robert Benn–«

Mit ungläubigem Blick ließ sie die Zeitung sinken.

»Warum hast du mir nichts davon erzählt?«, fragte sie vorwurfsvoll. »Auf Sylt sind zwei Menschen ermordet worden, und ich erfahre aus der Zeitung davon, obwohl du …«

»Beruhige dich«, sagte Benning und stand auf. »Ich habe auch erst gestern Nachmittag die Mitteilung von Michael erhalten. Da konnte ich gerade noch auf den letzten Drücker den Artikel vor Redaktionsschluss abliefern.«

Er ging in die Küche, damit Gunda sein Gesicht nicht sah. Aus welchen Gründen auch immer, merkte sie es ihm fast immer sofort an, wenn er ihr etwas verheimlichte.

»Trotzdem finde ich es scheiße«, rief Gunda ihm hinterher.

»Du warst ja noch bei der Arbeit, und danach haben wir uns nicht mehr gesehen«, sagte Benning, während er mit der Kaffeekanne zurückkehrte. »Ich hätte es dir gleich gesagt. Ich konnte ja nicht ahnen, dass du heute ausnahmsweise schon so früh die Zeitung liest.«

Er schenkte ihnen Kaffee ein und setzte sich wieder neben Gunda.

»Ich wollte nur schnell die Wohnungsanzeigen durchsehen«, sagte sie und nahm ein Brötchen aus dem Korb, den Benning ihr hinhielt.

»Die Wohnungsanzeigen?«, fragte er entgeistert. »Du hast doch … ich meine, du wolltest doch …«

Gunda lachte.

»Nicht für mich«, sagte sie. »Unsere Neue sucht dringend eine vernünftige Wohnung. Im Moment haust sie in einem dieser Wohnheime.«

»Ach so«, sagte Benning erleichtert und klopfte sein Ei auf. »Ich dachte schon …«

»Dabei fällt mir ein«, meinte Gunda. »Sie könnte ja meine nehmen.«

»Deine?«

Benning sah sie verdutzt an.

Gunda nickte, während sie gemächlich etwas Marmelade auf einer Brötchenhälfte verteilte und vielsagend zu ihm hinüberblickte.

»Ich habe mich entschieden«, sagte sie. »Ich werde meine Wohnung aufgeben und ganz herziehen. Du hattest vollkommen recht, es ist wirklich das Vernünftigste.«

»Sag ich doch.« Bennings Herz machte einen Sprung. Endlich würde sie ganz bei ihm wohnen, so wie früher.

»Aber nur«, sagte Gunda und machte eine bedeutungsvolle Pause, »wenn ich auch ganz normal Miete zahle.«

Sie hob warnend den Zeigefinger und sah ihn mit ernster Miene an.

»Keine Extrawurst, sonst kannst du es gleich wieder vergessen.«

»Da einigen wir uns schon«, sagte Benning lächelnd.

»Nichts da. Bevor wir nicht beide hier an diesem Tisch unsere Namen unter einen ordentlichen Mietvertrag gesetzt haben, werde ich meine Wohnung nicht kündigen. Basta. Dann muss Andrea eben woanders eine Wohnung mieten.«

»Okay, okay«, sagte Benning und hob beschwichtigend die

Hände. Er nahm einen Schluck Kaffee und blickte über den Becherrand zu ihr hinüber. Auch wenn es ihm zutiefst widerstrebte, von Gunda Geld zu nehmen, wusste er, dass sie sich nicht davon abbringen lassen würde.

Dann trickse ich eben ein bisschen bei den Nebenkosten, dachte er schmunzelnd.

Gunda tippte mit dem Finger auf die immer noch aufgeschlagene Lokalseite.

»Hier steht, dass eine der Leichen erhebliche Verstümmelungen im Bereich des Kopfs aufwies!«

Benning schluckte. Er war heilfroh, dass sie diese Form der Formulierung für Weydes Skalpierung gewählt hatten, auch wenn es Silke Ingwersen zunächst nicht so sehr gefallen hatte. Doch zum Glück hatte er seine Chefredakteurin davon überzeugen können, dass die *Sylter Zeitung* für Seriosität steht und sich nicht auf das Niveau einer Boulevard-Zeitung begeben sollte. Trotz alledem war ihm klar, dass Gunda früher oder später davon erfahren würde und dann auf keinen Fall aus der Zeitung. Er mochte gar nicht daran denken, was passieren würde, wenn Gunda erfuhr, was in dem Paket gewesen war, das sie vorgestern Abend mit ins Haus gebracht hatte.

»Sie wurden erschlagen«, sagte er leise. »Wieso, wissen wir aber noch nicht. Die Polizei steht noch ganz am Anfang der Ermittlungen.«

Gunda legte die Zeitung langsam zur Seite und sah ihn ängstlich an.

»Meinst du, dass der Mörder noch auf der Insel ist?«

Am liebsten hätte Benning aus voller Überzeugung nein gerufen. Natürlich könnte er versuchen, sie anzulügen, um sie nicht noch mehr zu beunruhigen, doch wenn er sie in trügerischer Sicherheit wiegte, lief sie vielleicht dem Täter vollkommen unbekümmert in die Arme. Die Möglichkeit, dass er sie an jenem Abend gesehen hatte, bestand immer noch, und Personenschutz hatte Hinrichs ihm ja nicht zusagen können.

»Das ist durchaus denkbar«, sagte er und sah sie ernst an.

Gunda wurde blass.

»Das heißt ...« Sie stockte und blickte ihn mit weit aufgerissenen Augen an. »Dass auch der Kerl neulich Abend ...«

15

Benning hatte es sich hinter dem Haus in seinem Strandkorb bequem gemacht. Hier konnte er, schön windgeschützt, an seinem Artikel über die Sylter Wohnsituation weiterarbeiten. Gerade hatte er damit begonnen, als ihn das Klingeln des Handys unterbrach. Er blickte auf das Display. Es war Michael.

»Ja?«

»Robbie? Ich bin's. Können wir uns treffen?«

»Natürlich!«, sagte Benning. »Ist was passiert? Habt ihr die vermisste Leiche gefunden?«

»Nein«, sagte Hinrichs. »Aber das vorläufige Obduktionsergebnis ist da.«

Benning stand auf und ging langsam ins Haus zurück.

»Und?«, fragte er erwartungsvoll.

»Nicht am Telefon. Ich bin noch auf der Wache. Können wir uns vielleicht bei dir treffen?«

»Ach so, ich verstehe«, sagte Benning. »Du willst mal wieder nicht, dass deine Kollegen mitbekommen, dass du mit einem bösen Pressefuzzi zusammenarbeitest.«

»Quatsch«, sagte Hinrichs. »Es ist nur …«

»Schon gut, Michael. Du solltest dich allerdings mal fragen, ob es deinen Kollegen nicht vielleicht spanisch vorkommt, wenn du immer eine gut ausformulierte Pressemitteilung so mir nichts, dir nichts aus dem Hut zauberst.«

»Ach was«, sagte Hinrichs. »Die kann ich ja auch zu Hause an meinem Computer geschrieben haben.«

»Dein Computer?«, fragte Benning und grinste. »Für wie

blöd hältst du eigentlich deine Kollegen? Schließlich bist du es, der sich regelmäßig über Computer und die ›Datenschleuder‹ Internet auslässt. Wie war das noch? So was kommt mir nicht ins –«

»Ist ja schon gut«, sagte Hinrichs kleinlaut. »Also, wie sieht's aus, können wir uns bei dir treffen?«

⚓

»Kein doller Sommer«, sagte Hinrichs fröstelnd. Er blickte zu Benning, der auf der Treppe vor seinem Haus saß. Benning schickte einen prüfenden Blick zum Himmel und nickte. Er hatte schon, während er auf Hinrichs wartete, die Wolken beobachtet, die der auffrischende Westwind vom Meer herübertrieb. Inzwischen hatte es sich so sehr zugezogen, dass es nicht mehr lange dauern konnte, bis der Himmel seine Schleusen öffnete.

»Dafür ist es beim Laufen nicht ganz so heiß«, sagte Benning und erhob sich langsam.

»Du willst noch laufen?«, fragte Hinrichs verwundert, während sie gemeinsam ins Haus gingen. »Bei dem Wetter?«

»Nass wird man ja sowieso«, sagte Benning. »Und du weißt ja, dass ich kein Schönwetterläufer bin.«

»Wem's Spaß macht«, antwortete Hinrichs, stellte seine alte Aktentasche im Esszimmer auf einen Stuhl und pellte sich umständlich aus seiner zerknitterten Schimanski-Jacke. Anschließend hängte er sie über die Stuhllehne und setzte sich.

»Trotzdem geht mir das Wetter auf den Senkel«, rief er Benning hinterher, der in der Küche verschwand, um Kaffee zu holen. Im gleichen Moment klatschte eine Windböe eine ordentliche Regenladung gegen das Wohnzimmerfenster.

»Und wenn dieser beschissene Fall nicht wäre, könnte ich längst in der warmen Sonne sitzen und Sangria schlürfen.«

»Ich kann dir leider nur Kaffee anbieten«, sagte Benning und stellte zwei Kaffeebecher auf den Tisch.

»Danke«, sagte Hinrichs, bevor er die Aktentasche hervorholte. Er fischte eine Akte heraus und klatschte sie mit einer ausholenden Bewegung auf den Tisch.

»Eins muss man den Kielern lassen, die haben mächtig Gas gegeben und mir schon mal einen vorläufigen Obduktionsbericht rübergeschickt. Der ausführliche soll dann am Montag kommen.«

Hinrichs klappte bedächtig den Aktendeckel auf und sah Benning vielsagend an.

»Ja, und?«, fragte Benning gespannt. »Was steht denn nun drin?«

»Also, wie wir bereits vermutet hatten, ist der Skalp, den dir der Postbote am Donnerstag gebracht hat, eindeutig von Hans Weyde. Außerdem hat die Untersuchung seiner Kopfwunde ergeben, dass er tatsächlich mit dem Golfpokal erschlagen wurde.«

»Aha«, sagte Benning und klopfte seine Cargohose auf der Suche nach seinem Notizbuch ab.

»Ah, da ist es ja.«

Er zog es eilig hervor und schlug es auf.

Hinrichs hatte inzwischen mit angespannter Miene in der Akte geblättert und sah ihn nun fragend an.

»Bist du so weit?«

»Jep«, erwiderte Benning und nahm noch schnell einen Schluck Kaffee.

»Kommen wir zu Silvia Steinmann«, sagte Hinrichs. »Auch bei ihr lagen wir mit unserer Vermutung richtig, sie wurde nicht mit dem Pokal getötet. Dem Bericht zufolge vermutlich mit der spitzen Seite eines Zimmermannshammers.«

Benning kräuselte nachdenklich die Stirn, während er eifrig mitschrieb.

»Ein Hammer?«, fragte er und sah zu Hinrichs. »Dann hat der Täter also sein Tatwerkzeug mitgebracht?«

»Danach sieht es im Moment aus«, sagte Hinrichs und nickte zustimmend.

Benning legte den Stift zur Seite und rieb sich nachdenklich das Kinn.

»Dann ist der Täter also vermutlich in Weydes Geschäftsräume eingedrungen und hat dort Silvia Steinmann mit dem Hammer erschlagen. Er drängt Weyde in den Nebenraum und zwingt ihn, den Tresor zu öffnen. Auf dem Weg dorthin nimmt er den Golfpokal aus der Vitrine und tötet Weyde. Er skalpiert ihn und bringt zum Schluss beide Leichen auf den Fliegerhorst. Den Skalp nimmt er mit und schickt ihn mir kurz darauf mit der Post. Das ist doch äußerst merkwürdig. Warum hat er Weyde nicht auch einfach mit dem Hammer erschlagen?«

»Genau das frage ich mich auch schon die ganze Zeit«, sagte Hinrichs. »Aber da ist noch mehr, was ich nicht verstehe. Zum Beispiel, dass wir zu wenig Blut haben.«

»Zu wenig Blut?«, fragte Benning überrascht.

»Genau, zu wenig Blut.« Hinrichs trank einen Schluck Kaffee. »Bei der Verletzung von Silvia Steinmann hätten wir viel mehr Blut auf und um den Schreibtisch finden müssen. Das bedeutet, dass sie definitiv nicht dort getötet wurde.«

Benning blickte ihn ungläubig an.

»Willst du damit sagen, dass sie nach ihrem Tod zuerst in Weydes Büro gebracht und dort an den Schreibtisch gesetzt wurde, bevor man beide Leichen nach Westerland brachte?«

Hinrichs zuckte die Achseln.

»Das sagt die Spurenauswertung«, sagte Hinrichs.

»Und wann sind sie umgebracht worden?«, fragte Benning. »Das kann ja nicht kurz hintereinander passiert sein.«

»Dienstag. Zwischen sechzehn und zweiundzwanzig Uhr.«

»Hmm«, sagte Benning. »Das hilft auch nicht viel weiter.«

Trotzdem notierte er sich die Zeit und rahmte sie dick ein.

»Das wird ja immer schöner«, sagte er und lehnte sich zurück.

»Das kannst du laut sagen«, sagte Hinrichs. »Es gibt weder einen plausiblen Tathergang noch ein erkennbares Motiv. Insofern müssen wir einen Raubüberfall als Hauptmotiv ausklammern. Silvia Steinmann ist nicht getötet worden, weil sie zufällig zur falschen Zeit am falschen Ort war. Für ihren Tod muss es ein anderes Motiv geben.«

»Fragt sich nur, was für eins«, sagte Benning.

Für einen Moment saßen sie wortlos nebeneinander, bis Benning wieder das Wort ergriff. »Was ist eigentlich mit den Päckchen? Habt ihr da wenigstens was Neues?«

»Wie man's nimmt«, sagte Hinrichs. »Bisher konnte ja nur das erste untersucht werden. Das andere ist noch auf dem Weg zu den Kriminaltechnikern in Kiel. Es gab ein paar Fingerspuren, die wir allerdings noch nicht zuordnen konnten. Apropos, haben wir schon deine Fingerabdrücke genommen?«

»Natürlich«, sagte Benning gedehnt. »Du kennst ja Fuchs.«

»Gut«, sagte Hinrichs und blätterte noch einmal durch die dünne Akte. »Ein Graphologe hat die Handschrift auf dem Päckchen unter die Lupe genommen und festgestellt, dass die Adresse offenbar mit links geschrieben wurde.«

»Mit links?«, fragte Benning.

»Ja, aber nicht von einem Linkshänder, sondern von einem Rechtshänder.«

Benning warf ihm einen fragenden Blick zu.

»Also, ich meine einen Rechtshänder, der mal Linkshänder war, beziehungsweise …«

Benning hob die Augenbrauen und zog die Akte zu sich herüber, dann suchte er nach dem Absatz mit dem graphologischen Gutachten.

»… ist davon auszugehen, dass die Schrift von einem ehemaligen Linkshänder stammen könnte, der heute Rechtshänder ist, oder von einer Person, die aufgrund einer Verletzung der Gebrauchshand über einen längeren Zeitraum mit der linken Hand geschrieben haben musste.«

Benning schob die Akte zurück.

»Das ist doch schon mal etwas«, sagte er. »Unser Täter ist also Rechtshänder und hat schon mal eine schwere Verletzung am rechten Arm gehabt. Jetzt müsst ihr nur noch die Ärzte und die Nordseeklinik abklappern und –«

»Moment«, unterbrach Hinrichs ihn. »Unser Täter muss ja nicht von hier sein. Deswegen werden wir uns mit der Frage als Erstes an unsere Hauptverdächtigen wenden.«

»Du meinst Okkes Insianer«, fragte Benning.

»Ich meine Okke *und* seine Insianer«, erwiderte Hinrichs.

»Soll ich mal versuchen, über Okke an eine Mitgliederliste zu kommen?«, fragte Benning. »Vielleicht kennt er ja jemanden, der mal so eine Verletzung gehabt hat.«

Hinrichs winkte ab.

»Da mach dir keine Mühe, an die Liste komme ich auch so heran.«

»Okay, okay«, erwiderte Benning. »Ich will mich ja auch nicht in deine Arbeit einmischen. Trotzdem habe ich mir erlaubt, schon mal etwas im Internet zu recherchieren.«

Er stand auf und holte seinen Laptop vom Sekretär. »Zum Beispiel auf der Fanpage der Insianer.«

»Fanpage?«, fragte Hinrichs und kräuselte die Stirn.

»Genau. Bei Facebook!«

»Ihr immer mit eurem neumodischen Kram«, sagte Hinrichs. »Diese dämlichen sozialen Netzwerke, auf denen sich die halbe Menschheit prostituiert, können mir gestohlen bleiben.«

»Das solltest du noch mal überdenken«, sagte Benning. »Für deinen Berufsstand ist das doch genau das Richtige. Der gläserne Mensch in der Verbrechensbekämpfung. Wäre das nicht ein Traum?«

»Jaja! Ich weiß, ich weiß. Jetzt kommt wieder die alte Leier über die grandiosen Möglichkeiten des Internets und dass man ja nur richtig damit umgehen und seine Sicherheitseinstellungen anpassen muss.«

»Und nicht jeden Mist postet«, sagte Benning grinsend.

»Genau das sage ich Fuchs ja auch andauernd«, brummelte Hinrichs. »Der hat auch ständig sein Handy vorm Gesicht. Wahrscheinlich berichtet er sogar der ganzen Welt, wenn er mal auf die Toilette muss.«

Benning schüttelte lächelnd den Kopf.

»Nun tu mal nicht so scheinheilig. So ganz ohne kannst du ja schließlich auch nicht, oder wie kommst du immer an deine Last-Minute-Schnäppchen?«

»Das ist was ganz anderes«, rief Hinrichs. »Trotzdem findest du nirgendwo …«

»Ist ja schon gut«, sagte Benning lachend. »Ich weiß ja, dass dir nur die sozial vernetzte Welt gegen den Strich geht. Aber wenn du dich trotzdem ab und zu mal etwas mehr im Internet tummeln würdest, dann hättest du vielleicht das hier gefunden.«

Er drehte den Laptop so, dass auch Hinrichs auf den Monitor blicken konnte.

»Das ist also die Fanpage, die auch noch bezeichnenderweise ›Die letzten Insulaner‹ heißt. Und hier bin ich auf diese Postings gestoßen.« Er scrollte mit der Maus in der Timeline ein wenig herunter.

Hinrichs beugte sich vor, warf Benning dann aber einen verständnislosen Blick zu.

»Na, hier.« Benning tippte mit dem Finger auf den Bildschirm. »Da schreibt ein gewisser Chief Seattle …«

»Chief was?«

»Chief Seattle. Das ist der Nickname des Users.«

»Nickname?«, wiederholte Hinrichs. Aus dem Augenwinkel bemerkte Benning, wie sich sein Freund auf die Lippen biss, um ein Grinsen zu unterdrücken.

»Michael«, sagte Benning gedehnt, um dem warnenden Unterton in seiner Stimme mehr Kraft zu verleihen.

»'tschuldigung!«, sagte Hinrichs und starrte grinsend auf den Bildschirm. »Was ist denn nun mit diesem Chief Sattel?«

»Seattle«, rief Benning und versetzte seinem Freund einen freundschaftlichen Stoß in die Seite.

»Ist ja gut. Also, was schreibt er?«

»Na, zum Beispiel, dass die Morde die Rache der Rainbow Warriors seien, die alle bestrafen, die sich am Ausverkauf der Insel beteiligen.«

»Rainbow Warriors?«, fragte Hinrichs. »Regenbogenkrieger? Was ist das denn wieder für ein Quatsch?«

»Mensch, Michael. Du kennst doch wohl Greenpeace.«

»Schon …«

»Siehst du. Und die hatten mal ein Schiff, das so hieß. Ist vor ewigen Zeiten vom französischen Geheimdienst versenkt worden, daran müsstest du dich doch erinnern. Ist doch damals in den Medien rauf und runter gegangen.«

Hinrichs zuckte die Achseln.

»Keine Ahnung. Für die Ökos habe ich mich noch nie interessiert. Wann war das?«

Benning verdrehte die Augen. »Habe ich doch gerade gesagt, vor ewigen Zeiten. Ich glaube, ich war damals beim …«

»Nein, nein«, unterbrach ihn Hinrichs. »Ich meine, wann dieser Chief Seattle das geschrieben hat!«

Benning markierte den Eintrag mit der Maus. »Vor sechs Stunden.«

»Schade«, sagte Hinrichs. »Von den Morden kann er demnach auch aus der Zeitung erfahren haben. Auf der anderen Seite muss er mehr darüber wissen, wenn er sie mit dem Ausverkauf der Insel in Verbindung bringt …«

»Genau«, sagte Benning und schnippte mit den Fingern. »Denn das hatten wir ja bewusst nicht erwähnt.«

Hinrichs klopfte Benning zufrieden auf die Schulter.

»Das ist endlich mal ein Anfang«, rief er erfreut. »Ich werde gleich Fuchs darauf ansetzen. Vielleicht kommt der ja über die IP-Adresse an die wahre Identität von unserem Chief Seattle.«

Hastig trank Hinrichs seinen Kaffee aus, stopfte die Akte in die Tasche und riss seine Jacke von der Stuhllehne.

»Danke für den Kaffee«, rief er und verließ mit einem Wink über die Schulter den Raum. »Wir hören voneinander.«

Sprachlos blickte Benning seinem Freund hinterher. Hatte Michael gerade wirklich IP-Adresse gesagt?

16

Der Motor des Minis erstarb. Gunda starrte in die vor ihr liegende Dunkelheit und schaltete die Zündung dann ganz aus. Augenblicklich verstummte das Radio, und eine unheimliche Stille trat ein.

Ängstlich sah sie sich um. Täuschte sie sich, oder war es heute auf dem Gehweg tatsächlich etwas dunkler als sonst?

Gundas Blick fiel auf die dunkle Straßenlaterne rechts von Bennings Grundstück. Sie war sich sicher, dass die gestern noch gebrannt hatte.

Noch einmal sah sie sich um, bevor sie langsam eine Hand auf den Türgriff legte und mit der anderen den Schlüssel abzog.

Was, wenn dieser Kerl wieder ums Haus schlich?

Unschlüssig blieb sie sitzen. Sie blickte kurz zur Uhr am Armaturenbrett und dann hinüber zu Bennings Haus. Es war kurz vor halb elf, vielleicht war Robbie ja noch wach und könnte sie holen. Gunda griff in ihre Handtasche, die neben ihr auf dem Beifahrersitz stand, um ihr Smartphone herauszuholen.

So'n Quatsch, dachte sie im gleichen Augenblick und zog die Hand wieder zurück. Robert erklärt mich für komplett verrückt, wenn ich ihn jetzt anrufe und frage, ob er mich mal eben draußen abholen kann.

Eine kräftige Böe erfasste plötzlich den Mini und ließ sie erschrocken zusammenfahren.

Du kannst doch nicht die ganze Nacht hier sitzen bleiben, dachte sie. Also reiß dich gefälligst zusammen.

Gunda zählte langsam von drei herunter und drückte dann beherzt den kleinen Knopf am Autoschlüssel. Mit einem lauten Klacken entriegelten die Schlösser. Sie stieß die Tür auf, sprang mit einem Satz aus dem Wagen, und als sie die Tür gerade ins Schloss werfen wollte, hielt sie abrupt inne.

»Scheiße«, entfuhr es ihr nach einem Blick auf den Beifahrersitz. Ihre Handtasche. Hastig bückte sie sich hinunter und hätte sich dabei fast den Kopf am Dach des niedrigen Wagens gestoßen. Gunda griff sich die Tasche, warf die Tür zu und rannte, so schnell es ihre hochhackigen Schuhe zuließen, zum Haus. Mit einem Satz sprang sie die zwei Stufen, die zu Bennings Grundstück führten, hinauf und wäre dabei fast mit dem Fuß umgeknickt.

»Verdammter Mist!« Sie bemerkte, wie Panik von ihr Besitz ergriff, während sie weiter vorwärtsstolperte. An der Haustür suchte sie hektisch nach dem passenden Schlüssel an ihrem Schlüsselbund und schloss dann mit zittrigen Händen die Tür auf.

»Na endlich«, sagte sie erleichtert, stürmte ins Haus und warf die Tür mit einem lauten Knall hinter sich zu. Schwer atmend lehnte sie sich mit dem Rücken an die Tür, als könnte jemand versuchen, sie jeden Moment wieder von außen aufzudrücken.

»Gunda?«, rief eine wohltuend vertraute Stimme ihren Namen.

»Ja, ich bin's«, antwortete sie freudig. Er war noch wach.

Gunda drehte sich langsam um und schloss die Haustür ab.

»Alles okay?«, rief Benning.

»Ja, alles bestens.« Sie hängte ihre Handtasche und Jacke an die Garderobe und strich sich vor dem Spiegel die windzerzausten Haare aus dem Gesicht. Anschließend drehte sie sich um und warf einen Blick aus dem Flurfenster. Draußen war alles ruhig. Beim Blick auf ihren Wagen fiel ihr plötzlich ein, dass sie in der Hektik vergessen hatte, ihn abzuschließen. Gunda nahm den Wagenschlüssel, den sie auf das Sideboard gelegt hatte, und drückte auf den Verriegelungsknopf. Mit einem kurzen Aufleuchten der Blinker quittierte Alice, so hatte sie ihren Mini damals getauft, den Funkbefehl.

»Ist dir eben die Tür aus der Hand gerutscht?«

Gunda fuhr herum und blickte Benning irritiert an. Er machte einen Schritt auf sie zu und warf einen kurzen Blick aus dem Fenster. »Es bläst ja immer noch ganz ordentlich.«

Gunda nickte stumm und legte den Schlüssel wieder zurück.

»Der krönende Abschluss eines nervigen Tages«, sagte sie und umarmte ihn fest. »Habe ich dich geweckt?«

Seine Nähe wirkte so beruhigend. Sie legte ihren Kopf an seine Brust und schloss für einen Moment die Augen.

»Nein, ich habe noch Fernsehen geguckt«, sagte Benning. »Und bei dir ist wirklich alles in Ordnung?«

In seiner Stimme schwang ein besorgter Unterton mit. Wahrscheinlich wunderte er sich jetzt über die Begrüßung, dachte Gunda. Normalerweise fiel sie ihm nicht gleich um den Hals, als ob sie sich Wochen nicht gesehen hätten.

»Ja, alles gut«, flüsterte sie. »Bin eben nur ganz schön platt.«

Benning legte seine Hände auf ihre Schultern, schob sie sanft ein Stückchen von sich und sah ihr tief in die Augen.

»Bist du sicher?«, fragte er zweifelnd.

Gunda nickte matt.

»Ich möchte mich nur noch hinsetzen«, sagte sie mit einem erschöpften Lächeln und löste sich aus seinen Armen. Sie ging ins Wohnzimmer und ließ sich dort auf das Sofa fallen. Auf dem Couchtisch stand eine angebrochene Flasche Rotwein, ein leeres Glas, und im Fernsehen lief »Schlag den Raab«.

»Na, du hast es dir ja gemütlich gemacht«, sagte sie.

Benning öffnete die schmale Eckvitrine und holte ein weiteres Weinglas heraus.

»Du trinkst doch sicher eins mit?«

Gunda nickte dankbar und lehnte den Kopf gegen die Rückenlehne des Sofas.

Benning schenkte ihnen ein und reichte ihr ein Glas.

»Prösterchen«, sagte er, nahm einen Schluck und setzte sich neben sie.

»War wieder viel los?«, fragte er mitfühlend und stellte sein Glas zurück auf den Tisch.

Gunda zuckte mit den Schultern.

»Gästewechsel halt!« Sie nahm noch einen kräftigen Schluck und stellte dann ihr Glas neben seins. »Zwei Putzhilfen sind eine Stunde zu spät gekommen, weil der Zug mal wieder überfüllt war und stundenlang in Niebüll festgehangen hat. Dementsprechend waren auch nicht alle Zimmer rechtzeitig fertig, was wiederum die Gäste nicht so toll fanden. Verständlicherweise, nach zehnstündiger Anreise mit Stau und allem Pipapo. Ein ganz normaler Tag eben.«

»Du Arme«, sagte Benning und drückte sich aus dem Sofa hoch. Im Aufstehen schaltete er mit der Fernbedienung den Fernseher aus und legte eine 80er-Hits-CD in die Mikroanlage ein.

»Meinetwegen hättest du das nicht ausmachen müssen«, sagte Gunda.

»Ach was«, antwortete Benning und setzte sich wieder neben sie. »Ist doch so viel gemütlicher.«

Er reichte Gunda ihr Glas und stieß mit ihr an.

»Ich habe übrigens meine Kündigung für die Wohnung heute Morgen fertig gemacht!«, sagte sie und strahlte dabei stolz über das ganze Gesicht. »Gleich Montag bringe ich sie zur Post.«

»Hey«, sagte er und hob anerkennend die Augenbrauen. »Das ist ja mal 'ne gute Nachricht. Damit tust du mir einen großen Gefallen.«

Gunda sah ihn fragend an.

»Wieso tue ich dir einen Gefallen, wenn ich nebenan einziehe?«

»Ist doch klar. Ich müsste ja sonst die Wohnung anderweitig vermieten. Unter Umständen sogar an Feriengäste, um die ich mich dann auch noch kümmern müsste. Stichwort Gästewechsel.«

Er zwinkerte ihr lächelnd zu.

»Du hast aber nicht vergessen, dass ich auch nicht gerade pflegeleicht bin?«, fragte Gunda. Sie leerte ihr Glas, zog die Beine aufs Sofa und lehnte den Kopf an seine Brust.

Benning strich ihr sanft über das Haar.

»Ach was, bisher waren wir doch immer ein tolles Team.«

Gunda nickte.

»Und, wie war dein Tag?«, fragte sie.

Jetzt nur nichts Falsches sagen, dachte Benning. So verstört, wie sie ihn begrüßt hatte. Und auch ihre Anhänglichkeit kam nicht von ungefähr. Er spürte, dass sie die Arbeit nur vorgeschoben hatte. In Wirklichkeit hatte sie Angst.

»Ach, weißt du«, sagte er mit ruhiger Stimme. »Da gibt's eigentlich nicht viel zu berichten. Ich habe ordentlich an meinem Artikel über die Insianer rumgefeilt. Dazu waren einige Internetrecherchen erforderlich, die Notizen mussten durchforstet werden und so weiter. Danach habe ich noch mein Wenningstedt-Ründchen gedreht und bin dabei so richtig schön nass geworden. Ein ganz normaler Tag eben.«

Er blickte lächelnd auf sie hinunter. Doch die erwartete Reaktion blieb aus.

»Gunda?«, flüsterte er. »Schläfst du schon?«

Gunda atmete ruhig und gleichmäßig. Gelegentlich konnte er ein leises Schnarchen vernehmen.

Benning ließ den Kopf nach hinten sinken und blickte an die Decke. Die Musik, das gedämpfte Licht, Gundas warmer Körper an seinem, der Wind, der draußen an dem kleinen Gartentor rüttelte ... das alles schuf eine wohltuende Atmosphäre. Fast schon ein wenig romantisch. Aus den Lautsprecherboxen ertönte just in diesem Moment der Refrain von »Dein ist mein ganzes Herz«. Und auch wenn er nie ein großer Fan von Heinz-Rudolf Kunze gewesen war – normalerweise übersprang er dieses Lied –, drückte es in diesem Moment genau das aus, was er empfand. Er blickte auf Gundas Blondschopf hinunter. Sie hatte sich fest an ihn gekuschelt. Bald würde er sie wieder ganz in seiner Nähe haben, ohne Rückzugsort in der Hebbelstraße.

Ein unangenehmer Schmerz, der sich zunehmend in seinem linken Arm breitmachte, holte ihn unbarmherzig aus den Gedanken. Zuerst versuchte er noch, ihn zu ignorieren, um sich nicht aus seiner Stimmung reißen zu lassen, doch schließlich musste er sich geschlagen geben. Das Gefühl, als ob sich Tausende von Ameisen über seinen Arm hermachten, war einfach zu stark. Umständlich zog er den eingeschlafenen Arm unter Gunda hervor. Dabei versuchte er, so vorsichtig wie möglich zu sein, um sie nicht zu wecken. Sie sollte noch bleiben. Hier bei ihm, in seinen Armen. Und er hatte Glück. Gunda schlief weiter.

Erleichtert ließ er den Kopf nach hinten sinken und schloss die Augen. Glücklich und zufrieden lauschte er wieder ihrem Atem, dem Rauschen des Windes, dem Klappern des Gartentors, der Musik ...

17

Okke Hansen trat aus dem Steuerstand seiner *Söl'ring* und blinzelte in die tiefstehende Morgensonne. Für ihn hatte es keinen besseren Namen für sein Boot geben können als diesen. Söl'ring. So bezeichnete man die Sylter Inselsprache, die sich im Lauf der Jahrhunderte aus vielen Sprachelementen entwickelt hatte, die die Sylter Seefahrer von ihren Reisen mitbrachten. Neben Holländisch und Dänisch zählte auch Englisch dazu sowie selbstverständlich Friesisch. Für Hansen war deshalb Söl'ring auch nicht nur ein Dialekt, sondern vielmehr Ausdruck der Kultur und Inselgeschichte, für deren Erhalt er mit seinen Insianern kämpfte.

Er hob die Hand zum Schutz gegen die Sonnenstrahlen und blickte den Steg entlang. Dann sah er, wonach er Ausschau gehalten hatte.

»Moin, Okke«, rief Andreas Keunemann schon von weitem.

»Moin, Moin«, rief Hansen zurück und tippte mit dem Finger auf seine Uhr. »Mal wieder pünktlich wie die Maurer.«

Er trat ans Heck und streckte den Arm aus, um die Angelausrüstung entgegenzunehmen, die ihm Andreas Keunemann herunterreichte.

»Kennst mich doch«, sagte Keunemann und sprang ins Boot. Er gab Hansen die Hand und hielt die Nase in den Wind.

»Wie's aussieht, sind Wind und Strömung heute ideal. Im Hörnum-Loch werden sich die Kleinfische nur so drängeln und hoffentlich einen Batzen Raubfische anlocken.«

Keunemann rieb sich die Hände.

»Mit etwas Glück gibt's heute nicht nur Makrelen, sondern vielleicht mal wieder ein paar schöne Hornhechte.«

Hansen blickte prüfend zum Himmel und anschließend auf die See.

»Ich habe nur etwas Bedenken wegen des Seegangs«, sagte er skeptisch. »Es hat sich über Nacht doch ganz schön aufgeschaukelt. Aber wir werden ja sehen. Also: Leinen los!«

Er ging zurück in den Steuerstand, während sich Keunemann an die Heckleinen begab. Der 220-PS-Motor der Avor 250 sprang direkt beim ersten Startversuch an und ließ das Boot vibrieren.

Hansen lächelte zufrieden. Die *Söl'ring* war wirklich ein tolles Boot. Er erinnerte sich noch gut an die Überführungsfahrt von Kroatien hierher, als er diese Kraft das erste Mal unter seinen Füßen gespürt hatte und mit zweiundzwanzig Knoten über die Adria gejagt war. Davor hatte er lange nach einem Boot gesucht, das nicht nur ins Budget passte, sondern auch noch seinen Ansprüchen genügte. Schließlich sollte es sich sowohl für Angelfahrten als auch für kleinere Ausflugsfahrten eignen. Die *Söl'ring* erfüllte alle seine Wünsche. Sie verfügte über eine Vielzahl von Angelhalterungen, die rund um das Achterdeck aufgereiht waren, und hatte sogar einen Lebendfischkasten für die Beute der stolzen Angler. In der kleinen Kajüte gab es eine Kochstelle mit Spüle sowie eine Toilette. Selbst an zwei Schlafplätze hatte der Konstrukteur gedacht.

Hansen warf einen Blick nach achtern, wo Keunemann die Heckleinen gelöst hatte und nun nach vorne ging, um die Bugleinen von den Dalben zu nehmen. Hansen manövrierte ohne Probleme das Boot trotz Niedrigwasser von seinem Liegeplatz. Mit dem geringen Tiefgang und dem agilen Bugstrahlruder ließ sich das Boot mühelos aus dem Hafen bugsieren. Hansen drehte sich noch einmal um, bevor er weiter Fahrt aufnahm, und nickte zufrieden. Keunemann hatte bereits die Fender in ihren Halterungen verzurrt und verstaute nun die Leinen.

Hinter ihnen verschwand der kleinste der vier Sylter Häfen langsam im Gegenlicht der Morgensonne. Erst seit fünfundzwanzig Jahren gab es auch in Rantum, wo einst die Flugsicherungsboote des ehemaligen Seefliegerhorstes gelegen hatten, einen Jachthafen.

»Alles so weit aufgeklart«, sagte Keunemann und hockte sich neben ihn auf die schmale Bank, unter der sich die Spüle und die Kochstelle verbargen. Er klopfte sich eine filterlose Zigarette aus einer verknitterten Packung, die ein geflügelter Helm zierte.

»Du mit deinen Asterix-Zigaretten«, sagte Hansen und schob sich eine Selbstgerollte in den Mundwinkel.

»Du und dein stinkendes Matratzenstroh«, entgegnete Keunemann, nahm einen tiefen Zug und blies anschließend den Rauch genüsslich zu ihm hinüber.

Ein erster leichter Schlag ließ das Boot erzittern.

»Du hattest recht«, sagte Keunemann und blickte aufs Wattenmeer hinaus. »Scheint wirklich etwas kabbelig zu werden.«

Die *Söl'ring* stemmte sich nun immer öfter gegen die von vorn kommende Strömung des auflaufenden Wassers. Hansen kurbelte kräftig am Ruder, um das Boot auf Kurs zu halten. In immer kürzer werdenden Abständen trafen die Wellen gegen den Bug, und der starke Wind peitschte die aufschäumende Gischt gegen die Scheiben. Hansen schaltete die Scheibenwischer ein und warf einen prüfenden Blick nach Steuerbord.

»Noch sind wir ganz gut im Windschatten der Insel. Mal sehen, wie das nachher aussieht, wenn wir weiter rausmüssen.«

Keunemann nickte kurz und zündete sich die nächste Zigarette an.

Für einige Minuten fuhren sie wortlos weiter in Richtung Süden. Von Zeit zu Zeit warf Hansen seinem Passagier einen Seitenblick zu und schmunzelte. Es war jedes Mal das Gleiche mit Keunemann. Je weiter sie rausfuhren, desto schweigsamer wurde er. Ein Verhalten, das Hansen zwar etwas verwunderlich vorkam, ihn aber andererseits nicht großartig störte. Bei den anderen Fahrten hatte er genug damit zu tun, den Alleinunterhalter für die Touristen zu spielen, da waren die Fahrten mit Keunemann doch deutlich entspannter.

Inzwischen passierten sie die Insel in Höhe des Strandabschnitts Samoa, und Hansen merkte, wie ihm die Augen langsam schwer wurden. Das eintönige Konzert aus Windrauschen, hochklatschenden Wellen und den Drehzahlwechseln des Motors hatte eine einschläfernde Wirkung auf ihn. Er zog seinen Tabaksbeutel aus der Jackentasche und rollte sich eine Zigarette.

»Haste von den Morden gelesen?«, fragte er und leckte über die Gummierung des Zigarettenpapiers.

»Joh«, antwortete Keunemann und blickte weiter teilnahmslos aus dem Fenster. »Wieso?«

Hansen zündete sich die Zigarette an und lehnte sich auf den Steuerkranz.

»Du wirst es nicht glauben, aber ich hatte deswegen Besuch von der Polizei.«

»Die Polizei war bei dir?«, fragte Keunemann und sah ihn überrascht an. »Wegen der Morde?«

»Da staunst du, was?«

»Aber was hast du denn mit den Morden zu tun? In der Zeitung stand doch, dass man die Toten auf dem Fliegerhorst gefunden hat.«

Keunemann drehte sich zu ihm um und klopfte die nächste Zigarette aus der Packung.

»Das übliche Spiel«, sagte Hansen und korrigierte den Kurs mit ein paar Drehungen am Steuer. »Irgendjemand hat sich mal wieder mit dem Logo der Insianer geschmückt. Nur diesmal eben nicht, um Spuren auf einem Bauzaun zu hinterlassen.«

»Verstehe ich nicht«, sagte Keunemann. »Hat der Täter euer Logo etwa auf die Toten gemalt?«

Hansen zuckte die Achseln.

»Keine Ahnung. Jedenfalls standen sie am Donnerstag mal wieder bei mir auf der Matte und haben mir so einen komischen Wisch unter die Nase gehalten, auf dem dick und fett unser Logo prangte. Sie wollten wissen, ob ich was darüber wüsste, und sagten, dass es einen Toten gegeben hat. Und da ich in den letzten Tagen nichts von irgendwelchen anderen Toten gehört habe, gehe ich stark davon aus, dass die Polizei die vom Fliegerhorst gemeint hat.«

Keunemann nickte.

»Und was war das für ein Wisch?«, fragte er und drückte seine Zigarette im Aschenbecher aus.

»Ich weiß auch nicht genau«, sagte Hansen. »Da stand so wirres Zeug von Geistern, die alle Fremden töten würden.«

»Aha«, sagte Keunemann, und im selben Moment traf ein kräftiger Schlag das Boot und ließ es erzittern. Nur mit Mühe konnte er sich noch am Steuerpult festhalten, um nicht hinunter in die Kajüte zu stürzen. Hansen riss die Fahrthebel zurück, um Fahrt aus dem Boot zu nehmen.

»Jetzt fängt es richtig an zu hacken«, sagte er und warf einen kurzen Blick aus dem Seitenfenster. Deutlich war rechts von ihnen der LORAN-C-Sendemast zu erkennen. Dieser einhundertdreiundneunzig Meter hohe Mast war der einzige seiner Art in Deutschland und gehörte zu einem Funknavigationssystem, das weltweit der See- und Luftfahrt diente.

»Gleich sind wir am Seehundseck«, sagte er und wies mit dem Kinn geradeaus. »Ab da können wir nicht mehr so dicht unter Land fahren, und dann wird's richtig lustig.«

Keunemann folgte seinem Blick und nickte.

»Was stand denn genau in dem Schreiben?«, fragte er scheinbar beiläufig.

»Hab ich doch gesagt, irgend so ein Geisterquatsch. Genau krieg ich das auch nicht mehr zusammen. Irgendwie was wie: Die letzten Sylter werden zur Legende, und ihre Vertreiber liegen tot am Strand. Ich sag ja, total bekloppt. Kann ja nur ein Verrückter geschrieben haben.«

Erneut rauschte eine große Welle direkt auf sie zu. Hansen riss den Fahrthebel zurück, wartete, bis der Bug in die Welle eintauchte, und schob den Hebel im gleichen Moment wieder vor. Aufmerksam beobachtete er die See vor ihnen.

»Ich geh mal kurz an die Luft«, sagte Keunemann und sprang von der Bank.

»Aber pass auf«, sagte Hansen. »Ich drehe gleich noch weiter nach Backbord, sonst kommen wir zu dicht an die Untiefen vor Puan Klent.«

»Ich bin ja nicht das erste Mal hier draußen«, brummte Keunemann und verließ den Steuerstand.

Hansen zog die Augenbrauen hoch.

Welche Laus ist dem denn über die Leber gelaufen, dachte er erstaunt.

Keunemann lehnte sich im Schutz des überstehenden Dachs gegen das Deckshaus.

Von wegen Verrückter, dachte er und warf einen verächtlichen Blick durch das Fenster in den Steuerstand, wo Hansen damit beschäftigt war, das Boot durch die schwere See zu manövrieren. Er zog die zerknitterte Zigarettenpackung aus der Hemdtasche und tastete sie vergeblich nach einer Zigarette ab. Mit einer energischen Handbewegung zerknüllte er die Packung und schleuderte sie über Bord. Anschließend klopfte er seine Taschen auf der Suche nach einer Ersatzpackung ab.

»Das darf doch nicht wahr sein«, rief er verärgert und zog den Reißverschluss seiner Segeljacke hoch. Er musste die Packung heute Morgen auf dem Küchentisch liegengelassen haben. Für einen Moment überlegte er, ob er Hansen um seinen Tabak bitten sollte, doch dann stemmte er die Fäuste trotzig in die Jackentaschen.

»Du und deine blöden Insianer«, murmelte er und warf Hansen einen kurzen Blick über die Schulter zu. Wenn ihr wirklich was gegen den Ausverkauf der Insel tun wollt, dann müsst ihr ganz schnell mit eurem Weibergewäsch aufhören, dachte er. Aber echte Taten konnte man von diesen Ökos wohl nicht erwarten. Nehmt euch mal ein Beispiel an Captain Watson. Ihm war Greenpeace auch zu schwach geworden, dafür macht er jetzt den Walfängern mit Sea Shepherd die Hölle heiß.

Keunemann beobachtete die schäumende Hecksee und dachte an Weyde und diese Frau, die er am Dienstag tot in Weydes Büro gefunden hatte. Ein zufriedenes Grinsen umspielte seine Mundwinkel. Der erste Teil seines Plans war schon mal aufgegangen, und die Polizei war der Spur zu Hansen und seinen Insianern gefolgt. Doch warum hatte noch nichts davon in der Zeitung gestanden? Was musste er denn noch alles unternehmen, um diese Weicheier in Misskredit zu bringen?

Na ja, dachte er, vielleicht kommt da ja noch was. Jetzt musste er sich erst mal um denjenigen kümmern, der bei Weyde den Tresor leer geräumt hatte. Wie war noch das Kennzeichen gewesen? Ach ja, NF-HS 77.

18

Unternehmungslustig eilte Gunda die Treppe hinab, wo Benning sie bereits im Flur erwartete.

»Fertig?«, fragte er und zog den Reißverschluss seiner Laufjacke zu.

»Sì, Señor!«

Benning lächelte. Gunda sprang ihre gute Laune förmlich aus dem Gesicht. Der freie Sonntag, einer der ersten in den letzten Wochen, tat ihr nach den Aufregungen der letzten Tage sichtbar gut. Da das Wetter wieder einmal nicht die Erwartungen an einen Sommertag erfüllte, waren sie ihren gemeinsamen freien Tag in aller Ruhe angegangen. Nach einem ausgiebigen Frühstück hatte Gunda sich mit einem Buch aufs Sofa zurückgezogen, während er noch einmal seinen Bericht über die Sylter Wohnsituation quergelesen hatte. Noch heute wollte er ihn an die Redaktion schicken.

Am frühen Nachmittag hatte Petrus sich dann doch noch gnädig gezeigt und für eine Stunde ein paar Sonnenstrahlen durch die dichte Wolkendecke gelassen. Eine Einladung, der die beiden sofort nachgekommen waren und sich schön windgeschützt mit einer Tasse Kaffee in den Strandkorb gekuschelt hatten.

»Kampen und zurück?«, fragte Benning und schloss die Haustür hinter ihnen ab.

»Mir recht«, antwortete Gunda und folgte ihm mit einem kurzen Spurt über die Norderstraße zu dem schmalen Trampelpfad, von dem aus man den Dünenwanderweg erreichte. Dabei sprang sie schwungvoll zwischen den Pfützen hin und her, die der Regen vom Vormittag zurückgelassen hatte. Sie überquerten den Strandübergang in Höhe des Restaurants *Seenot* und liefen hinunter zum Strand, wo das ablaufende Wasser am Flutsaum einen festen Boden hinterließ.

»Nicht viel los«, sagte Benning mit Blick auf die wenigen Spaziergänger, die am Strand entlangschlenderten.

»Die hängen wahrscheinlich heute alle in der *Sylter Welle*«, sagte Gunda.

Sie ließen sich vom Rückenwind in Richtung Norden treiben, und von Zeit zu Zeit warf Benning Gunda einen verstohlenen Blick zu. Den ganzen Tag trug er sich schon mit dem Gedanken, ihr zu erzählen, dass es sich bei der Toten vom Fliegerhorst um Silvia Steinmann handelte, die Gunda noch aus ihrer Kindheit kannte, als sie mit ihren Eltern noch in List gewohnt hatte. Doch er wollte ihr nicht den freien Tag vermiesen. Auf der anderen Seite kannte er die gut funktionierende Sylter Tratsch- und Gerüchteküche. Eigentlich grenzte es schon fast an ein Wunder, dass Gunda noch nichts davon erfahren hatte.

»Ist was?«, fragte Gunda, die seinen Blick offenbar bemerkt hatte.

Benning fasste sich ein Herz.

»Ich wollte dir noch was sagen«, sagte er mit ernster Miene.

»Gibt's schon die erste Mieterhöhung?«, fragte sie lachend. »Ich bin ja noch nicht mal umgezogen.«

Benning schüttelte den Kopf.

»Es geht um die Tote vom Fliegerhorst.«

Er machte eine kurze Pause, bevor er fortfuhr: »Es ist Silvia Steinmann.«

»Steinmann?«, fragte Gunda und blieb abrupt stehen. »Doch nicht etwa Haukes Mutter?«

Auf der Stelle trabend, drehte sich Benning zu ihr um und nickte.

»Doch«, sagte er. »Es gibt leider keinen Zweifel.«

Gunda verschränkte die Arme vor der Brust und blickte fassungslos aufs Meer hinaus.

»Dem bleibt aber auch nichts erspart«, sagte sie erschüttert. »Erst erhängt sich sein Vater, und jetzt wird seine Mutter auch noch ermordet.«

Sie strich sich die Haare aus dem Gesicht und wischte sich dabei verstohlen eine Träne von der Wange.

»Tut mir leid«, sagte Benning und legte fürsorglich den Arm um ihre Schultern. Genau das hatte er vermeiden wollen.

»Sollen wir lieber zurücklaufen?«, fragte er behutsam.

Gunda schüttelte schniefend den Kopf.

»Es geht schon«, sagte sie. »Die frische Luft tut sicher gut. Umkehren können wir ja immer noch.«

Die folgenden Minuten liefen sie wortlos nebeneinanderher. Sie erreichten Wenningstedt und kurz darauf *Wonnemeyer* am Strand, wo einige hartgesottene Touristen das Meer und den rauhen Wind genossen. Hinter Kampen verließen sie schließlich in Höhe des alten Quermarkenfeuers Rotes Kliff den Strand. Auf der alten Inselbahntrasse, im Windschutz der Dünen, war es Gunda, die als Erste die Sprache wiederfand.

»Hast du damals eigentlich die Sache mit Haukes Arm mitbekommen?«, fragte sie.

»Mit seinem Arm?«

Benning sah sie fragend an.

»Ja, Hauke war doch mal Mitglied von so 'ner komischen rechten Gruppe. Und die haben ihm den Arm gebrochen, weil er sie angeblich verraten hatte.«

»Stimmt«, sagte Benning. »Jetzt, wo du es sagst, erinnere ich mich an einen Jungen, der mit so einer Verletzung in die Nordseeklinik eingeliefert wurde. Ich war damals zufällig in der Unfallchirurgie und habe dort ein Gerät kontrolliert. Das muss aber schon Ewigkeiten her sein. Damals arbeitete ich ja noch dort.«

Gunda überlegte.

»'93 oder '94«, sagte Gunda. »Ich sehe ihn immer noch vor mir, wie er mit seinem dicken Gipsarm in einer Ecke der Haltestelle gestanden hat, wenn wir auf den Schulbus warteten. Niemand wollte etwas mit ihm zu tun haben. Im Nachhinein tut es mir irgendwie ein bisschen leid. Aber damals ... Er und seine rechtsradikalen Freunde sind mit den anderen Jugendlichen im Dorf nicht gerade zimperlich umgegangen. Mich hätten sie auch fast mal erwischt.«

»Weißt du noch, welchen Arm er gebrochen hatte?«, fragte Benning. Ihm war eingefallen, dass sie ja genau nach so einer Verletzung suchten.

Gunda sah ihn verwundert an.

»Der rechte, glaube ich. Aber wie kommst du jetzt darauf?«

»Ach, war nur so ein Gedanke. Er wird ja sicher Schwierigkeiten in der Schule gehabt haben, wenn er nicht mehr richtig schreiben konnte. Oder war Hauke Linkshänder?«

»Möglich«, sagte Gunda und zuckte die Achseln. »Was weiß denn ich? Aber wieso interessiert dich das jetzt? Du kommst vielleicht immer auf Ideen.«

⚓

»Und? Was sagst du?«

Benning nahm die Teebecher, den Zucker und die Schüssel mit der Schlagsahne vom Tablett und sah sie fragend an.

»Sehr interessant«, antwortete Gunda und sah von seinem Artikel auf. »Einige Sachen sind sogar für mich neu. Allerdings habe ich auch schon einen Fehler entdeckt.«

»Einen Fehler?«, fragte Benning und hielt kurz beim Teeausschenken inne.

»Ja, hier ist wohl eine Null zu viel.«

Sie blätterte eine Seite zurück und tippte mit dem Finger auf den obersten Absatz. »Hier steht, dass der Hobokenweg in Kampen die teuerste Straße in Deutschland ist, was ich ja gerade noch glauben kann. Aber bei dem Quadratmeterpreis musst du dich verschrieben haben. Du meintest bestimmt 3500 Euro.«

Benning lachte und schenkte ihnen weiter ein.

»Nein, nein«, sagte er. »Das hat schon seine Richtigkeit. Aber ich gebe dir recht, dass es kaum zu glauben ist.«

»35 000 Euro? Der Quadratmeter?«

Sie überschlug kurz ihr Jahreseinkommen und schüttelte entgeistert den Kopf.

»Ich fass es nicht!«, fuhr sie fort. »Aber wo wir gerade bei Quadratmeterpreisen sind, fällt mir ein, dass wir noch nicht über die Miete gesprochen haben.«

Sie hob mahnend den Finger und sah ihn mit einem frechen Grinsen an.

»Aber wehe, du nimmst dir hieran ein Beispiel.«

»Da bringst du mich auf eine Idee«, sagte Benning und lachte schelmisch zurück. Sie tranken einen Schluck Tee, dann fragte Benning: »Aber mal im Ernst, hast du schon den Teil über die Mietsituation gelesen?«

Gunda schüttelte den Kopf und stellte ihren Becher zurück auf den Tisch.

»Damit hatte ich eben angefangen«, sagte sie und widmete sich wieder seinem Bericht. Aufmerksam las sie von der prekären Wohnungssituation, von der sie natürlich schon gehört hatte. Von ihren Kollegen, die durch die Bank nicht von der Insel kamen, wusste sie, wie die Saisonkräfte untergebracht waren, vorausgesetzt, sie bekamen überhaupt eine Unterkunft. Die meisten pendelten jeden Tag zwischen dem Festland und der Insel.

»Ist die Zahl der Zweitwohnungen wirklich derart gestiegen?«, fragte sie ungläubig.

»Wahnsinn, oder?«

Benning sah sie ernst an.

»Und der größte Teil wird nur sechs Wochen im Jahr genutzt und steht die restliche Zeit leer.«

»Das gibt's doch nicht«, sagte Gunda und las weiter.

Benning rutschte auf dem Sofa ein Stückchen näher an sie heran und tippte mit dem Finger auf den Artikel.

»Sieh mal hier, sogar in List geben sich inzwischen die Housekeeper die Klinke in die Hand. Das kannten wir bisher eigentlich nur aus Kampen. Aber du hast ja selbst miterlebt, dass nach dem Weggang der Bundeswehr das halbe Dorf verkauft worden ist. Es gibt im Grunde keinen Ort mehr auf der Insel, der ausreichend Dauerwohnraum für die Einheimischen bietet. Jedenfalls nicht zu erschwinglichen Preisen.«

»Dass es so schlimm ist, hätte ich wirklich nicht gedacht«, sagte Gunda und legte den Bericht auf den Tisch. »Da denkt man immer nur an Erderwärmung, Erhöhung des Meeresspiegels und Küstenschutz und vergisst darüber die unmittelbaren Probleme.«

»Dabei liegen sie gar nicht so weit auseinander«, sagte Benning. »Wenn außer in den Ferien niemand mehr hier lebt, gibt es auch niemanden mehr, der Feuer löscht oder Sandsäcke füllt, wenn Not am Mann ist. Erinnerst du dich noch an das Tief Anatol?«

»Natürlich, und?«, fragte Gunda und nahm ihren Becher vom Tisch.

»Und?«, wiederholte er. »Meinst du vielleicht, dass künftig die Touristen oder die zufällig anwesenden Zweitwohnungsbesitzer in die Feuerwehrwagen krabbeln, um Klinkerwände abzustützen, Dächer abzusichern oder umgestürzte Bäume von den Straßen zu räumen?«

»So habe ich das noch nie gesehen«, sagte Gunda und dachte an den Orkan, der damals über Deutschland gewütet hatte. Fünfzehn Jahre war sie damals gewesen, als Anatol über die Insel gefegt war und ganze Waldstücke dem Erdboden gleichgemacht hatte. Im Garten der *Kupferkanne* in Kampen hatte man in den Wochen danach die entwurzelten Bäume mit den Wurzeln nach oben wieder an ihren alten Plätzen eingegraben. Quasi als Mahnmal. Drei Wochen vor Weihnachten war der Sturm auf die Küste getroffen, und nicht nur deswegen würde sie ihn niemals vergessen. Vielmehr war es das letzte Weihnachtsfest gewesen, das sie zusammen mit ihren Eltern gefeiert hatte. Eine Woche später hatten sie noch das neue Jahrtausend begrüßt, das sich so neu und vielversprechend angekündigt hatte. Auf einmal sah sie wieder ihren Vater vor sich, wie er lachend am Strand stand, eine Flasche Sekt köpfte und mit ihnen auf das Millennium anstieß. Ein Jahrtausend, das für ihn nur sechs Monate dauern sollte.

19

Benji! Hier!«

Mario Schmiedt stapfte verärgert die Düne hoch, hinter der eben sein Labrador wild kläffend verschwunden war.

»Beeenjii!«

Oben angekommen, sah er sich suchend um, doch von seinem Hund war weit und breit nichts zu sehen. Lediglich ein leises Bellen drang noch an sein Ohr.

»Benji! Hier! Verdammt noch mal!« Fluchend stieg er in das vor ihm liegende Dünental hinab. Das Bellen wurde lauter. Nach ein paar Schritten entdeckte er hinter einer kleinen Sandverwehung die wild wedelnde Rute seines Hundes.

»Da bist du ja, du Teufelsbraten«, murmelte er und griff nach der Leine, die über seiner Schulter hing.

»Mach ihn doch los«, äffte er leise seine Frau nach, während er sich Benji vorsichtig näherte. »Hier kann doch nichts passieren!«

Nein, natürlich konnte nichts passieren, und wenn, dann fand sich ja immer irgendein Depp, der dem Hund hinterherjagte. Aber warum muss immer ich dieser Depp sein?, dachte Schmiedt verärgert.

Am Anfang war er gegen einen neuen Hund gewesen, nachdem ihr Hektor im gesegneten Hundealter von vierzehn Jahren im letzten Sommer gestorben war. Doch seine Frau hatte so lange gebettelt, bis er schließlich nachgegeben hatte.

»Ganz ruhig«, sagte er und beugte sich langsam zu Benji

herab. Behutsam griff er nach dem Halsband und befestigte hastig den Karabinerhaken daran.

»So ist es brav«, sagte er und kniete sich neben ihn. Benji war zwar längst nicht mehr der süße Welpe, den Birthe vor einigen Monaten mit nach Hause gebracht hatte, trotzdem würde auch er den putzigen Kerl um nichts in der Welt wieder hergeben wollen.

Er drückte sich schwerfällig hoch und wollte sich gerade zum Gehen wenden, als Benji im gleichen Moment kurz aufjaulte und wie wild die vor ihnen liegende Düne anbellte.

»Was hast du denn?«, fragte Schmiedt und musterte die Düne. Erst jetzt fielen ihm die versandeten Betonreste auf, die daraus hervorragten.

Wahrscheinlich ein alter Flakbunker, dachte er. Diese waren im Krieg überall entlang der Küste errichtet worden. Bei genauerer Betrachtung erkannte er die Umrisse des einstigen Eingangs, der bis zur Hälfte mit Sand zugeweht war. Mitten in dem Sandhaufen lag ein grauer Stein, der, wie er fand, dort irgendwie deplaziert wirkte.

»Komm jetzt«, sagte er zu Benji, der hechelnd zu ihm aufsah, aber keine Anstalten machte, ihm zu folgen. Stattdessen stemmte er sich gegen den Zug der Leine und begann erneut zu kläffen.

»Was soll das denn?«, fragte Schmiedt. Allmählich verlor er die Geduld, zumal sich im Westen schon wieder dunkle Wolken bedrohlich auftürmten. Mit einem Mal machte Benji einen Satz nach vorne und hätte ihm dabei fast die Leine aus der Hand gerissen.

»Nun reicht es aber wirklich!«, rief Schmiedt wütend. »Was willst du denn da? Da ist doch gar nichts.«

Widerwillig ließ er sich von Benji zum Bunkereingang ziehen.

»Bist du jetzt zufrieden?«, fragte er und nahm die Leine etwas kürzer, während Benji begann, wie wild in dem Sandhaufen zu buddeln. Immer mehr feiner Sand rutschte dabei von oben weg und legte nach und nach den merkwürdigen Stein frei.

»Mein Gott«, rief Schmiedt auf einmal und wich entsetzt zurück. »Das ist ja …«

⚓

»Wenn ich mich nicht sehr täusche, ist das hier unsere vermisste Leiche.« Hinrichs beugte sich noch ein Stückchen vor und betrachtete eingehend den Kopf des Toten. Die tiefen Risswunden an den Wangen und die leeren Augenhöhlen boten keinen schönen Anblick. Außerdem lagen, wie bei der Leiche von Hans Weyde, die Knochen der Schädeldecke frei.

»Und das, was dort fehlt, haben wir bereits mit Bennings zweitem Päckchen nach Kiel geschickt.«

»Ihr habt noch eine Kopfschwarte bekommen?«, fragte Beate Folkerts, die Notärztin, überrascht.

»Ja, am Freitag«, sagte Hinrichs. »Bisher fehlte uns allerdings noch die dazugehörige Leiche.«

»Allmählich wird die ganze Sache unheimlich«, sagte Beate Folkerts. »Wie es aussieht, erfolgte die Skalpierung auch hier mit einem Messer. Außerdem weist der Tote eine schwere Verletzung am Hinterkopf auf.«

Hinrichs nickte.

»Das deutet tatsächlich auf denselben Täter hin«, sagte er, ohne den Blick vom Eingang des Flakbunkers zu nehmen, wo einige seiner Kollegen damit begannen, eine Plane über die mittlerweile freigelegte Leiche zu spannen, um sie vor dem einsetzenden Regen zu schützen.

»Kannst du ungefähr sagen, wie lange er schon hier liegt?«, fragte er.

Beate Folkerts zuckte mit den Schultern.

»Mit Sicherheit bereits einige Tage«, sagte sie. »So wie sich die Möwen schon bedient haben.«

Hinrichs schüttelte nachdenklich den Kopf.

»Drei Tote, alle offenbar erschlagen, und zwei der Opfer wurden auch noch skalpiert. Ich hoffe nur, dass wir hier wenigstens ein paar neue Hinweise finden.«

»Ich beneide dich nicht«, sagte Beate Folkerts. »Meine Arbeit ist hier jedenfalls getan.«

Hinrichs winkte, nachdem sie sich verabschiedet hatten, mit einer energischen Handbewegung Fuchs zu sich heran.

»Was habt ihr bis jetzt?«

»Bei dem Toten handelt es sich vermutlich um einen gewissen Sven Oltmanns, wohnhaft am Seedeich 12. So steht es jedenfalls in dem Ausweis, den wir bei ihm gefunden haben. Dem Foto nach könnte er es sein, jedenfalls, wenn man sich Augen und Haare vorstellt. In seinem Portemonnaie waren außerdem noch sein Führerschein, 230 Euro und etwas Kleingeld. Ansonsten hatte er nur noch einen Schlüsselbund bei sich.«

»Na, dann werden wir jetzt mal nach Westerland fahren und uns in seiner Wohnung umsehen«, sagte Hinrichs. »Drück die Daumen, dass wir wenigstens dort etwas finden, das uns weiterhilft.«

⚓

Langsam fuhr der Passat von der Lorens-de-Hahn-Straße nach rechts in die Straße Am Seedeich. Hinrichs' Blick wanderte suchend zu den zweigeschossigen Reihenhäusern zu ihrer Linken. Mit einer kurzen Handbewegung bedeutete er Fuchs, langsamer zu fahren. »Hier muss es sein!«

Fuchs trat mit aller Kraft aufs Bremspedal, woraufhin Hinrichs hart in seinen Gurt gedrückt wurde.

»Muss das sein?«, fragte er und warf Fuchs einen verärgerten Blick zu.

»Sorry!«, sagte Fuchs. »Dass Beifahrer aber auch nie rechtzeitig sagen können, wo es langgeht oder wann man halten soll. Du bist schon wie meine Frau, die …«

»Schon gut«, sagte Hinrichs, der keine Lust auf irgendwelche Episoden aus Fuchs' Privatleben hatte. Er wies zur gegenüberliegenden Straßenseite und sagte: »Nummer zwölf. Hast du die Schlüssel?«

Fuchs griff in die Brusttasche seiner Weste und hielt den Schlüsselbund in die Höhe, den sie bei dem Toten gefunden hatten.

»Mir hat man hier auch mal eine Wohnung angeboten«, sagte Hinrichs. »Ich fand sie damals für mich alleine ein wenig zu groß. Hätte ich damals nur ansatzweise geahnt, wie gut ich die übrigen Zimmer hätte untervermieten können.«

»Also, ich hätte nicht lange gezögert«, sagte Fuchs, während er den Motor ausschaltete. »Für uns hatte das Bundesvermögensamt leider nur die Wohnung in einem ›wunderschönen‹ Hochhaus. Aber aus dem sollen wir ja auch bald raus, der ganze Komplex soll abgerissen werden. Wollen wir wetten, was dann dort hinkommt?«

»Lieber nicht«, sagte Hinrichs und sah Fuchs an.

»Und wo zieht ihr dann hin?«, fragte er.

Fuchs zuckte mit den Achseln.

»Angeblich bekommen wir eine Ersatzwohnung, auf die ich schon mächtig gespannt bin. Vor allen Dingen auf die Miete.«

Er seufzte und blickte zu den rot geklinkerten Fassaden hinter den kleinen Vorgärten, die von Jägerzäunen und niedrigen Hecken umgeben waren. »Ja, hier hätten sich Anke und die Kleine bestimmt wohl gefühlt.«

»Na, dann wollen wir mal los«, sagte Hinrichs und gab Fuchs einen freundschaftlichen Klaps auf die Schulter.

Vor dem Haus sah er sich erst einmal um, während Fuchs nach dem richtigen Schlüssel suchte.

Sven Oltmanns bewohnte ein Reihenmittelhaus, das ungefähr aus den dreißiger oder vierziger Jahren stammte. Das Endhaus auf der linken Seite war allem Anschein nach unbewohnt, jedenfalls ließen die gardinenlosen Fenster und der struppige Rasen diesen Schluss zu. Außerdem deuteten die Dixi-Toilette und das kleine Werbeschild eines ortsansässigen Zimmermanns auf eine bevorstehende Sanierung hin.

»Werden bestimmt auch neue Ferienwohnungen«, sagte Fuchs, der Hinrichs' Blick gefolgt war, während er die Haustür öffnete.

»Na, dann lass uns mal reingehen«, sagte Hinrichs und schob sich an seinem Kollegen vorbei.

Sie betraten einen schmalen Flur, von dem rechts eine Treppe nach oben führte.

Fuchs folgte seinem Chef zum Ende des Flurs, an dem sich zwei weitere Türen befanden, von denen die linke offen stand.

»Hier haben wir die Küche«, stellte Hinrichs fest und musterte die in die Jahre gekommene Küchenzeile, die sich über die gesamte linke Wand erstreckte. In der Spüle stapelte sich dreckiges Geschirr, und der Herd hatte schon lange keine Chrompolitur mehr gesehen. Auf dem Tisch stand eine Batterie von ungespülten und teilweise halbvollen Kaffeebechern zwischen fettigen Kartons mit angebissenen Pizzaresten. Auf der Fensterbank dahinter stapelten sich Werbeprospekte von ortsansässigen Discountern.

»Was ist das denn?«, fragte Fuchs und beugte sich über den Tisch. Aufmerksam betrachtete er die Tischkante von allen Seiten.

»Ich verwette ein Monatsgehalt, dass das Blut ist.«

Hinrichs horchte auf. Jetzt sah auch er die dunklen Flecken.

»Respekt!«, sagte er und blickte Fuchs über die Schulter. »Deinem Adlerblick entgeht aber auch wirklich nichts.«

Er meinte das durchaus ernst. Es war nicht das erste Mal, dass Fuchs selbst kleinste Spuren entdeckte, die ihm nie und nimmer aufgefallen wären.

»Hier kleben auch noch Haare«, sagte Fuchs. Er angelte einen durchsichtigen Plastikbeutel und ein kleines Ledermäppchen aus einer der vielen Taschen seiner Outdoor-Weste. Anschließend streifte er sich Latexhandschuhe über und öffnete schon fast andächtig das Lederetui. Sein prüfender Blick wanderte kurz über eine Auswahl von Pinzetten und Scheren, schließlich entschied er sich für eine Splitterpinzette.

»Ich seh mich schon mal nebenan um«, sagte Hinrichs und betrat das Wohnzimmer. Rechts von ihm stand eine abgegriffene blaue Schlafcouch, über der das Poster einer martialisch gekleideten Rockband hing. Der Sessel neben der Couch passte weniger von Farbe und Stil als vielmehr aufgrund seines zerschlissenen Zustands dazu. Als Tisch dienten zwei unterschiedlich hohe, quadratische Beistelltische mit zerkratzten Glasplatten. An der gegenüberliegenden Wand hing, eingerahmt von den Glasvitrinen einer schiefen Schrankwand, ein riesiger Flachbildfernseher. Von ihm führten mehrere Kabel zu diversen Zusatzgeräten, die sich auf den Regalen des Schranksystems verteilten. Hinrichs erkannte einen DVD-

Player, einen Sat-Receiver und … Er nahm ein bananenförmig gebogenes Teil aus dem Regal und betrachtete prüfend die darauf befindlichen bunten Knöpfe und den Steuerhebel. Wahrscheinlich eine von diesen neumodischen Spielekonsolen, dachte er und schlenderte weiter in Richtung des rückwärtig gelegenen Fensters und der Terrassentür.

»Ah, die ›gute‹ Stube«, sagte mit einem Mal Fuchs hinter ihm. »Hier gibt's zweifellos keine Frau im Haus. Aber dafür 'ne Wii!«

»Eine was?«, fragte Hinrichs und drehte sich zu ihm um.

»Na, eine Wii. Eine Spielekonsole.«

»Natürlich, eine Spielekonsole«, sagte Hinrichs wissend.

»Tolles Teil«, sagte Fuchs. »Da muss man sich sogar richtig bewegen. Man kann zum Beispiel bowlen, Ski fahren oder –«

»Schwimmen?«, fragte Hinrichs ironisch und wischte mit der flachen Hand vor seinem Gesicht hin und her.

»Wirklich«, sagte Fuchs. »Damit kommt man ganz schön ins Schwitzen. Zu Hause haben wir –«

»Ist gut«, sagte Hinrichs und winkte ab. »Dann schwitz du mal schön weiter in deinem Wohnzimmer. Ich für meinen Teil sitze dort lieber gemütlich vor dem Fernseher und gucke bei der Sportschau zu, wie andere schwitzen.«

Er trat an die Terrassentür, hob die Holzlamellen der Jalousie etwas an und sah hinaus. Vor ihm lag ein für Reihenmittelhäuser typischer Garten. Schmal und durch hohe Ligusterhecken von allen Seiten vor fremden Blicken abgeschirmt. Wie er nicht anders erwartet hatte, bot auch der Garten kein besseres Bild als der Rest der Wohnung. Ein paar lieblos verlegte und inzwischen vermooste Waschbetonplatten bildeten eine Art Terrasse, auf der zwei ausgeblichene, ehemals blaue Plastikstühle um einen windschiefen Holztisch standen. Rechts lehnte eine Schneeschaufel neben einem rostigen Holzkohlegrill, der sich anscheinend nur mit Mühe auf seinen verbogenen Metallbeinen hielt, an der Hauswand.

Hinrichs ließ die Lamelle wieder zurückfallen. Er sah zu Fuchs, der sich inzwischen den Vitrinen und Schubladen der Schrankwand widmete. »Draußen sieht es genauso heruntergekommen aus wie hier drinnen.«

Fuchs nickte gedankenversunken, während er in einem dicken Aktenordner blätterte, den er in einer der Schubladen gefunden hatte.

Hinrichs zeigte auf den Ordner. »Und, was gefunden?«

»Ich weiß es noch nicht. Jedenfalls war er bei seiner Aktenablage etwas sorgfältiger. Versicherungsscheine, Kontoauszüge, alles ordentlich abgelegt.« Er klatschte mit dem Handrücken auf die aufgeschlagene Seite. »Und hier die Gehaltsabrechnungen. Jetzt weiß ich, wie er an dieses Häuschen gekommen ist.«

»Und das steht in einer Gehaltsmitteilung?«, fragte Hinrichs zweifelnd.

»Jep! Sie ist nämlich an Herrn Sven Oltmanns, Bundesanstalt für Immobilienaufgaben, Außenstelle Westerland, adressiert.« Fuchs sah ihn triumphierend an.

»Also arbeitete er bei der BImA«, sagte Hinrichs und hob interessiert die Augenbrauen. »Quasi direkt an der Quelle.«

»Sehr richtig! Da muss sich unsereins ja nicht wundern, wenn man selbst mit Familie an so etwas nicht rankommt. Und dann wird alles so verhunzt. Bin gespannt, was uns oben erwartet.«

»Okay, lass schon mal die restliche Mannschaft anrücken.«

Fuchs nickte, zog sein Handy hervor, und während er Hinrichs in die obere Etage folgte, forderte er die Kollegen der Spurensicherung an.

»Zwei Zimmer, ein Bad, wie ich vermute«, sagte er, nachdem er aufgelegt hatte. Langsam ließ er das Telefon zurück in eine der Taschen seiner Weste gleiten und sah sich auf dem oberen Flur um.

Hinrichs öffnete die nächstgelegene Tür und pfiff überrascht durch die Zähne. »Na, was haben wir denn hier?«

Fuchs blickt neugierig über Hinrichs' Schulter in das vor ihnen liegende Zimmer, das durch die Dachschrägen und das schmale Gaubenfenster eng und dunkel wirkte. Zwei große Fahnen hingen links an der Wand: eine Reichskriegsflagge und eine Hakenkreuzfahne. An der gegenüberliegenden Wand waren ein Wehrmachtskarabiner und eine Maschinenpistole, fein säuberlich ausgerichtet, über zwei schwarzen Weltkriegsstahlhelmen mit Hakenkreuzen und SS-Runen angebracht.

Fuchs tastete nach dem Lichtschalter, und kurz darauf erhellte ein dreiflammiger Halogendeckenstrahler den Raum.

»Wie es aussieht, haben wir es jetzt auch noch mit Neonazis zu tun«, sagte Hinrichs und trat an eine alte Tischvitrine, die direkt unter den beiden Fahnen stand.

»Der Herr konnte ja doch Ordnung halten«, sagte Fuchs und zeigte auf die Scheibe, hinter der zwei mit Samt ausgeschlagene Holzkästchen standen. Oltmanns hatte sie zwischen einigen Dolchen und Bajonetten unterschiedlicher Größe plaziert, akkurat ausgerichtet. In dem einen befanden sich, ebenfalls sorgsam aufgereiht, verschiedene Wehrmachtsorden.

Das zweite Kästchen war zwar leer, jedoch ließ die Aussparung in dem Samtbelag unschwer erkennen, was mal darin gelegen hatte.

Hinrichs blickte sich suchend um.

»Siehst du hier irgendwo eine Pistole?«, fragte er.

Fuchs schüttelte den Kopf.

»Dann soll die SpuSi gleich als Erstes hier oben anfangen. Ich glaube nicht, dass Oltmanns in seiner schönen Sammlung nur das Kästchen ausstellen wollte. Drei Tote reichen, da brauchen wir nicht noch jemanden, der mit einer Knarre über die Insel rennt.«

20

Robert Benning kaute lustlos auf einem Stück Tiefkühlpizza herum. Es war zwar nicht gerade seine Leibspeise, aber für den Fall, dass er nicht mehr in seine Stammpizzeria fahren wollte, hatte er immer einen kleinen Vorrat in seiner Tiefkühltruhe.

Gunda war nach dem Frühstück zu ihrer Wohnung in der Hebbelstraße gefahren, um schon mal ein paar Koffer zu packen. Er hatte ihr angeboten, sofort hierherzuziehen, und das umsonst, solange sie noch Miete für die alte Wohnung zahlte. Zu seiner Erleichterung hatte sie seinem Vorschlag ohne große Diskussionen zugestimmt. Er fühlte sich einfach besser, wenn sie an diesen Tagen, an denen ein Mörder über die Insel streifte, in seiner unmittelbaren Nähe war.

»Ich bringe noch die Kündigung zur Post, bevor ich nachher zur Arbeit fahre«, hatte sie ihm beim Abschied zugerufen.

Benning hatte den Vormittag mit Internetrecherchen verbracht. Dieser Chief Seattle ging ihm einfach nicht aus dem Kopf. Doch leider fehlten ihm die notwendigen Kenntnisse und Möglichkeiten, um an dessen Identität zu kommen. Er hoffte, dass wenigstens die Polizei mehr Glück hatte.

Jetzt war schon Mittag, und er klickte ziellos auf irgendwelchen Internetseiten herum, auf denen die Insianer in irgendeiner Form erwähnt wurden, und checkte zwischendurch in regelmäßigen Abständen sein Facebook-Profil.

»Ah, das ging ja schnell«, sagte er und blickte erfreut auf den Monitor. Auf der Seite der *Sylter Zeitung*, die er natürlich auch auf Facebook abonniert hatte, war soeben der Teaser zu seiner Reportage über die Insianer eingestellt worden. Gespannt klickte er auf den Link, der ihn direkt zu der Onlineausgabe der *Sylter Zeitung* führte.

Sehr schön, dachte er zufrieden, nachdem er seinen Bericht überflogen hatte. Er rief wieder seine Facebook-Seite auf und stellte erstaunt fest, dass es inzwischen dreizehn Kommentare zu der Reportage gab. Einer stach ihm dabei sofort ins Auge. Der User war niemand Geringeres als …

»Chief Seattle«, rief Benning und warf den Pizzarest auf den Teller. Hastig wischte er sich die Hand an seiner Jeans ab und spülte mit einem Schluck Kaffee die pappigen Reste in seinem Mund herunter.

»Bald werden die Tage kommen, an denen die Regenbogenkrieger ihre Köcher gefüllt haben«, las er laut. »Gefüllt mit feurigen Pfeilen der Rache.«

Wieder so ein eigenartiger Spruch, dachte Benning. Doch wie er sehen konnte, hatte der Chief bereits zwei Gleichgesinnte gefunden: Strandi83 und Hans-Holger Hastner gefiel das.

Erneut rief er das Profil von Chief Seattle auf und überlegte für einen kurzen Moment, ob er ihm einfach eine Freundschaftsanfrage schicken sollte. So könnte er vielleicht einen erweiterten Einblick in dessen Profil bekommen und damit möglicherweise auch Hinweise auf seine wahre Identität. Letzten Endes entschied Benning sich dann aber doch dagegen. Wenn er mit seinem Verdacht gegen Chief Seattle richtigläge, würde ihn das womöglich aufscheuchen. Schließlich war er selbst für jeden erkennbar als Robert Benning im Internet unterwegs.

Er nahm seinen Becher und stand langsam auf, um sich einen frischen Kaffee zu holen. In dem Moment stoppte ihn das Piepsen seines Smartphones. Er warf einen Blick auf das Display und lächelte.

»Das wurde ja auch Zeit«, sagte er, öffnete die SMS und las: *Es gibt Neuigkeiten. Heute Abend im Playa Blanca. Ich brauche Hilfe. Morgen große PK. 20 Uhr? Michael.*

Benning tippte auf Antworten und sendete ein kurzes OK.

Soso, für morgen war also eine große Pressekonferenz anberaumt. Das hieß in der Regel, dass sich der Landrat und der Leiter der Polizeidirektion Husum angesagt hatten. Damit war auch klar, wofür sein Freund Hilfe benötigte: Natürlich drehte es sich um die Pressemitteilung. Aber wenn es Neuigkeiten gab, warum dann das Treffen erst heute Abend? Und warum in der Öffentlichkeit?

Benning zuckte die Achseln und schenkte sich noch einen Kaffee ein. Michael würde sicher seine Gründe haben. Er warf einen kurzen Blick zur Wanduhr. Bis zu seiner heutigen Laufrunde hatte er noch etwas Zeit.

Wenn ich schon nichts über Chief Seattle herausbekomme, kann ich mir ja wenigstens mal das Original näher betrachten, dachte er und rückte seinen Laptop zurecht. Auf Wikipedia fand er auch gleich einen entsprechenden Eintrag.

Es hieß, dass nach der Überlieferung eines Ohrenzeugen Häuptling Seattle gesagt haben soll: »Und wenn der letzte rote Mann von der Erde verschwunden und die Erinnerung des weißen Mannes an ihn zur Legende geworden ist, dann werden diese Gestade übervoll sein von den unsichtbaren Toten meines Stammes, dann wimmeln sie von den wiederkehrenden Scharen, die einst dieses Land bevölkerten und es immer noch lieben.«

»Das wird ja immer verrückter«, sagte Benning und holte mit wenigen Klicks das eingescannte Bekennerschreiben auf den Bildschirm. Er ordnete die Fenster so nebeneinander an, dass er beide Texte vergleichen konnte. Beide ähnelten sich nahezu wortwörtlich. Demnach musste der Täter den Auszug aus der Rede einfach für seine Zwecke umgeschrieben haben. Zusammen mit Michael musste er unbedingt herausfinden, wer sich hinter diesem Profil verbarg.

⚓

Hansen lehnte lässig im Steuerstand seines Bootes und rollte sich eine Zigarette. Er blickte zum Achterdeck, wo vier ältere Herren hinter ihren Angeln auf den schmalen Holzbänken saßen und gebannt aufs Meer hinausschauten. Ein leichtes Lächeln umspielte seine Mundwinkel, als er für einen Augenblick überlegte, ob er nicht ein Foto machen sollte. Mit ihrem gelben Ölzeug erinnerten ihn die vier an die Anglerfiguren, die man überall auf der Insel als Souvenir kaufen konnte. Sogar auf den klassischen Südwester hatten sie nicht verzichtet.

»Dat kann man besser sauber machen«, hatte ihm Herr Krancke erklärt. »Mit dem ollen Fischblut versaust dir ja bloß dies neumodische Goretex-Zeugs.«

Hansen steckte sich die Zigarette an und stieß eine bläuliche Qualmwolke aus. Er nahm einen kurzen Rundumblick. Eins der Adler-Schiffe verließ gerade den Hörnumer Hafen und drehte nach Süden ab, andere Schiffe oder Boote waren nicht unterwegs. Er wollte sich gerade wieder seinen »Altanglern« widmen, als sein Handy klingelte.

»Hansen!«

»Okke?«, ertönte es am anderen Ende der Leitung. »Robert hier.«

»Robbie! Das ist ja 'ne Überraschung. Erst hört man Jahre nichts voneinander und dann …«

»Ich hatte dir ja gesagt, dass ich mich noch mal melden werde. Hast du zufällig gerade Zeit? Können wir uns treffen?«

»Also«, sagte Hansen gedehnt und streifte die Asche von seiner Zigarette am Aschenbecher ab. »Zeit habe ich im Prinzip genug. Allerdings bin ich auf See. Was gibt's denn so Eiliges?«

Hansen warf einen Blick auf die aufgeschlagene Zeitung, die vor ihm auf dem Steuerpult lag. »Habe vorhin übrigens deinen Artikel gelesen. Hat mir gut gefallen.«

»Danke«, sagte Benning. »Ich hätte trotzdem noch ein paar Fragen. Mir ist da nämlich noch was auf eurem Blog und der Fanpage bei Facebook aufgefallen. Wann kommst du wieder rein?«

»Oh, das dauert noch ein paar Stündchen. Habe gerade 'ne Angeltour. Wir können das aber auch gerne jetzt am Telefon besprechen.«

Für einen Moment war es am anderen Ende der Leitung still. Irritiert blickte Hansen auf das Display. Nein, am fehlenden Netz konnte es nicht liegen. Er hielt das Telefon noch einmal an sein Ohr und wollte gerade nachfragen, als Benning sich wieder meldete.

»Okay, dann eben so«, sagte er. »Es ist nämlich wirklich dringend.«

»Na, dann schieß mal los«, sagte Hansen. »Was möchtest du wissen?«

»Also, wie ich im Internet gesehen habe, postet bei den Insianern immer wieder jemand mit dem Nickname Chief Seattle. Weißt du zufällig, wer sich dahinter verbirgt?«

»Ach, der Spinner«, sagte Hansen. »Hast du mal den Quatsch gelesen, den der so schreibt? Ich tippe mir an manchen Tagen schon fast die Finger wund, um die Kommentare von diesem Bekloppten zu löschen. Aber von hier draußen kann ich das nicht. Ist etwa schon wieder alles voll?«

»Ein oder zwei Kommentare auf eurem Blog«, sagte Benning. »Nichts Wildes. Du kennst ihn also nicht?«

»Nein, leider nicht. Sonst hätte ich den schon längst angezeigt. Ich bin zwar grundsätzlich gegen Zensur jeglicher Art, aber einige Beiträge von dem Spinner kann ich einfach nicht so stehenlassen. Was willst du denn von dem? Der fabriziert wirklich nur Blödsinn. Aber wenn du rauskriegst, wer das tatsächlich ist, wäre ich dir sehr verbunden, wenn du mir dann die Info geben könntest.«

»Mach ich. Dann noch viel Spaß beim Angeln.«

Noch bevor Hansen antworten konnte, hatte Benning schon wieder aufgelegt.

Hansen zuckte die Achseln, schob das Handy in die Hosentasche zurück und trat auf das Achterdeck hinaus.

»Und, wie sieht's hier aus? Beißen sie?«

21

Im *Playa Blanca* herrschte Hochbetrieb. Benning blickte sich in der urigen Kneipe um, der man die zigtausend Zigaretten, die hier vor der Einführung des allgemeinen Rauchverbots konsumiert worden waren, deutlich ansah. Dazu die dunkle Holzvertäfelung, die schweren Eichenholztische und die maritime Dekoration aus Fischernetzen, Rettungsringen und Schiffslaternen. Das alles gab dem *Playa Blanca* eher den Charme einer Seemannsspelunke als einer Taverne, wie der Name möglicherweise vermuten ließ. Doch genau dieser Charme war, neben der Lage in der Friedrichstraße und der unmittelbaren Nähe zum Strand, der Grund für die Beliebtheit der Kneipe. Wieso die neuen Besitzer den Namen allerdings vor zwei Jahren geändert hatten, war Benning absolut schleierhaft. *Leuchtturm* hatte doch wunderbar gepasst.

Er reckte den Hals und hoffte, Michael irgendwo in dem überfüllten Gastraum zu entdecken. Wenn sein Freund nämlich nicht pünktlich hier gewesen war, würden sie jetzt sicher keinen Platz mehr bekommen. In der hintersten Ecke schnellte plötzlich eine Hand in die Höhe und fuchtelte wild in der Luft herum. Vorsichtig drängte sich Benning durch die Menge, bis er schließlich bei seinem Freund ankam.

»Hallo, Michael«, sagte er erleichtert. »Die Verspätung tut mir leid, aber ich wollte noch eben den Schauer abwarten.«

»Gut, dass wenigstens einer von uns pünktlich war«, sagte Hinrichs. »Mit Müh und Not hab ich gerade noch diesen Tisch ergattern können. Nachdem der Regen einsetzte, den du in Ruhe abgewartet hast, ist nämlich hier drin die Hölle ausgebrochen.«

»Dann siehst du ja mal, wie das ist«, sagte Benning und setzte sich zu ihm. »Wer von uns beiden hat denn wohl in puncto Pünktlichkeit die Nase vorn?«

Er sah Hinrichs mit erhobenen Augenbrauen an. Benning hatte schon oft in der Vergangenheit auf Hinrichs warten müssen, wenn dieser wieder irgendwo aufgehalten worden war.

»Hmm«, brummte Hinrichs kleinlaut. »Ich sicher nicht, oder?«

»Du ganz sicher nicht«, sagte Benning und lächelte freundschaftlich zurück. »Aber erzähl, was es für Neuigkeiten gibt.«

»Gleich«, sagte Hinrichs und winkte eilig die Bedienung heran, die sich nun auch in diesen entlegenen Winkel der Kneipe verirrt hatte. »Lass uns erst mal bestellen. Ich habe 'nen Mordsdurst.«

»Ein Pils, eine Apfelschorle!« Die junge Servicekraft wiederholte mit unverkennbar russischem Akzent Hinrichs' Bestellung, während sie sie gleichzeitig auf ihren kleinen Block kritzelte.

»Zu essen?«, fragte sie und blickte sie abwechselnd an.

Benning dachte an seine speckige TK-Pizza, die größtenteils im Abfalleimer gelandet war. Hunger hatte er eigentlich schon. Erwartungsvoll blickte er zu Hinrichs hinüber. So, wie er seinen Freund kannte …

»Zwei Frikadellen«, sagte Hinrichs.

Benning konnte sich ein Grinsen nicht verkneifen. Zu oft hatte er Hinrichs sagen hören, dass er nach acht nichts mehr essen wolle, um nicht noch mehr aus dem Leim zu gehen.

»Ich hatte heute noch kein Mittag«, erklärte Hinrichs achselzuckend.

»Schon klar«, sagte Benning und wandte sich der Bedienung zu. »Für mich auch.«

»Zwei Frikadellen, gerne!«, sagte Svetlana, wie ihr Namensschild sie auswies, und steckte den Block in ihre Gürteltasche.

»Vooorsicht. Bitte!«, rief sie und zwängte sich an zwei dickbäuchigen Herren vorbei, die ihr lüstern in den Ausschnitt schielten.

»So, nun aber«, sagte Benning und lehnte sich über den Tisch.

»Also …« Hinrichs sah sich prüfend um.

»Was ist?«, fragte Benning und folgte seinem Blick. »Hier hört schon keiner mit. Außerdem, wenn du Angst vor unerwünschten Mithörern hast, hättest du vielleicht einen anderen Treffpunkt vorschlagen sollen. Bei mir wären wir zum Beispiel ungestört gewesen, Gunda muss heute bis zehn arbeiten.«

Ihr Tisch befand sich in einer Nische, dazu die laute Musik und das Stimmengewirr um sie herum, hier konnte wirklich niemand zufällig mithören.

»Hast ja recht«, sagte Hinrichs. »Mir war einfach nach ein bisschen Feierabendstimmung. Nach diesem Tag.« Er machte eine kurze Pause. »Wir haben die dritte Leiche gefunden!«

»Wirklich?«, fragte Benning überrascht und zog sein Notizbuch aus der Jackentasche. »Etwa auch auf dem Fliegerhorst?«

»Nein, in den Lister Dünen«, sagte Hinrichs und erzählte mit angespannter Miene von dem zufälligen Leichenfund durch einen Touristen und von der anschließenden Durchsuchung der Wohnung des Toten.

»In einem Zimmer haben wir einen wahren Nazitempel vorgefunden, das kannst du dir nicht vorstellen. Diese braune Scheiße …«

»Ein Pils, eine Apfelschorle und die Frikadellen!«, unterbrach Svetlana ihn. Sie hatte die Bestellung sicher durch die Menschenmassen balanciert und stellte nun das Tablett vor ihnen auf dem Tisch ab, dabei beugte sie sich ziemlich weit vor. Benning beobachtete, wie die beiden feisten Kerle ihr jetzt ungeniert auf den Hintern glotzten. Erst, als sie seine Blicke bemerkten, wandten sie sich ab.

Svetlana verteilte zwei Bierdeckel, leerte fix das Tablett und schlängelte sich schon wieder, das Tablett auf einer Hand hoch über dem Kopf erhoben, durch das Gewimmel der Gäste.

Hinrichs stippte seine Frikadelle in den Senfklecks auf seinem Teller und biss anschließend genüsslich hinein.

»Hm«, schwärmte er mit vollem Mund. »Die hausgemachten Frikadellen sind hier einfach unübertroffen.«

Benning nickte zustimmend und nahm ebenfalls einen herzhaften Bissen.

»Gibt's sonst noch irgendwas, das ich wissen sollte?«, fragte er schließlich. »Vielleicht für morgen?«

»Ach ja, die PK!« Hinrichs wischte sich mit dem Handrücken über den Mund und sah ihn bittend an. »Würdest du wohl ...?«

»Die Pressemitteilung schreiben?« Benning grinste. »Natürlich erledige ich das. Das haben wir ja so abgemacht. Aber dazu brauche ich alle Infos.«

Hinrichs nickte.

»Viel mehr habe ich allerdings nicht«, sagte er, nachdem er kurz überlegt hatte. »Nur noch etwas, das allerdings nicht für die Presse bestimmt ist. Jedenfalls nicht offiziell.«

Er zwinkerte Benning zu und fuhr fort: »Der endgültige Obduktionsbericht liegt uns jetzt vor.«

Benning blickte ihn neugierig an, während er sich die zweite Frikadelle vornahm.

»Und, gibt's neue Erkenntnisse?«, fragte er interessiert und schob den Teller mit der angebissenen Frikadelle beiseite.

»Die Kieler haben in Weydes Kopfwunde noch Blutspuren gefunden, die nicht von ihm stammten«, sagte Hinrichs.

Benning sah ihn überrascht an.

»Von Silvia Steinmann oder etwa vom Täter?«

»Kein Menschenblut«, sagte Hinrichs. »Es handelt sich eindeutig um Fischblut.«

»Fischblut?«, fragte Benning überrascht. »Wie kommt denn Fischblut –«

»Das Messer«, unterbrach Hinrichs ihn. »Wahrscheinlich stammt es von dem Messer, mit dem Weyde skalpiert wurde. Das grenzt unseren Täterkreis ein bisschen ein.«

Benning machte sich eine kurze Notiz. Er dachte an sein Telefonat von vorhin. Okke machte Angeltouren und räucherte sogar selbst, wie er während des Interviews beiläufig erzählt hatte.

»Was ist los?«, fragte Hinrichs. »Du guckst so komisch.«

»Es ist nur …« Benning sah Hinrichs hilflos an. Alle Hinweise, die sie bisher hatten, deuteten auf Okke und seine Insianer. Wenn er jetzt noch mit dem um die Ecke kam, was er über Chief Seattle herausgefunden hatte …

»Robbie?« Hinrichs sah ihn aufmerksam an. »Was ist denn auf einmal mit dir?«

Benning seufzte. Letztlich brachte es nichts, die Sache vor Hinrichs zu verheimlichen. Wenn sie den Täter erwischen wollten, mussten alle Fakten auf den Tisch, auch wenn er nach wie vor von Okkes Unschuld überzeugt war. Benning beugte sich über den Tisch und erzählte Hinrichs schweren Herzens, was er im Internet herausgefunden hatte.

»Das könnte endlich mal eine heiße Spur sein«, sagte Hinrichs. »Wird ja auch Zeit. Dann habe ich mit meinem Anfangsverdacht wohl doch nicht so falschgelegen. Ich wusste doch, dass dieser Hansen und seine Insianer dahinterstecken.«

»Moment, Moment«, sagte Benning und hob beschwichtigend die Hände. »Findet erst mal raus, wer sich hinter diesem Chief Seattle verbirgt.«

»Das werden wir. Da wird sich Fuchs gleich morgen …«

Ein lautes Klopfen ließ ihn herumfahren. Hinter der tropfnassen Fensterscheibe winkte Gunda ihnen fröhlich zu und huschte weiter in Richtung Eingang.

»Bis zehn wären wir also bei dir ungestört gewesen«, sagte Hinrichs. Mit einer theatralischen Geste hob er den Arm und blickte auf seine Uhr.

»Na, dann hätten wir ja noch eine gute Stunde.«

»Sehr witzig«, erwiderte Benning. »Ich bin mir hundertprozentig sicher, dass …«

»Ist ja auch egal«, sagte Hinrichs. »Aber bevor wir das Thema wechseln müssen – können wir uns morgen früh wegen der Pressemitteilung treffen?«

»Klar«, erwiderte Benning. »Ich schicke dir den Entwurf per E-Mail. Spätestens um acht hast du ihn.«

»Na, ihr beiden!«, rief Gunda mit einem fröhlichen Lächeln und ließ sich auf den freien Stuhl neben Benning fallen.

»Störe ich?«, fragte sie nach einem Blick in ihre Gesichter. »Ihr guckt so ernst. Ist etwa schon wieder was passiert?«

»Nein, nein«, sagte Benning rasch. »Ich wundere mich nur, dass du hier bist. Hättest du heute nicht bis zehn arbeiten müssen?«

»Andrea hat mich eine Stunde früher abgelöst«, sagte Gunda freudestrahlend. »Ihr ist in ihrem kleinen Personalzimmer die Decke auf den Kopf gefallen. Dafür werde ich mich mal revanchieren, wenn wieder Strandwetter ist.« Sie zwinkerte

Benning vielsagend zu. »Falls das dieses Jahr überhaupt noch mal was wird.«

»Hier noch was zu trinken?« Svetlana stellte ein Tablett mit leeren Gläsern auf den Tisch und blickte fragend in die Runde.

»Für mich einen schönen Caipirinha«, rief Gunda. Benning sah sie überrascht von der Seite an. Normalerweise ließ sie sich kaum zu einem zweiten Glas Wein überreden, wenn sie am nächsten Tag wieder arbeiten musste. Sie hob entschuldigend die Hände und sagte: »Habe heute halt Lust drauf. Und einer wirft mich ja sicher nicht gleich um. Schon gar nicht bei einer so guten Grundlage.«

Sie schnappte sich die halbe Frikadelle von Bennings Teller und biss hinein.

⚓

Eine ganze Weile hatten sie noch zusammengesessen und viel gelacht, Gundas mitreißende Ausgelassenheit hatte sie für einen Moment die tragischen Ereignisse vergessen lassen.

Um Mitternacht fand Benning, dass es nun an der Zeit wäre, allmählich Schluss zu machen. Auch Hinrichs' Blick war nach mehreren Bierchen merklich glasig geworden.

»Ich glaube, hier müssen zwei ganz dringend ins Bett«, sagte er.

Hinrichs nickte schwerfällig, leerte sein Glas mit einem Schluck und wischte sich mit dem Handrücken über den Mund.

»Einen Absacker noch«, schlug Gunda vor. »Nur einen ganz lütten!« Sie maß mit Daumen und Zeigefinger die Größe von »klein« ab und sah Benning fragend an.

»Bring die Kleine mal lieber heim«, sagte Hinrichs und erhob sich umständlich von seinem Platz.

»Ich bin nicht die Kleine«, sagte Gunda und zog trotzig eine Schnute.

»Hier am Tisch schon«, sagte Hinrichs und grinste.

Benning schaffte es schließlich, sie auch ohne einen weiteren Lütten dazu zu bewegen, mit ihm nach Hause zu fahren. Sie verabschiedeten sich vor der Tür von Hinrichs, und Benning führte Gunda zu seinem Wagen, den er ganz in der Nähe auf dem Parkplatz der Redaktion abgestellt hatte.

Zu Hause angekommen, half er ihr aus dem niedrigen Cabrio und begleitete sie zu ihrer Haustür. Nach einigen vergeblichen Versuchen, die Tür aufzuschließen, lehnte Gunda sich schwankend gegen die Wand und hielt ihm den Schlüssel hin.

»Irgendwie ist das Schloss nicht da, wo es sonst ist«, sagte sie und sah ihn mit glasigem Blick an.

»Na, dann werde ich es mal schnell suchen«, sagte Benning. Er öffnete die Tür und brachte Gunda sicherheitshalber nach oben in ihr Schlafzimmer, wo sie sich kraftlos auf das Bett sinken ließ.

»Ich hab Durst«, sagte sie, während sie unbeholfen versuchte, den rechten Arm aus ihrem Pullover zu ziehen. »Kann ich wenigstens noch ein Wasser haben?«

»Ich hole dir schnell von drüben eine Flasche«, sagte Benning und verließ das Appartement durch die kleine Tür, die beide Wohnungen verband. Er ging in die Küche und fand noch eine angebrochene Seltersflasche in seinem Kühlschrank.

»So, hier ist dein …«

Benning blieb wie angewurzelt im Türrahmen stehen. Dort, keinen Meter von ihm entfernt, lag Gunda im fahlen Licht der Flurlampe, das durch die offene Tür hineinschien, splitternackt auf ihrem Bett. Ihre Kleider lagen überall verstreut auf dem Fußboden.

»Gunda?«, fragte er vorsichtig und schlich zu ihr hinüber. Wie es aussah, schlief sie bereits tief und fest. Langsam wanderte sein Blick über die gleichmäßig gebräunte Haut ihrer Beine hinauf zu dem kleinen, festen Po. Sie lag auf der Seite, die dünne Sommerdecke zwischen den Beinen eingeklemmt, und hatte ihre Hände so weit unter den Kopf geschoben, dass ihr angewinkelter Arm den Blick auf ihre Brust freigab. Im sanften Rhythmus ihres Atems bewegte sie sich auf und ab.

Benning schluckte und stellte die Wasserflasche leise auf den Nachttisch. Gundas Gesicht wirkte vollkommen entspannt, und über ihre Mundwinkel schien der Anflug eines Lächelns zu huschen.

Vorsichtig setzte er sich neben sie, und obwohl er den ganzen Abend nur Apfelschorle getrunken hatte, fühlte er sich auf einmal doch irgendwie benebelt. Er hob langsam die Hand und streichelte ihr sanft die Schulter.

»Ach, Henning«, flüsterte er. »Warum muss sie ausgerechnet deine Tochter sein?«

22

Was hast du über diesen Chief Seattle herausbekommen?«

Hinrichs warf Fuchs einen fragenden Blick zu, während er seine Jacke an die Garderobe hängte, die an der Rückseite der Bürotür angebracht war.

»Noch nichts«, antwortete Fuchs, ohne aufzusehen, und sortierte weiter einige Papiere in einen Schnellhefter. »Dir übrigens auch einen guten Morgen.«

»'tschuldigung«, erwiderte Hinrichs und versuchte mühsam, seinen Unmut zu unterdrücken. Das hatte er sich beinahe schon gedacht. Ab und zu überkam es Fuchs, und dann hielt er sich mit irgendwelchen Belanglosigkeiten auf. Meistens genau dann, wenn man es absolut nicht gebrauchen konnte.

Fuchs warf den Hefter vor sich in den Ablagekorb und sah Hinrichs an.

»Dem Staatsanwalt fehlt die Begründung für einen –«

Weiter kam er nicht.

»Eine Begründung?«, rief Hinrichs. Nun platzte ihm aber wirklich der Kragen. Mit Sorge dachte er an die heutige Pressekonferenz. Dieser ominöse Chief Seattle war derzeit die heißeste Spur, die sie hatten, und ausgerechnet jetzt zickte die Staatsanwaltschaft rum.

»Das gibt's ja wohl nicht! Wir haben hier drei Leichen und Hinweise auf einen Hauptverdächtigen und dann das. Richte den Damen und Herren in Flensburg doch bitte aus, dass sie sich gerne selbst mit dem Landrat auseinandersetzen können.«

Hinrichs ließ sich auf seinen Sessel fallen, der diese plötzliche Belastung mit einem bedenklichen Knarzen quittierte.

»Einen Hauptverdächtigen?«, fragte Fuchs. Neugierig äugte er hinter seinem Monitor hervor.

»Genau, einen Hauptverdächtigen«, sagte Hinrichs. Er lehnte sich in seinem Sessel zurück und schürzte die Lippen.

»Habe nämlich ein bisschen im Internet gesurft«, sagte er, als sei dies das Selbstverständlichste der Welt.

»Du hast ein bisschen im Internet gesurft?«, fragte Fuchs und betonte dabei jedes einzelne Wort, während er skeptisch die Augenbrauen hob. »Das ist ja mal was ganz Neues. Und, was ist dabei herausgekommen?«

Hinrichs beugte sich vor und stützte die Ellbogen auf den Tisch. Mit wichtiger Miene blickte er seinen Kollegen an, bevor er erzählte, was eigentlich Benning über Chief Seattle herausgefunden hatte. Zweimal hätte er sich dabei um ein Haar verplappert.

⚓

»Morgen, Robbie.« Gunda reckte ihre Arme in die Luft, während sie herzhaft gähnte.

»Morgen«, antwortete Benning und sah überrascht hinter seiner Zeitung vor. Er hatte sie gar nicht kommen hören.

Gunda lehnte sich träge gegen den Türrahmen und sah ihn müde an. Die Caipirinhas hatten unübersehbare Spuren auf ihrem Gesicht hinterlassen.

»Du hast auch schon mal besser ausgesehen.«

»Vielen Dank«, sagte Gunda und schlurfte zu ihm hinüber, legte ihre Hände um seinen Hals und tat so, als wollte sie ihn erwürgen. »Sei bloß nicht so frech, sonst …«

Benning lachte und sah zu ihr hinauf.

»Du sagst doch immer, dass ich dich nicht anlügen soll.«

»Du Schuft«, sagte Gunda und knuffte ihn auf den Arm, bevor sie sich neben ihn setzte. Ihr Blick wanderte über den gedeckten Frühstückstisch und fand schließlich, wonach sie gesucht hatte.

»Ein Kaffee ist jetzt genau das Richtige«, sagte sie und schenkte sich ein.

Benning blickte verstohlen zu ihr hinüber, während er die Zeitung zusammenfaltete und beiseitelegte. Er dachte an die vergangene Nacht und daran, wie er sie gesehen hatte. Die Schmetterlinge waren schließlich seinen Vorbehalten gewichen, und in dem Moment war ihm klargeworden, dass ihre Liebe niemals eine Chance haben könnte. Seine Hoffnung, dass sich nach den schlimmen Ereignissen von vor drei Jahren etwas ändern könnte, würde er ein für alle Mal begraben müssen. Immer würde das Versprechen, das er einst ihrem Vater gab, zwischen ihnen stehen. Zwar würde er immer für Gunda da sein, aber nur, um sie zu beschützen und für sie zu sorgen.

»Oh, Mann«, rief Gunda und blickte erschrocken zur Wanduhr, die soeben sieben schlug. »Schon so spät? In einer Stunde muss ich schon wieder im Hotel sein.«

Hastig nahm sie noch einen Schluck Kaffee, sprang auf und rannte in den Flur.

»Danke fürs Frühstück und bis nachher!«

»Aber du hast ja noch gar nichts gegessen«, rief Benning ihr hinterher, doch da war sie bereits in ihrem Appartement verschwunden.

⚓

Um kurz nach halb neun stand Hinrichs vor der Tür.

»Vielen Dank für deine Mühe«, sagte er und zog den ausgedruckten Entwurf der Pressemitteilung, die Benning ihm pünktlich um acht Uhr zugemailt hatte, aus seiner Aktentasche. »Damit können wir zumindest an die Öffentlichkeit, auch wenn es nicht gerade viel ist. Dem Landrat muss ich allerdings schon etwas mehr präsentieren. Ich habe noch mal alles zusammengetragen, was wir bisher haben. Macht es dir was aus, wenn wir das noch mal in aller Ruhe durchgehen? Ich will heute Nachmittag absolut sattelfest sein.«

»Kein Problem«, sagte Benning. »Ich hole uns nur eben einen Kaffee.«

»Eins noch vorweg«, rief Hinrichs ihm hinterher. »Fuchs hat noch nichts über Chief Seattle herausgefunden. Die Staatsanwaltschaft hat angeblich nicht mitgespielt. Datenschutz und so. Datenschutz. Heutzutage. Dass ich nicht lache. Na, denen habe ich aber Dampf gemacht.«

Benning stellte zwei Becher mit dampfendem Kaffee auf den Tisch und setzte sich zu Hinrichs.

»Gut«, sagte er. »Dann lass mal sehen.«

Hinrichs nickte. Er fischte einen Schnellhefter aus seiner Aktentasche, während Benning seinen Laptop etwas beiseiteschob und dafür ein Blatt Papier sowie einen Bleistift bereitlegte. Beides hatte er immer griffbereit, wenn er am Computer arbeitete, falls ihm während der Arbeit noch etwas einfiel, das er keinesfalls vergessen durfte.

»Also«, sagte Hinrichs und blätterte in dem Hefter. »Fangen wir von vorn an. Da wäre Hans Weyde, Immobilienmakler aus List, der in seinem Büro mit einem seiner Golfpokale erschlagen wurde.«

Benning nickte zustimmend. »Seine Leiche haben wir zusammen mit der von Silvia Steinmann, einer Witwe aus List, auf dem Fliegerhorst in Westerland gefunden«, fuhr Hinrichs fort. »Sie wurde allerdings mit einem Hammer erschlagen.«

»Einem Zimmermannshammer«, warf Benning ein. »Immerhin vielleicht ein wichtiger Hinweis auf den Täter, so ein Werkzeug findet sich schließlich nicht in jedem Haushalt.«

»Richtig, mit einem Zimmermannshammer«, bestätigte Hinrichs. »Viel wichtiger ist allerdings, dass es zwar Blutspuren von ihr in Weydes Büro gibt, sie aber definitiv nicht dort getötet wurde. Ein Punkt, über den ich mir schon die ganze Zeit den Kopf zerbreche.«

»Stimmt«, sagte Benning. »Wer tötet jemanden, schafft ihn in das Büro eines Immobilienmaklers, tötet dort den Makler und bringt anschließend beide auf den Fliegerhorst? Und vor allen Dingen, warum?«

Die beiden sahen sich ratlos an.

»Irgendeinen Grund muss es doch dafür geben«, sagte Benning und unterstrich die Notizen, die er sich zu diesem Punkt gemacht hatte. »Das Risiko, beim Verladen der Leichen oder beim Transport beobachtet zu werden, ist schließlich ziemlich hoch. Gerade jetzt in der Saison, wo es Tag und Nacht nur so von Menschen wimmelt.«

Hinrichs nickte.

»Gut, dann wäre da noch unser dritter Toter«, sagte er. »Sven Oltmanns, leitender Beamter der BImA. Auch bei ihm sind Tatort und Auffindeort nicht identisch, und genau wie Weyde wurde er skalpiert. Die Skalpe hat der Täter dann zusammen mit zwei identischen Bekennerschreiben an dich geschickt. Er will also, dass die ganze Sache schnell publik gemacht wird. Zusammen mit dem Verdächtigen, der sich Chief Seattle nennt, sind das alles Indizien, die auf die Insianer hinweisen. Und an ihrer Spitze steht nun mal dein Freund Okke Hansen, der es sich zur Aufgabe gemacht hat, gegen den Ausverkauf der Insel und für bezahlbaren Wohnraum für Sylter zu kämpfen. Und jetzt frage ich dich: Wer steht mehr für den Ausverkauf Sylts als unser Immobilienmakler und die BImA? Na, wenn das mal kein Motiv ist. Deine Zweifel in allen Ehren.«

»Du wirst schon sehen, dass du dich auf dem Holzweg befindest«, sagte Benning. »Die Hinweise scheinen zwar eindeutig, trotzdem solltet ihr euch nicht ausschließlich auf Okke fokussieren. Der Täter kann genauso gut aus seinem Umfeld oder von einer ganz anderen Seite kommen.«

Hinrichs wog abwägend den Kopf.

»Vergiss das Fischblut nicht. Ein weiterer Hinweis, der zu Hansen führt.«

»Fischblut? Auf einer Insel?« Benning lächelte spöttisch. »Aber was ist eigentlich mit diesem Oltmanns? Welche Rolle spielt er in deinen Ermittlungen? Wisst ihr inzwischen, womit er umgebracht wurde? Vielleicht sogar ebenfalls mit einem Zimmermannshammer?«

»Ach, Oltmanns«, sagte Hinrichs. »Das habe ich dir ja noch gar nicht erzählt. Kurz bevor ich hergekommen bin, hat Fuchs mir noch die neuesten Ergebnisse aus Kiel mitgeteilt. Demnach stammte Oltmanns' Kopfverletzung zweifellos von der Kante des Küchentischs. Er ist also nicht erschlagen worden. Möglicherweise hatte er einen heftigen Streit mit unserem Täter, bei dem er dann gestürzt ist.«

»Das hieße wiederum, dass Oltmanns den Täter gekannt hat«, sagte Benning.

»Möglich wäre es. Es gab keine Einbruchsspuren, Oltmanns hat ihn offenbar reingelassen.«

Benning kaute grübelnd auf seinem Bleistift.

»Und Oltmanns war ein Neonazi?«, fragte er gedankenverloren.

»Das, was wir in seiner Wohnung vorgefunden haben, lässt keinen anderen Schluss zu.«

»Dann gehört der Täter unter Umständen zur rechten Szene«, sagte Benning. »Das würde dann einen weiteren Weg zu möglichen Verdächtigen öffnen. Wie wäre es zum Beispiel mit Hauke Steinmann?«

»Silvia Steinmanns Sohn?«

Hinrichs sah ihn erstaunt an. »Wie kommst du plötzlich auf den?«

»Weil er auch mal einer solchen Gruppe angehörte«, sagte Benning. »Auch wenn das zugegebenermaßen schon einige Jahre her ist.«

»Interessant. Aber welches Motiv sollte Hauke Steinmann haben, zuerst seine Mutter umzubringen, dann Weyde und zum Schluss auch noch Oltmanns?«

»Keine Ahnung«, antwortete Benning. »Vielleicht hat seine Mutter ja ohne sein Einverständnis das Haus an Weyde verkauft.«

Er stutzte einen Moment, selbst von dem überrascht, was er gerade gesagt hatte. Doch jetzt, wo er genauer darüber nachdachte, war der Gedanke eigentlich gar nicht so abwegig.

»Soweit ich weiß, hat sich sein Vater damals umgebracht«, sagte Benning. »Er hatte seine gesamten Ersparnisse in der Spielbank verzockt und offenbar keinen anderen Ausweg mehr gesehen. Was wäre also, wenn die Steinmanns nun auch noch ihr Haus verkaufen mussten, um die Schulden zu begleichen?«

Hinrichs rieb sich grübelnd das Kinn.

»Du meinst also, Silvia Steinmann hat das Haus an Weyde verkauft, um ihre Schulden zu bezahlen, und Hauke hat sie deswegen getötet? Seine eigene Mutter?«

Benning zuckte die Schultern.

»Er wäre ja wohl nicht der Erste, oder?«

Hinrichs legte den Kopf schief.

»So, und dann setzt er seine tote Mutter bei Weyde auf den Besucherstuhl?«

»Genau«, sagte Benning. »Damit wollte er einen Raubüberfall vortäuschen. Klingt doch plausibel.«

»Und weil ihm das Arrangement dann doch nicht so richtig gefällt, bringt er die Leichen nach Westerland und schiebt alles doch lieber den Insianern in die Schuhe.«

Benning biss sich auf die Unterlippe. Was sein Freund da sagte, war nicht von der Hand zu weisen.

»Trotzdem solltet ihr ein solches Tatmotiv nicht ganz außer Acht lassen«, sagte er schließlich. »Vielleicht hat Hauke ja einen Zimmermannshammer. Soweit ich weiß, ist er Handwerker.«

Hinrichs zog ein großes Foto aus seiner Aktentasche. »Aber dass Hauke Steinmann immer noch den Neonazis angehört, können wir wohl ausschließen. Oder erkennst du ihn hier drauf?«

Er schob Benning das Foto hinüber.

»Das haben wir in Oltmanns' Wohnung gefunden. Es zeigt vermutlich die ganze Gruppe. Wir ermitteln gerade, wer sich alles darauf befindet, aber Hauke Steinmann kann ich beim besten Willen nirgends entdecken.«

Benning warf einen kurzen Blick auf das Bild. In der Mitte standen zwei ältere Männer vor einer Hakenkreuzfahne und einer Reichskriegsflagge. Neben ihnen lachten einige jugendliche Gesichter in die Kamera. Alle trugen schwarze, uniformähnliche Kleidung mit Fantasieabzeichen an den Ärmeln.

»Erkennst du jemanden?«, fragte Hinrichs.

Benning schüttelte langsam den Kopf.

»Nein«, sagte er und zeigte auf die beiden Männer in der Bildmitte. »Ist einer von beiden dieser Oltmanns?«

»Der linke«, sagte Hinrichs knapp.

Benning blickte auf.

»Nein, den habe ich hier noch nie gesehen. Von der BImA sehe ich sowieso nur selten mal jemanden. Die Grenze zwischen den Grundstücken ist zu dicht bewachsen. Hättest du was dagegen, wenn ich mir davon eine Kopie mache? Ich könnte mal bei meinen Kollegen in der Redaktion rumfragen.«

Hinrichs zögerte einen Augenblick.

»Na gut«, sagte er schließlich. »Vielleicht hilft es wirklich etwas. Aber kein Wort über die Hintergründe. Verpack es von mir aus mit irgendeiner Recherche über die Insianer.«

»Ist klar«, sagte Benning und ging zu seinem Drucker, der auch über eine Scanfunktion verfügte. »Die Runen und Hakenkreuze auf dem Bild passen wohl kaum zu den Insianern. Aber keine Angst, ich lasse mir schon was einfallen.«

⚓

Nachdem er bereits mehrfach vergeblich geklingelt hatte, warf Benning noch einen kurzen Blick durch Okkes Küchenfenster, bevor er sich auf den Rückweg zu seinem Wagen machte. »Mist!«, fluchte er laut. Zu gerne hätte er Okke noch vor der Pressekonferenz die Kopie des Fotos gezeigt, die Hinrichs vorhin mitgebracht hatte. Seiner Meinung nach war es die schnellste und einfachste Möglichkeit, herauszubekommen, ob es eine Verbindung zwischen den Neonazis und den Insianern gab.

Unschlüssig blickte er noch einmal zurück, dabei fiel ihm ein handgeschriebenes Schild auf, das neben der Tür zum Teeladen hinter einem der Fenster hing. Er runzelte die Stirn und trat auf die Veranda.

»Bin im Hafen!«, las er und ließ erleichtert die Schultern sinken. Darauf hätte ich auch kommen können, dachte er kopfschüttelnd. Er eilte den breiten Weg zum Hafen hinauf, der über den Deich führte. Eine kleine Gruppe von Schafen graste zufrieden, ohne Notiz von ihm zu nehmen, beidseits des Weges.

Auf der anderen Seite des Deichs reichte der betonierte Weg bis zum Wasser hinunter, damit man mit Bootstrailern möglichst einfach die Boote aufnehmen oder absetzen konnte.

Auf halbem Weg zweigte ein breiter Holzsteg nach links ab, an dem einige Boote zwischen schiefen Dalben dümpelten.

Beim Betreten des Stegs schweifte Bennings Blick für einen Moment in die Ferne, wo über dem Festland vereinzelte Sonnenstrahlen wie die Lichtfinger von Bühnenscheinwerfern durch die wenigen Wolkenlücken auf die großen Windräder des Windparks fielen.

Er folgte dem Steg und versuchte, irgendwo im Gewirr der Masten Okkes Boot zu entdecken. Benning hatte schon fast die Hälfte des Stegs hinter sich gelassen, als er endlich auf der rechten Seite ein Motorboot entdeckte, das die *Söl'ring* sein könnte. Zumindest deuteten die Angeln darauf hin, die auf dem Achterdeck in die Höhe ragten. Und dann sah er Okke. Er stand auf der schmalen Heckplattform und scheuerte mit einem hölzernen Schrubber den Heckspiegel.

»Moin, Okke«, rief Benning zu ihm hinunter, worauf Hansen seine Arbeit unterbrach und zu ihm hinaufblinzelte.

»Moin, Robbie, das ist ja 'ne Überraschung«, sagte Hansen und schirmte seine Augen mit der Hand vor dem hellen Sonnenlicht ab. »Kleine Seefahrt gefällig? Ich hätte da noch ein Plätzchen frei. In 'ner halben Stunde geht's los.«

»Nein, nein«, sagte Benning und hob abwehrend die Hände. »Vielleicht ein anderes Mal. Ich habe eigentlich nur eine kurze Frage.«

Er zog die Fotokopie aus der Innentasche seiner Jacke und reichte sie Hansen.

»Erkennst du vielleicht zufällig jemanden auf dem Bild?«

Hansen kratzte sich nachdenklich den Nacken, während er das Foto betrachtete.

»Das ist ja nicht gerade die beste Kopie«, sagte er.

»Stimmt«, sagte Benning. »Du weißt ja, wie das ist. Wenn man es gerade überhaupt nicht gebrauchen kann, gibt die Druckerpatrone ihren Geist auf. Kannst du trotzdem jemanden erkennen?«

»Den hier«, sagte Hansen und tippte mit dem Finger auf das Blatt. »Der sieht wie Andreas aus.«

»Andreas?«, fragte Benning.

»Andreas Keunemann. Der fährt öfter mal mit zum Angeln raus. Erst am Sonntag sind wir zusammen draußen gewesen. Aber was ist denn mit dem? Und was macht der auf diesem komischen Foto? Das ist doch ein Hakenkreuz, oder?«

Hansen betrachtete noch einmal das Bild aus der Nähe, bevor er es Benning zurückgab.

»Du meinst also, dass dies hier Andreas Keunemann ist?«

Benning deutete auf den Mann in der Bildmitte, der direkt neben Sven Oltmanns stand. »Ja, genau.«

Benning betrachtete Keunemann genauer. Der Ausdruck war wirklich miserabel. Er musste sich das eingescannte Bild nachher am PC noch einmal ansehen, so hatte das keinen Sinn. Er faltete das Blatt wieder zusammen und steckte es in seine Jacke zurück. Mit einem Ruck schloss er den Reißverschluss und wandte sich an Hansen, der ihn immer noch fragend anblickte.

»Ich arbeite gerade an einem neuen Bericht. Diesmal über die rechte Szene auf Sylt.«

»Du meinst, es gibt eine rechte Szene? Hier?« Hansen sah ihn ungläubig an.

»So, wie es im Moment aussieht, ja«, sagte Benning. »Ich war selbst überrascht, als man mir das Foto zugespielt hat. Ich stehe allerdings noch ganz am Anfang meiner Recherchen und kann deswegen noch nicht viel dazu sagen. Insofern wäre ich dir sehr verbunden, wenn du erst mal nichts darüber erzählst. Kennst du diesen Keunemann schon länger?«

»Mmmh, lass mich mal überlegen.« Hansen lüftete seine schwarze Broome Cap und fuhr sich mit der Hand durch seine vom salzigen Meerwind verfilzten Locken.

»Vielleicht ein knappes halbes Jahr«, sagte er. »Aber er fährt erst seit dem Frühjahr regelmäßig mit zum Angeln raus. Etwas introvertiert, der gute Andreas. Angler sind zwar grundsätzlich keine Plappermäuler, aber ihm muss man wirklich alles aus der Nase ziehen. Liegt vielleicht daran, dass er erst vor kurzem seine Frau verloren hat.«

»Weißt du zufällig auch, wo er wohnt?«, fragte Benning.

Hansen zuckte die Achseln.

»Ich glaube, irgendwo in der Marinesiedlung. Genau weiß ich das aber nicht. Ich kann ihn ja mal bei Gelegenheit fragen.«

»Nein«, sagte Benning und sah Hansen ernst an. »Ich finde das auch so heraus. Ich möchte nicht, dass einer aus der Gruppe Verdacht schöpft und ich womöglich gegen eine Mauer des Schweigens renne. Ich muss mir erst einmal selbst ein Bild von allem machen.«

»Ist gut«, sagte Hansen. »Dass Andreas bei so was mitmacht, hätte ich nicht gedacht. Zumindest konnte man ihm absolut nichts anmerken.«

»Es ist ja auch noch nichts erwiesen. Vielleicht hat das Bild auch einen ganz anderen Hintergrund oder ist schon älter«, sagte Benning.

»Trotzdem gefällt mir das nicht«, sagte Hansen und rieb nachdenklich mit dem Schrubber über eine Stelle vor seinen Füßen. »Mit der braunen Scheiße will ich absolut nichts zu tun haben.« Er sah Benning besorgt an. »Du sagst mir doch Bescheid, wenn du genauere Infos hast? Wenn sich das nämlich bewahrheiten sollte, jage ich ihn achtkantig zum Teufel. Stell dir doch nur mal vor, was hier los wäre, wenn ich nun auch noch mit den Rechten in einen Pott geworfen werde. Ich werde die Bullen dann überhaupt nicht mehr los. Heute haben sie sogar meine gesamten Angelmesser einkassiert. Ich hoffe nur, dass meine heutige Gruppe gut ausgerüstet ist.«

»Na dann, Petri Heil«, sagte Benning. »Ich melde mich, sobald ich mehr weiß. Versprochen.«

⚓

Benning lehnte sich gegen sein Cabrio und blickte zur Westerländer Polizeiwache hinüber, aus der soeben seine Kollegen vom Festland strömten, um den nächsten Zug zurück zu erreichen. Bei der Pressekonferenz hatte er sich absichtlich in die letzte Reihe verdrückt, um so auch als Erster wieder draußen zu sein. Er fischte sein Smartphone aus der Hosentasche und rief sein E-Mail-Programm auf. Dort lag sein Artikel für die morgige Ausgabe bereits absendefertig im Entwurfordner.

»Erster«, sagte er und drückte auf Senden, während er seinen Kollegen hinterherblickte.

Hinrichs hatte die Pressekonferenz ordentlich über die Bühne gebracht, indem er sich eng an die Mitteilung gehalten hatte, die die beiden zusammen vorbereitet hatten.

»Wir verfolgen gegenwärtig noch einige vielversprechende Spuren«, hatte Hinrichs zum Schluss gesagt und um Verständnis gebeten, dass er aus ermittlungstechnischen Gründen nichts dazu sagen könne. Bevor die erste Frage gestellt wurde, hatte er das Wort an Landrat Dietrich Wacken zurückgegeben und sich zurückgelehnt.

Benning warf noch einen kurzen Blick zum Himmel, bevor er mit zwei schnellen Handgriffen das Verdeck entriegelte und zurückklappte. Bei diesem Sommer musste man wirklich jede noch so kurze Regenpause nutzen. Er ließ sich auf den Fahrersitz sinken und startete den Motor.

Ab nach Hause, dachte er, während er rückwärts aus der Parkbucht setzte. Schnell noch ein Ründchen laufen und einen freien Kopf bekommen. Den brauchte er ganz dringend, um sich Gedanken über das neueste Teil ihres Puzzles zu machen. Andreas Keunemann.

23

Gedankenverloren schlenderte Hauptwachtmeister Kayser von seiner Wohnung im Süderhörn in Richtung Oststrand, nach solch einem Tag benötigte er jetzt ein Bierchen in seiner Stammkneipe am Hafen. In der Werner-Schöne-Straße blieb er für einen Moment vor seiner alten Wache stehen. Wehmütig dachte er an die schönen Stunden, die er dort verbracht hatte. Von hier aus war er tagein, tagaus auf Streife gegangen, seinen Dienstwagen hatte er damals nur selten aus der benachbarten Garage geholt. Doch dann hatte man den Lister Polizeiposten geschlossen, und der Leiter der Westerländer Wache war mit seiner Familie in Kaysers alte Dienstwohnung eingezogen, die sich im gleichen Gebäude befand. Zwei Jahre später erfuhr das Reetdachhäuschen das Schicksal so vieler Sylter Häuser: Es wurde gewinnbringend verkauft, grundsaniert und in Ferienwohnungen aufgeteilt.

Kayser wandte sich bedrückt ab und setzte langsam seinen Weg fort. Er bog nach links auf die Promenade, wo wider Erwarten noch reger Betrieb herrschte, zahlreiche Urlauber waren noch unterwegs. Doch im Gegensatz zu ihm strebten sie nicht in den *Anker*, sondern eher zu Gosch's Gourmettempel.

Neben dem Weg erhob sich rechts von ihm eine hohe Düne, auf der in bester Lage das altehrwürdige Offiziersheim der Marine nun schon seit vielen Jahren auf einen solventen Käufer wartete.

Kayser blieb stehen und blickte hinauf.

Was für ein Jammer, dachte er, und es trieb ihm fast die Tränen in die Augen. Wie konnte man so ein herrliches Anwesen nur so verkommen lassen? Noch gut erinnerte er sich an die prachtvollen Bälle und Empfänge, die einst dort abgehalten wurden. Als Person des öffentlichen Lebens der nördlichsten Gemeinde Deutschlands hatte er immer eine Einladung erhalten. Kayser ertappte sich dabei, wie er mit stolzgeschwellter Brust auf den Absätzen wippte. Verlegen blickte er sich um, doch niemand hatte Notiz von ihm genommen.

Bevor er seinen Weg fortsetzte, warf er noch einmal einen Blick hinauf.

Jetzt siehst du sogar schon Gespenster, dachte er kopfschüttelnd. Es war ihm gerade so gewesen, als hätte er Gesichter hinter den Fenstern des ehemaligen Barraums gesehen, so nah gingen ihm offensichtlich die Erinnerungen an damals. Er zupfte seine Jacke zurecht und stapfte eilig weiter. Nun wurde es aber wirklich Zeit für ein kühles Blondes.

⚓

»Verdammt! Könnt ihr nicht mal eure Nasen von den Fenstern fernhalten?«, rief Keunemann mit einem wütenden Blick in die Runde. »Seht endlich zu, dass ihr nach oben kommt. Wie oft habe ich euch schon gesagt, dass ihr hier unten nichts verloren habt?«

Bergelmir, Fjalar und Galar stoben wie kleine Bengel, die man bei einem Streich erwischt hatte, davon. Keunemann lugte vorsichtig durch das vom Salzwasser verschmierte Fensterglas. Erleichtert stellte er fest, dass Kayser seinen Weg in Richtung Hafen fortsetzte. Dennoch ließ er ihn nicht aus den Augen, bis der Polizist das niedrige Holztor passiert hatte, hinter dem eine morsche Holztreppe direkt hier hinaufführte. Erst dann wandte er sich einigermaßen beruhigt ab.

Der alte Kayser kann's aber auch einfach nicht lassen, dachte er gereizt, stolziert um diese Uhrzeit noch in Uniform durch die Gegend.

Er folgte den anderen nach oben, und als er die Galerie erreichte, schallte ihm ein kräftiges »Heil Odin! Heil Mjöllnir!« entgegen.

»Wo ist Thor?«, fragte er scharf und blickte die Jungen fragend an, die daraufhin die Köpfe senkten.

Ein leichtes Lächeln umspielte Keunemanns Mundwinkel. Woher sollten sie auch wissen, wo sein Stellvertreter war? Weder Thor noch er meldeten sich schließlich bei Untergebenen ab. Trotzdem ahnten die drei offenbar, was jetzt folgte, schließlich duldete er nicht, dass jemand unentschuldigt ihrer wöchentlichen Versammlung fernblieb. Das galt ausnahmslos.

»Ein Tadel für Thor!«, rief er schroff. »Setzen!«

»Jawohl!«, sagte Galar, der Protokollführer, und schlug diensteifrig die Kladde auf, die vor ihm auf dem Tisch lag.

Keunemann nickte zufrieden und wandte sich nach links.

»Fjalar! Rapport!«

Der Angesprochene, ein schlaksiger Bursche Anfang zwanzig mit einer gestriegelten Hitlerjugend-Frisur, zuckte erschrocken zusammen.

»Wir ha… ha… haben …«

»Alle Aufträge erledigt, mein Odin!«, rief Bergelmir von der gegenüberliegenden Tischseite dazwischen und bedachte Fjalar mit einem spöttischen Grinsen.

Keunemann fuhr herum und schlug mit der flachen Hand auf den Tisch.

»Habe ich dich gefragt?« Er fixierte Bergelmir vorwurfsvoll und fügte, ohne den Blick abzuwenden, hinzu: »Ein Tadel für Bergelmir!«

Anschließend wandte er sich wieder an Fjalar.

»Also, ich warte!«

»Aufträge erledigt«, sagte Fjalar und sah ihn mit großen Augen an, bevor er hastig ein »mein Odin« hinterherschob.

Keunemann seufzte resignierend und lehnte sich auf seinem Stuhl zurück.

»Also gut«, sagte er und nickte Bergelmir zu. »Dann eben du.«

Bergelmir blickte überrascht auf und begann hastig mit seinem Bericht.

»Die Graffiti auf den Bauzäunen in der Schützenstraße und der Doktor-Ross-Straße haben wir ohne Probleme hinbekommen«, sagte er. »Aber als wir die Abrissbagger vollsprühen wollten, hätten uns die Bullen fast geschnappt, mit 'ner ganzen Hundertschaft sind die auf dem Fliegerhorst angerückt!« Er machte eine Pause und blickte von einem zum anderen, als erwartete er von jedem Einzelnen eine Bestätigung.

»Das war echt voll krass«, sagte er anschließend, wieder Keunemann zugewandt. »Die waren bestimmt wegen den Ermordeten da. Hab's in der Zeitung gelesen. Wie krass ist das denn?« Wieder blickte er zu seinen Kameraden. »Ey, Alter, stellt euch vor, wir hätten die Leichen gefunden.«

»Jaja«, sagte Keunemann genervt. Dass die Jugend heutzutage aber auch nicht zwei zusammenhängende Sätze ohne »krass« oder »Ey, Alter« zusammenbringen konnte. Er hatte wirklich alles versucht. Aber wie sollte er an einem Tag in der Woche das aufholen, was Elternhaus und Schule in der übrigen Zeit nicht auf die Reihe bekamen? Armes Deutschland.

Keunemann blickte ernst in die Runde.

»Wir müssen äußerst vorsichtig sein. Die Staatsmacht wird jetzt alles und jeden sehr genau überprüfen. Ich glaube, es ist am besten, wenn wir uns erst mal etwas zurückziehen. Außerdem wird die Polizei den Insianern wegen der Morde gerade ordentlich auf den Zahn fühlen, da werden die noch ganz schön dran knapsen.«

»Was haben die denn mit den Morden zu tun?«, fragte Galar und blickte ihn fragend an. »In der Zeitung hat gar nichts davon gestanden.«

Du kleiner Klugscheißer, dachte Keunemann. Wieder keimte Ärger in ihm auf, weil dieser Benning nichts davon erwähnt hatte. Die Spuren waren doch wohl nicht zu übersehen. Er blickte verärgert zu Galar, der immer noch auf eine Antwort wartete.

»Hast du Redeerlaubnis?«, fragte er. »Ein Tadel für Galar!«

Galar beugte sich mit gesenktem Haupt über die Kladde und trug seine eigene Missbilligung ein.

»Die Frau Steinmann war so 'ne Nette«, ertönte auf einmal eine zaghafte Stimme. Keunemann sah überrascht zu Fjalar.

»Frau Steinmann?«, fragte er. »Was für eine Frau Steinmann?«

»Na, die Frau, die ermordet wurde«, sagte Fjalar mit belegter Stimme und blickte verschüchtert zu ihm auf. Keunemann bemerkte, wie der Junge mit den Tränen rang.

»Hast du sie gekannt?«, fragte er. Irgendwie kam ihm der Name Steinmann bekannt vor.

Fjalar nickte scheu.

»Sie wohnte neben uns. Zusammen mit ihrem Sohn Hauke.«

Genau, Hauke Steinmann, dachte Keunemann und lehnte sich auf seinem Stuhl zurück. Jetzt erinnerte er sich wieder, da war doch damals die Sache auf dem Keitumer Friedhof gewesen.

»Ja, ist wirklich 'ne tragische Geschichte«, erwiderte er ruhig. »Wer rechnet schon mit so was? In so 'nem kleinen Nest.«

Bergelmir, Fjalar und Galar sahen ihn betroffen an.

»Also«, sagte Keunemann. »Wir werden uns erst mal nicht mehr treffen. Zumindest, bis etwas Gras über die Sache gewachsen ist. Ich melde mich dann bei euch, verstanden?«

Die drei nickten wortlos.

»Schön«, sagte er und erhob sich langsam von seinem Stuhl, was die Jungs sofort veranlasste, ebenfalls von ihren Stühlen hochzufahren. Kerzengrade und mit starr geradeaus gerichtetem Blick standen sie regungslos an ihren Plätzen.

»Nun macht schon, dass ihr wegkommt«, sagte er gönnerhaft. »Den Rest erledige ich.«

Für einen Moment blickten sich Bergelmir, Fjalar und Galar ungläubig an, bevor sie eilig ihre Stühle an den Tisch schoben und mit einem zaghaften Abschiedsgruß den Raum verließen.

In aller Ruhe beseitigte Keunemann die Hinweise auf ihre Anwesenheit. Heute wollte er absolut sicher sein, dass keiner der anderen mehr in der Nähe war, wenn er das Haus verließ, schließlich musste er noch jemandem in List einen längst überfälligen Besuch abstatten, und dabei durfte er auf keinen Fall gesehen werden.

⚓

Hauke Steinmann blickte ungläubig auf die Geldbündel, die fein säuberlich gestapelt vor ihm auf dem Küchentisch lagen. So viel Geld auf einem Haufen hatte er noch nie in seinem Leben gesehen. 248 350 Euro waren es, auf den Cent genau. Wie oft er die Scheine in den letzten Tagen aus dem Versteck geholt und gezählt hatte, wusste er nicht mehr. Er griff nach einem Bündel Hunderteuroscheine, die in einer orangefarbenen Banderole steckten, und hielt sie sich unter die Nase. Mit geschlossenen Augen sog er tief die Luft ein. Täuschte er sich, oder rochen 5000 Euro anders als 20 000? Er öffnete die Augen und suchte flugs nach einer Vergleichsprobe. Gerade wollte er nach einem Bündel mit grün-gelber Banderole greifen, als er abrupt herumfuhr. War da nicht eben jemand am Küchenfenster gewesen? Unsicher blickte er zum Fenster, in dem er sich jedoch nur selbst widerspiegelte.

Langsam erhob er sich von seinem Stuhl und trat zum Fenster. Er schirmte mit beiden Händen die Augen ab und blickte in den Garten hinaus, der nur noch schwach im Dämmerlicht zu erkennen war. Dunkle Schatten hatten sich unter Bäumen und Sträuchern gebildet, deren Äste und Zweige sich im Wind wogen.

Steinmann zuckte die Achseln und zog die Vorhänge zu. Er wollte sich gerade wieder setzen, als es an der Haustür klingelte. Verwundert blickte er zur Küchenuhr über der Tür. Zwanzig nach zehn. Wer konnte das jetzt noch sein? Vielleicht noch mal die Polizei? Auf einmal wurde ihm sehr heiß. Eilig schob er mit ausholenden Armbewegungen das Geld in die große blaue Plastiktüte eines bekannten schwedischen Möbelhauses.

Erneut klingelte es, diesmal schon deutlich länger und drängender.

Das konnte nur die Polizei sein, dachte er, stopfte die Tüte in den Ablagekasten der weißen Eckbank und legte sorgfältig wieder die Sitzauflage darüber. Nicht das beste Versteck, aber für den Moment musste es reichen. Die Bullen würden sicher keine Hausdurchsuchung machen wollen. Aus welchem Grund auch? Oder hatten sie etwa doch seine Kleider …?

Unschlüssig hielt er inne, doch die Klingel ließ ihn erneut aufschrecken.

»Komme schon!«, rief er in den Flur und sah sich noch einmal um, bevor er die Küche verließ. Er rieb sich kräftig mit beiden Händen die Augen, schließlich musste er ja wenigstens ein bisschen wie der trauernde Sohn aussehen. An der Tür atmete er noch einmal tief ein und öffnete.

»Du … äh, Sie«, stammelte er überrascht.

»Hallo, Hauke. Lange nicht gesehen. Was macht dein Arm?«

Hauke Steinmann strich sich instinktiv über seinen rechten Unterarm.

»Gut«, sagte er knapp und starrte seinen späten Besucher unsicher an.

»Dein Auto? NF-HS 77?«

Steinmann nickte verstört und blickte zu seinem Astra hinaus, der in der Auffahrt stand.

»Ich glaube, in dem Fall sollten wir uns mal unterhalten. Was ist? Willst du deinen alten Freund Odin nicht hereinbitten?«

24

Geht doch«, sagte Helge Fuchs und verschränkte zufrieden die Arme vor der Brust.

»Was geht doch?«, fragte Hinrichs, ohne von der Ermittlungsakte aufzublicken, in der er schon den ganzen Morgen blätterte.

»Wir haben Chief Seattle.«

Hinrichs fuhr hoch und blickte überrascht über den Rand seines Monitors. »Was sagst du da?«, fragte er.

»Na, dass wir jetzt wissen, wer sich hinter dem Pseudonym verbirgt«, sagte Fuchs, während er die eben ausgedruckte Seite aus dem Drucker nahm und sie Hinrichs reichte. »Das habe ich gerade vom LKA bekommen. Jetzt wirst du aber Augen machen.«

»Hauke Steinmann!«, sagte Hinrichs und schaute Fuchs ungläubig an. »Dann lag Robert ja doch nicht so falsch.«

»Robert?«, fragte Fuchs. »Doch nicht etwa …«

»Ach, nicht so wichtig«, sagte Hinrichs und winkte ab. Er stemmte sich aus dem Bürostuhl, nahm seine Jacke von der Rücklehne und sah Fuchs auffordernd an.

»Was ist? Auf geht's. Oder soll ich unserem feinen Herrn Steinmann alleine auf den Zahn fühlen?«

Auf dem Flur lief ihnen Hauptwachtmeister Kayser in die Arme.

»Ah, Kayser, gut, dass ich Sie treffe«, sagte Hinrichs. »Sie kennen doch in List alles und jeden, oder?«

»Das würde ich doch meinen«, entgegnete Kayser und sah sie abwechselnd an.

»Dann kennen Sie sicher auch Hauke Steinmann?«

»Hauke?«, fragte er. »Aber natürlich. Den Hauke kenne ich, seit er so war.« Er hielt zur Veranschaulichung die Hand auf Hüfthöhe. »Ein ganz schöner Rabauke war das. Schlimme Sache mit seinen Eltern. Erst sein –«

»Schon gut, schon gut«, unterbrach Hinrichs ungeduldig. »Ich will alles über ihn wissen: Eltern, Beruf, Arbeitsstelle, Schule, einfach alles. Und zwar sofort.«

»Kein Problem, Chef«, sagte Kayser. »Ich hole mir nur schnell einen Kaffee und dann …«

»Kayser«, sagte Hinrichs mahnend. »Wir, das heißt Oberkommissar Fuchs und ich, fahren jetzt nach List. Und bevor wir dort ankommen, möchte ich ein Ergebnis haben. Also geben Sie Gas.«

⚓

Auf Höhe der großen Lister Wanderdünen klingelte endlich Hinrichs' Handy.

»Na also«, sagte er und warf Fuchs einen vielsagenden Blick zu, bevor er den Anruf entgegennahm. Während sie den Ortseingang von List erreichten, ratterte Kayser am anderen Ende der Leitung Hauke Steinmanns gesamte Lebensgeschichte herunter.

»Gute Arbeit«, sagte Hinrichs, nachdem Kayser geendet hatte, und legte auf.

»Gute Arbeit?«, fragte Fuchs und hob erstaunt die Augenbrauen.

Hinrichs nickte.

»Er hat sogar die Gärtnerei Rosylt angerufen«, sagte er, während er umständlich sein Handy in die ausgebeulte Brusttasche seiner Schimanski-Jacke stopfte. »Steinmann arbeitet dort seit zwölf Jahren als Landschaftsgärtner und …« Hinrichs machte eine bedeutungsvolle Pause.

»Und?«, fragte Fuchs.

»Er ist heute nicht bei der Arbeit erschienen. Unentschuldigt!«

»Na, der wird doch nicht plötzlich krank geworden sein?«, fragte Fuchs mit unverhohlener Ironie, während er den Wagen in einem engen Bogen in den Landwehrdeich lenkte. »Hoffentlich ist er überhaupt vernehmungsfähig.«

»Zu Hause scheint er jedenfalls zu sein«, sagte Hinrichs und wies auf einen Opel Astra, der auf dem geschotterten Stellplatz vor dem Haus der Steinmanns stand.

»Der muss aber wirklich sehr geschwächt sein«, frotzelte Fuchs, während er die Zündung ausschaltete und den Schlüssel abzog. »Noch nicht mal die Außenbeleuchtung hat er ausgemacht.«

Sie stiegen aus dem Wagen und gingen zum Haus hinüber.

»Herr Steinmann?«

Energisch klopfte Hinrichs gegen die Haustür. Dreimal hatte er nun schon geklingelt, ohne dass irgendetwas passiert war. »Hier ist die Polizei. Öffnen Sie bitte.«

»Scheint doch ausgeflogen zu sein«, sagte Fuchs.

»Zu Fuß? Dann kann er ja nicht weit weg sein, in diesem kleinen Nest.«

Er überlegte. Die Kneipen hatten längst geschlossen. Frühsport? Einen sehr sportlichen Eindruck hatte Hauke Steinmann bei ihrem letzten Besuch nicht gerade gemacht. Aber vielleicht unternahm er ja nur einen kleinen Morgenspaziergang.

»Die Arztpraxen in List dürften noch geschlossen sein«, sagte Fuchs mit einem Blick auf die Uhr. »Falls er wirklich krank sein sollte und sich einen gelben Schein holen will.«

Hinrichs klingelte noch ein letztes Mal, bevor er sich schließlich zum Gehen wandte.

»Dann lass uns mal im Ort umsehen, vielleicht sehen wir ihn irgendwo.«

Am Gartentor drehte er sich noch einmal um, um zu sehen, wo Fuchs blieb. Dieser kniete auf allen vieren vor der Haustür und spähte durch den Briefschlitz.

»Tut sich was?«, fragte er.

»Ich glaube, den Abstecher ins Dorf können wir uns sparen«, sagte Fuchs und warf ihm einen Blick über die Schulter zu. »Wie es aussieht, ist Hauke Steinmann doch zu Hause.«

Er angelte sein kleines Lederetui, in dem er seine Lockpicking-Werkzeuge aufbewahrte, aus der Weste und beugte sich über das Schloss.

»Was hast du vor?«, fragte Hinrichs und rannte zum Haus zurück. »Mensch, Fuchs, du kannst doch nicht einfach …«

In dem Moment drückte Fuchs auch schon vorsichtig die Tür auf.

»Sieh selbst«, sagte er und deutete mit dem Kinn in den Flur.

»Scheiße!«, fluchte Hinrichs leise, als sein Blick auf Hauke Steinmann fiel, der mit einer Schlinge um den Hals an der Garderobe hing.

⚓

Atemlos stützte sich Robert Benning auf den Knien ab. Nach langer Zeit hatte er sich heute mal wieder zu einem Tempolauf hinreißen lassen. Er atmete noch zwei-, dreimal kräftig durch, bevor er sich wieder aufrichtete und auf seine Uhr blickte. Es war kurz nach vier, in einer Stunde wollte Hinrichs vorbeikommen. So aufgeregt, wie er am Telefon geklungen hatte, musste es wichtige Neuigkeiten geben. Was für welche, das hatte er mal wieder für sich behalten. Überhaupt war er sehr kurz angebunden, wahrscheinlich war wieder einer seiner Kollegen in der Nähe gewesen.

Auf dem Treppenabsatz vor der Haustür dehnte Benning noch schnell seine Wadenmuskulatur, bevor er ins Haus ging, um zu duschen.

Vierzig Minuten später lehnte er an der Küchenzeile und nippte an seinem frischen Kaffee. Erwartungsvoll blickte er aus dem Fenster. Jeden Moment musste sein Freund in die Auffahrt einbiegen.

Plötzlich klingelte es an der Haustür. Verwundert blickte Benning noch einmal zu seiner Auffahrt. Von Hinrichs Wagen war nichts zu sehen.

Wer konnte das jetzt sein? Er stellte den Kaffeebecher auf der Arbeitsplatte ab und ging zur Tür.

»Na endlich«, sagte Hinrichs. Benning hatte ihm kaum geöffnet, als er sich auch schon an ihm vorbeidrängelte.

»Bist du etwa zu Fuß gekommen?«, fragte Benning, während er langsam die Tür schloss. »Ach was«, sagte Hinrichs. »Ich stehe auf dem Parkplatz der BImA. Ich habe gute Neuigkeiten, die ich dir gerne persönlich überbringen will.«

»Gute Nachrichten?«, fragte Benning und folgte ihm ins Esszimmer.

Hinrichs setzte sich an den Tisch und lächelte ihn gutgelaunt an.

»Na, das scheinen ja wirklich gute Nachrichten zu sein«, sagte Benning. »Du strahlst ja über alle vier Backen. Kaffee?«

»Gerne«, sagte Hinrichs und nahm seine Aktentasche zur Hand.

Während Benning mit seinem Becher und einem weiteren für Hinrichs aus der Küche zurückkehrte, zog der Kommissar eine Gittermappe aus der Aktentasche und legte sie vor sich auf den Tisch. Er nippte kurz an seinem Kaffee und sagte dann: »Zuerst einmal kann ich dich beruhigen. Wir haben den Mörder gefunden, du musst dir also keine Gedanken mehr um Gunda machen.«

»Ihr habt ihn?«, fragte Benning überrascht. Mit so guten Nachrichten hatte er nun wirklich nicht gerechnet.

»Ja, es war Hauke Steinmann.«

»Hauke Steinmann?«

Hinrichs nickte.

»Wir haben herausgefunden, dass er hinter dem Profil dieses ominösen Chief Seattle steckte«, sagte er. »Fuchs und ich sind zu ihm rausgefahren, um ihn zu befragen –«

»Und er hat alles gestanden?«, unterbrach Benning ihn aufgeregt.

»Nicht direkt«, sagte Hinrichs und wog den Kopf hin und her. »Sagen wir lieber, er hat einen Abschiedsbrief hinterlassen, in dem er alles zugegeben hat.«

Benning warf ihm einen betroffenen Blick zu.

»Einen Abschiedsbrief? Dann ist er also tot?«

»Er hat sich letzte Nacht mit einem Bademantelgürtel an der Garderobe erhängt«, sagte Hinrichs.

»An der Garderobe?«, fragte Benning. Sein Blick wanderte gedankenverloren zum Fenster hinaus. »Wie sein Vater?«

»Ja«, sagte Hinrichs und trank einen Schluck Kaffee.

»Furchtbar«, sagte Benning. »Und Hauke hat seine eigene Mutter ermordet?«

»Wahrscheinlich war es Totschlag«, sagte Hinrichs. »Er hat geschrieben, dass er seine Mutter im Streit erschlagen habe, weil sie das Haus an Weyde verkauft hatte. Danach ist er zu Weyde gefahren, hat ihm den Kaufvertrag abgenommen und anschließend auch ihn getötet.«

»Dann lag ich ja mit meiner Vermutung gar nicht so falsch«, sagte Benning. Er stand auf, ging zu dem Sekretär und kehrte mit seinem Notizbuch zurück.

Hinrichs klopfte mit der Hand auf die Gittermappe und sagte: »Den Kaufvertrag für das Haus haben wir bei Steinmann in der Wohnung gefunden. Er ist mit Datum des zehnten Juli von Silvia Steinmann und Hans Weyde unterschrieben.«

»Hmm, das entspricht genau dem bisher angenommenen Todestag«, sagte Benning.

»Genau«, sagte Hinrichs. »Bezüglich der Tatwaffe stimmen die Ermittlungsergebnisse ebenfalls. In einer Werkzeugkiste konnten wir einen Zimmermannshammer sicherstellen, darauf fanden sich nach einem durchgeführten Luminoltest deutliche Blutspuren. Ich bin mir sicher, dass die Laboruntersuchung bestätigen wird, dass es sich dabei um das Blut von Silvia Steinmann handelt.«

»Und das Messer?«, fragte Benning. »Habt ihr das auch gefunden?«

»Nein, das liegt vermutlich irgendwo zwischen seinen Angelsachen. Die haben wir bisher noch nicht gefunden. Vielleicht befinden sie sich bei einem seiner Angelkameraden oder in einem Schuppen am Hafen. Meine Leute sind schon dran.«

»Hauke hat auch geangelt?«, fragte Benning.

Hinrichs nickte.

»In seinem Zimmer hingen einige Bilder, auf denen er mit anderen Anglern seinen Fang präsentiert.«

»Okke war aber nicht zufällig dabei, oder?«, fragte Benning und ließ erleichtert die Schultern sinken, als Hinrichs seine Frage verneinte.

»Die Untersuchung von Hansens Messern war übrigens negativ«, sagte Hinrichs. »Fakt ist allerdings, dass Oltmanns und Weyde mit dem gleichen Messer skalpiert wurden.«

Benning kratzte sich nachdenklich mit dem Bleistift am Kopf, während er seine Notizen eingehend betrachtete.

»Was stand eigentlich über Oltmanns in dem Abschiedsbrief?«, fragte er. »Warum hat Hauke auch ihn getötet?«

Hinrichs öffnete die Gittermappe, nahm ein Blatt heraus und schob es Benning zu.

»Hier, lies selbst«, sagte er.

Benning warf einen kurzen Blick auf den Abschiedsbrief und sah Hinrichs verwundert an.

»Ist das eine Abschrift?«, fragte er.

»Nein, wieso?«

»Na, der Brief ist ja gar nicht unterschrieben. Den kann ja jeder geschrieben und ausgedruckt haben.«

»Aufgrund der Auffindesituation und den bisher gesicherten Spuren deutet alles auf Selbstmord hin«, entgegnete Hinrichs. »Es gibt im Moment keinen Grund, an der Echtheit des Briefes zu zweifeln, auch ohne Unterschrift.«

Benning widmete sich wieder dem Brief. Demnach kannten sich Oltmanns und Hauke tatsächlich von dieser rechtsradikalen Gruppe. Oltmanns soll es sogar gewesen sein, der ihm damals den Arm gebrochen hatte. Darüber waren sie dann in Streit geraten, in dessen Folge Oltmanns unglücklich auf den Küchentisch stürzte. Danach soll Hauke auch ihn skalpiert haben, um den Verdacht auf die Insianer zu lenken.

Benning schüttelte den Kopf.

»Da stimmt doch was nicht«, sagte er. »Wie mir Gunda erzählt hat, ist das mit dem Arm Anfang der Neunziger gewesen. War Oltmanns da auch schon auf der Insel? Wie alt war er denn?«

Hinrichs blätterte in seinen Unterlagen.

»Hier steht, er wäre im August achtunddreißig geworden.«

»Also war er damals Anfang zwanzig«, sagte Benning

grübelnd. »Vielleicht hat er ja hier seine Ausbildung gemacht.«

»Wir prüfen das«, sagte Hinrichs. »Und wenn das Obduktionsergebnis vorliegt, wirst du sehen, dass Hauke Steinmann sich wirklich selbst umgebracht hat.«

Benning merkte seinem Freund an, dass ihm seine Einwände nicht behagten, aber er hielt seine Meinung trotzdem nicht zurück.

»Selbst wenn Oltmanns tatsächlich Haukes Arm zertrümmert hat, warum geraten die beiden dann ausgerechnet jetzt, fast zwanzig Jahre später, deswegen aneinander? Ich weiß nicht.« Benning schüttelte zweifelnd den Kopf.

»Deine Skepsis in allen Ehren«, sagte Hinrichs. Er nahm Benning den Abschiedsbrief ab, legte ihn in die Gittermappe und klappte sie mit einer energischen Geste zu. »Aber du musst auch zugeben, dass die Indizien eindeutig sind. Steinmann hatte ein Motiv, auf das du selbst gekommen bist. Wir haben die Tatwaffe bei ihm gefunden, er steckte hinter Chief Seattle und konnte aufgrund seiner alten Armverletzung sicher noch ganz gut mit links schreiben. Und er hat sich schließlich umgebracht. Fuchs und ich haben gesehen, wie er an der Garderobe hing, eine umgestoßene Fußbank vor seinen Füßen. Es gab keine Einbruchspuren und auch sonst keine Hinweise auf ein Drittverschulden. Also, bitte!«

»Okay, okay«, sagte Benning und hob beschwichtigend die Hände. »Wenn dem so ist, dann können wir die Pressemitteilung auch gleich fertig machen.« Er warf einen Blick auf die Wanduhr. »Wenn wir uns beeilen, schaffen wir es sogar noch vor Redaktionsschluss.«

25

Zufrieden saß Hinrichs über der druckfrischen Ausgabe der *Sylter Zeitung*. Sogar auf die erste Seite des Lokalteils hatte es Bennings Artikel noch geschafft.

»Moin, Chef«, sagte Fuchs und ließ die Bürotür hinter sich ins Schloss fallen. Wie jeden Morgen schaltete er als Erstes seinen Rechner ein, bevor er seine Aktenschränke aufschloss.

»Moin, Helge«, sagte Hinrichs und warf ihm den Lokalteil auf den Schreibtisch. »Schon gesehen?«

Fuchs nahm die Zeitung und hob überrascht die Augenbrauen.

»Wendung im Mordfall vom Fliegerhorst«, las er. »Polizei steht kurz vor der Aufklärung des rätselhaften Doppelmordes.« Er nickte Hinrichs anerkennend zu. »Wie hast du das noch so schnell geschafft?«

»Tja«, sagte Hinrichs und lehnte sich in seinem Sessel zurück. »Beziehungen.«

»Ah ja«, sagte Fuchs und tippte mit dem Finger auf die Zeitung. »Ich sehe schon. Von Robert Benning. Dann ist ja alles klar.« Er wandte sich ab und las auf dem Weg zur Kaffeemaschine den restlichen Teil des Artikels.

»War gar nicht so einfach, das noch rechtzeitig reinzukriegen«, sagte Hinrichs. »Die Pressemitteilungen habe ich übrigens auch schon rausgejagt.«

»So weit passt ja alles«, sagte Fuchs. »Wollen wir nur hoffen, dass wir das ›kurz vor der Aufklärung stehend‹ auch bald wegbekommen. Fall gelöst, das wäre es doch. Und dann endlich wieder normale Routinearbeit.«

Er gab Hinrichs die Zeitung zurück und setzte sich an seinen Schreibtisch.

»Verdammte Scheiße!« Mit sorgenvoller Miene blickte Fuchs von seinem Monitor auf. »Zu früh gefreut!«

»Wieso?«, fragte Hinrichs, der sein Mailprogramm noch nicht geöffnet hatte, und lehnte sich vor. »Was soll das heißen?«

Fuchs fluchte nicht oft. Aber wenn er mal ein »verdammte Scheiße« raushaute, dann war wirklich etwas los.

»Das Institut für Rechtsmedizin in Kiel hat geschrieben. Und das wird dir ganz und gar nicht gefallen.«

Hinrichs sprang auf und eilte um den Schreibtisch, während Fuchs ihm den Bildschirm entgegendrehte.

»Hier«, sagte er und zeigte auf die geöffnete Nachricht in seinem Mailprogramm.

Hinrichs wandte sich der Mail zu, und mit jedem Wort, das er dort las, wurden seine Knie weicher. Schließlich stützte er sich auf die Tischplatte und sah Fuchs fassungslos an. Man hatte Spuren von GHB im Blut von Hauke Steinmann nachgewiesen.

»Das darf doch nicht wahr sein«, sagte er und richtete sich schwerfällig auf.

»K.-o.-Tropfen«, sagte Fuchs. »Hauke Steinmann muss sie vor seinem Tod eingenommen haben. Das wäre ja noch nicht ganz so schlimm, aber da wir nichts Derartiges in seiner Wohnung gefunden haben, kann er die Tropfen …«

»Nicht freiwillig genommen haben«, ergänzte Hinrichs, während er nachdenklich zu seinem Platz zurückging und sich kraftlos in seinen Sessel fallen ließ.

»Jemand muss also unseren Hauptverdächtigen unter Drogen gesetzt und anschließend aufgehängt haben«, sagte Fuchs. »Damit hätten wir einen neuen Mord.«

»Und den nächsten Mörder, dem wir hinterherjagen müssen«, sagte Hinrichs und schüttelte verzweifelt den Kopf. »Was ist nur los? Sind wir hier in Westerland oder Palermo?«

»Wir stehen wieder am Anfang«, sagte Fuchs resignierend.

Hinrichs nickte. Wen oder was haben wir nur übersehen?, fragte er sich.

»Erinnerst du dich noch, wie überrascht Hauke Steinmann reagiert hat, als wir ihm mitteilten, wo wir seine Mutter gefunden haben?«, fragte Fuchs leise.

Hinrichs blickte seinen Kollegen an.

»Ja, natürlich. Er dachte zu dem Zeitpunkt ja auch, dass seine tote Mutter bei Weyde im Büro liegen würde, wo er sie hingebracht hatte. Aber was willst du damit sagen?«

»Gehen wir doch mal davon aus, dass Hauke Steinmann seine Mutter nicht am helllichten Tag weggeschafft hat«, sagte Fuchs. »Dann suchen wir also entweder jemanden, der zufällig auf die Toten gestoßen ist oder ihm geholfen hat. Und da ich mir nicht vorstellen kann, dass jemand mitten in der Nacht einen Immobilienmakler aufsucht, bei ihm zwei Tote findet und, anstatt die Polizei zu rufen, den Makler skalpiert, ein Bekennerschreiben verfasst und dieses zusammen mit dem Skalp einem Journalisten zuspielt, müssen wir davon ausgehen, dass Steinmann einen Komplizen hatte.«

Hinrichs schüttelte den Kopf und sah Fuchs zweifelnd an.

»Aber Helge«, sagte er. »Selbst wenn er einen Komplizen gehabt hat, warum geht dieser dann das Risiko ein, zwei Leichen auf den fünfzehn Kilometer entfernten Fliegerhorst zu bringen, nachdem sie alles wie einen Raubmord haben aussehen lassen?«

»Das ist doch genau der Punkt, auf den ich hinauswill«, sagte Fuchs. »Er hatte vielleicht eine bessere Idee, nämlich die

Todesfälle den Insianern in die Schuhe zu schieben. Wir suchen also jemanden aus dem Umfeld von Hauke Steinmann, der etwas gegen die Insianer hat.«

Hinrichs sah Fuchs an.

»Wie du eingangs richtig gesagt hast«, sagte er. »Wir stehen wieder ganz am Anfang.«

⚓

Mit achtzehn Grad war es für einen neunzehnten Juli eindeutig zu kühl. Auch für Norddeutschland. Auch für Sylt. Doch nicht das seit Tagen wechselhafte Wetter, das sich den gebeutelten Urlaubern mit teils kräftigen Schauern und sogar Gewittern präsentierte, ließ Benning erschauern, vielmehr war es das Datum, das ihn schon den ganzen Morgen umtrieb. Unauslöschlich hatte sich der neunzehnte Juli in sein Gedächtnis gebrannt. Jener Tag vor nunmehr drei Jahren, an dem Hinrichs und er einem Serienmörder auf die Spur gekommen waren, der alle fünf Jahre ein Mädchen ermordet hatte. Fast wäre Gunda ihm auch zum Opfer gefallen. Niemals würde Benning diese dramatischen Stunden vergessen.

Fröstelnd zog er den Kragen seiner Seglerjacke dichter zusammen, als ihn auf einmal ein Lied aus Kindheitstagen aus seinen trüben Gedanken holte. »Wann wird's mal wieder richtig Sommer?«, drang Rudi Carrells Stimme aus einem der vorbeifahrenden Autos und entlockte ihm ein schmales Lächeln. Wie wahr, wie wahr, dachte er und warf einen kurzen Blick zum Himmel, bevor er nach rechts in die Paulstraße einbog. Am Ende konnte er bereits das Geschäft von Fisch-Fiete erkennen, wo er Schollen und Krabben kaufen wollte. Heute Abend sollte es Gundas Lieblingsgericht geben, nicht nur, um sie nach ihrem langen Arbeitstag ein klein wenig zu verwöhnen, sondern vor allen Dingen, um sie von diesem furchtbaren Jahrestag abzulenken.

»Hallo, Robert!«

Benning blieb überrascht stehen. Wer hatte da seinen Namen gerufen? Suchend sah er sich um.

»Hier!«, ertönte die Stimme, und jetzt sah er auch Beate Folkerts, die ihm vom *Island Pub* aus zuwinkte.

»Ach, Beate, du bist's«, rief er und winkte verlegen zurück. Wie hatte er nur an ihr vorbeigehen können? Sie saß unter einem ausladenden Schirm direkt an der Straße.

Er machte auf dem Absatz kehrt und trat zu ihr an den Tisch.

»Ich habe dich gar nicht gesehen«, sagte er. »Ich war so in Gedanken vertieft.«

»Macht doch nichts«, sagte sie und lächelte ihm freundlich zu. »Was meinst du, wie viele Bekannte in den letzten Minuten schon mit gesenktem Kopf hier vorbeigeeilt sind, um einigermaßen trocken durch den Regen zu kommen? Aber setz dich doch.«

»Gerne«, sagte Benning, rückte sich einen Stuhl zurecht und warf einen skeptischen Blick nach oben zu dem Sonnenschirm. »Ist der auch wirklich dicht?«

»Bis jetzt schon«, sagte Beate Folkerts.

»Nun denn«, sagte Benning und setzte sich neben sie. »Du bist aber auch unverwüstlich, bei dem Wetter draußen zu sitzen.«

»Na, hör mal«, sagte sie mit einem Lachen. »Schließlich bin ich eine waschechte Sylterin. Außerdem kann man es hier doch gut aushalten, oder etwa nicht?«

Benning lehnte sich entspannt zurück und schob den Schirm der Basecap aus dem Gesicht.

»Doch, doch«, sagte er und wies mit dem Kopf in Richtung des Heizpilzes, der eine angenehme Wärme verbreitete. »Vor allem, wo die Dinger dieses Jahr dreihundertfünfundsechzig Tage Hochsaison haben.«

Beate Folkerts folgte seinem Blick und zog die Stirn in Falten.

»Sind leider auch gewaltige Klimakiller. So gesehen, haben die eigentlich auf der Insel überhaupt nichts zu suchen. Aber wie so oft steht der Kommerz auch bei diesem Thema mal wieder über dem Inselschutz.«

Die Bedienung huschte von der Eingangstür der Kneipe zu ihnen unter den Schirm, um die Bestellung aufzunehmen.

Benning warf einen Blick auf den Irish Coffee, der vor Beate Folkerts auf dem Tisch stand.

»Du hast wohl heute schichtfrei?«

»Zum Glück«, sagte sie. »Ich kann ja schließlich nicht wochenlang ununterbrochen am Piepser hängen.«

Für einen Moment überlegte Benning. Obwohl er für gewöhnlich am späten Vormittag noch keinen Alkohol trank, war ihm heute, hier und jetzt, irgendwie danach. Er wandte sich der Bedienung zu, die bibbernd ihren Notizblock hielt und ihn erwartungsvoll ansah.

»Für mich das Gleiche, bitte.«

»Gerne«, sagte die Bedienung und verschwand eilig wieder ins Warme.

»Und du?«, fragte Beate Folkerts. »Bist du auf dem Weg in die Redaktion? Nicht, dass ich dich von der Arbeit abhalte.«

Benning lachte.

»Nein, nein. Ich wollte nur schnell zu Fisch-Fiete. Ein paar Sachen für das Abendbrot einkaufen.«

»Dann bin ich ja beruhigt«, sagte sie. »Das mit Fisch zum Abendbrot ist übrigens gar keine schlechte Idee. Ich könnte mir eigentlich auch heute an meinem freien Abend mal wieder was Schönes brutzeln, ohne Angst haben zu müssen, dass jeden Moment der Pieper losgeht. Mein Kollege vom Festland ist schon ein paar Mal vorbeigefahren. Bei dem Wetter genehmigen sich die Urlauber gerne mal etwas früher einen steifen Grog. Anschließend geht's dann wieder aufs Rad, und schon ist was passiert. Da reicht schon ein klitzekleiner Windstoß.«

Sie nahm ihr Glas und schlürfte genüsslich den heißen Kaffee durch den Strohhalm.

Benning grinste sie an.

»Na, dann gehen wir aber nicht gerade mit gutem Beispiel voran.«

Er nahm das Glas mit Irish Coffee, das die Bedienung soeben gebracht hatte, und prostete Beate Folkerts zu.

»Wir sind ja auch nicht mit dem Radl da«, antwortete sie augenzwinkernd.

Die nächsten Minuten unterhielten sie sich über Gott und die Welt und beobachteten dabei die Leute, die im Regen über die Paulstraße liefen.

Einmal blitzte Beate Folkerts ihn mit ihren grünen Augen an und wies mit einer leichten Kopfbewegung zur Straße, wo ein älteres Ehepaar sich gerade gegen den Wind stemmte. Sie, in einen dicken Pelz gehüllt, kämpfte dabei hinter dem viel zu kleinen Schirm verzweifelt mit einer besonders hartnäckigen Böe. Ihr Mann, der mit seinem Hut schon selbst genug zu tun hatte, musste währenddessen eine Schimpfkanonade nach der anderen über sich ergehen lassen, weil seine umständlichen Versuche, sie mit seiner freien Hand zu unterstützen, immer wieder scheiterten. Mit einem Mal blies der Wind mit solch einer Kraft, dass sämtliche Streben des Schirms nach oben klappten. Sofort machten die beiden kehrt und versuchten noch, das gute Stück zu retten, indem sie sich von ihm wieder in die entgegengesetzte Richtung ziehen ließen. Jetzt musste auch Benning grinsen. Wie die Frau so an ihrem Schirm hing, hatte die Szene Ähnlichkeit mit einer der Illustrationen zu der Geschichte vom fliegenden Robert aus dem Struwwelpeter.

Benning blickte wieder zu Beate Folkerts, die immer noch amüsiert das Schauspiel verfolgte. Sein Blick wanderte zu ihren rotbraunen Haaren, die sie normalerweise, wahrscheinlich aus funktionalen Gründen, zu einem Zopf bändigte. Heute trug sie sie jedoch offen, und das im wahrsten Sinne des Wortes. Ein gehässiger Mensch hätte ihre Frisur wahrscheinlich mit einem geplatzten Sofakissen verglichen, doch auf ihn wirkte die entfesselte Haarpracht in gewisser Weise wild und frisch und bildete einen durchaus reizvollen Kontrast zu ihrem ebenmäßigen Gesicht mit der Stupsnase und den niedlichen Grübchen. Als er sie so beobachtete, stellte er verwundert fest, dass ihm die Sommersprossen auf ihrer Nase und den Wangen bisher nie aufgefallen waren. Wenn er richtig nachdachte, kannte er Beate Folkerts eigentlich nur in Rettungsdienstkleidung und mit nach hinten gebundenen Haaren, wie sie hochkonzentriert und professionell ihre Arbeit erledigte. Die attraktive Frau, die ihm jetzt gegenübersaß und so herrlich spitzbübisch dreinblickte, war so ganz anders und übte durch ihre lebenslustige Art auf einmal eine ganz besondere Anziehung auf ihn aus.

»Die lernen es wohl nie«, sagte Beate Folkerts und wandte sich ihm unvermittelt zu. »Bei dem Wind einen Schirm mitzunehmen.« Sie schüttelte den Kopf. »Ich verstehe das nicht. Die Papierkörbe sind doch voll von entsprechend ramponierten Exemplaren.«

Benning rutschte verlegen auf seinem Stuhl hin und her. Er war sich nicht sicher, ob sie seinen Blick bemerkt hatte.

»Ich weiß auch nicht«, sagte er mit belegter Stimme und räusperte sich.

»Erkältet?«, fragte sie und lächelte ihn mit einer Mischung aus ärztlicher Besorgnis und freundschaftlichem Mitleid an. So wirkte es zumindest auf ihn.

»Nicht schlimm«, antwortete er und saugte rasch an seinem Strohhalm. »Ich habe ja zum Glück eine gute Medizin.«

»Da fällt mir ein«, sagte sie. »Den Artikel über die Zukunft Sylts und die Wohnungsproblematik fand ich richtig klasse. Hoffentlich reißt der uns mal wieder etwas aus den Negativschlagzeilen der letzten Wochen.«

»Uns?« Benning sah sie irritiert an. »Heißt das, du bist auch Mitglied bei den Insianern?«

»Natürlich«, antwortete sie gelassen. »Ist doch selbstverständlich für einen Insulaner, oder nicht?«

»Im Grunde schon«, sagte Benning. Von der Seite hatte er die Sache noch nie betrachtet. Eigentlich war er ja auch schon fast ein Insulaner, selbst wenn er nicht von der Insel stammte.

»Auf jeden Fall für einen alteingesessenen Insulaner«, sagte sie und lächelte ihn milde an. Offenbar hatte sie sein Dilemma bemerkt.

»Schade, dass ich das nicht eher gewusst habe«, sagte er daraufhin. »Da hätte ich ja mit dir noch eine kompetente Interviewpartnerin gehabt. Können wir das vielleicht mal nachholen? Das Thema wird uns sicher noch einige Jahre beschäftigen. Und vielleicht schaffst du es ja sogar, mich bei der Gelegenheit zu einem Beitritt zu überreden.«

»Muss ich das denn?«, fragte sie ernst. »Haben dich deine eigenen Recherchen nicht längst überzeugt? In deinem Artikel klang das jedenfalls so. Mir macht der zunehmende Ausverkauf meiner Heimat jedenfalls richtig Angst.«

Verlegen drehte Benning sein Glas zwischen den Händen.

»Das verstehe ich«, sagte er. »So war das auch nicht gemeint. Ich wollte nur …«

»Schon gut«, sagte Beate Folkerts und lächelte ihn an. »Ich weiß, wie du das gemeint hast. Ich stehe dir natürlich gerne für ein Interview zur Verfügung.«

Danach erzählte sie ihm davon, wie sie selbst die einschneidenden Veränderungen erlebt hatte, insbesondere der immer dramatischer werdende Zusammenbruch der sozialen Strukturen, der ihr am meisten Sorgen bereitete. Benning sah den Glanz in ihren Augen, als sie mit mitreißender Freude von ihren Kindheitserinnerungen berichtete. Er sah die kleine Beate förmlich vor sich, wie sie lachend mit den Nachbarskindern über die Keitumer Salzwiesen tobte oder am Strand bunte Drachen hinter sich herzog.

»Darf's hier noch was sein?«, fragte die Bedienung unvermittelt und blickte sie an, während sie die leeren Gläser zusammenstellte.

»Für mich nicht«, sagte Benning und hob abwehrend die Hände. Er blickte zu Beate Folkerts und fügte hinzu: »Noch so ein Getränk, und du kannst mich von deinen Kollegen nach Hause fahren lassen.«

»Schade«, sagte sie, und er spürte, dass das Bedauern in ihrer Stimme ernst gemeint war. »Du kannst ja was ohne Alkohol nehmen. Vielleicht einen Tee?«

»Nein, wirklich nicht«, sagte er. »Vielen Dank. Ich glaube, ich muss mich allmählich wieder auf den Weg machen. Aber das mit dem Tee ist eine gute Idee. Vielleicht können wir ja in den nächsten Tagen das Interview nachholen?«

»Nur bei Vorlage einer ausgefüllten Beitrittserklärung für die Insianer«, antwortete Beate Folkerts mit gespielter Schärfe.

»Abgemacht!«, sagte Benning. Er zog seinen Geldclip aus der Hosentasche und reichte der Bedienung 15 Euro.

»Kommt gar nicht in Frage!«, sagte Beate Folkerts und griff nach ihrer Handtasche.

»Stimmt so«, sagte Benning und nickte der Bedienung freundlich zu, woraufhin diese wieder in der Kneipe verschwand.

Beate Folkerts hatte inzwischen ihr Portemonnaie hervorgekramt und sah ihn verdrossen an.

»Dann bestehe ich aber auf eine Teestunde bei mir in Keitum«, sagte sie mit einer Bestimmtheit, der er nicht widersprechen konnte. Und, wenn er ehrlich war, auch gar nicht wollte.

26

Hier ist sein Büro.«

Frau Meiners-Vormann öffnete eine weißlackierte Holztür im Obergeschoss des Reetdachhauses, das einst der Kriegsmarine als Kommandantur gedient hatte und heute die Nebenstelle der Bundesanstalt für Immobilienaufgaben auf Sylt beherbergte. Dann trat sie einen Schritt beiseite und sah die beiden Kripobeamten mit großen Augen an.

»Ich kann das alles immer noch nicht glauben«, sagte sie. »Der arme Herr Oltmanns. Schrecklich!«

»Ja, wirklich eine schreckliche Sache«, sagte Hinrichs und schob sich an ihr vorbei. Mit einem Rundumblick verschaffte er sich einen ersten Überblick von Oltmanns' Büro. Hoffentlich finden wir hier neue Anhaltspunkte, dachte er und wies mit dem Kopf auf den Aktenschrank zu seiner Linken. Fuchs, der ihm gefolgt war, quittierte die wortlose Anweisung seines Chefs mit einem kurzen Nicken und wandte sich der ersten Reihe Ordner zu.

Hinrichs durchquerte den Raum und duckte sich unter die Dachschräge, die sich über die gesamte Raumlänge zog und in der Mitte von einer Gaube unterbrochen wurde. Dort unter dem niedrigen Sprossenfenster stand Oltmanns' Schreibtisch. Hinrichs ließ sich auf den Bürostuhl sinken und stellte seine allgegenwärtige Aktentasche neben sich auf den Boden. Dabei fiel sein Blick auf das Nachbarhaus, das größtenteils von Zweigen der windschiefen Birken verdeckt wurde, die die Grundstücksgrenze markierten. Ob es Zufall war, dass Sven Oltmanns von seinem Büro aus genau auf das Haus hatte schauen können, vor dem man vor ein paar Tagen seinen Skalp, verpackt in einem unscheinbaren Karton, abgelegt hatte?

Langsam lehnte Hinrichs sich zurück und ließ seinen Blick über den Schreibtisch schweifen. In der Mitte stand eine nostalgische Schreibtischlampe zwischen Ablagekörben und dem Computermonitor. Hinrichs beugte sich vor und hob die Lampe vorsichtig an. Dem Gewicht nach zu urteilen, war sie aus massivem Messing und nicht so ein Billigexemplar wie jenes, das auf seinem Bürotisch verstaubte.

Als Nächstes warf er einen flüchtigen Blick in die Ablagekörbe, die aber nur einige Gittermappen mit dienstlichen Schreiben und Hausgrundrissen enthielten. Enttäuscht legte er sie zurück und warf einen Blick auf das Display des Tischtelefons. Sechzehn entgangene Anrufe, die sie alle ganz penibel überprüfen würden. Er hob die Ecke der abgegriffenen grünen Schreibtischauflage hoch. Oftmals wurden unter solchen Auflagen kleine Zettelchen mit Kurznotizen, Computerpasswörtern, Telefonnummern oder Adressen abgelegt. Und tatsächlich: Neben einigen Visitenkarten von Sylter Architekten und Baufirmen fand Hinrichs dort auch einen Zettel, auf dem nur eine Handynummer ohne dazugehörenden Namen notiert war.

»Die checken wir mal«, rief er Fuchs zu. »Und vergesst die Anrufliste nicht!«

Fuchs nickte und fischte einen durchsichtigen Plastikbeutel aus seiner Jacke, in den er vorsichtig den Zettel schob.

»Ich habe übrigens bei den Akten –«, sagte Fuchs, wurde jedoch sofort von Hinrichs mit einer energischen Handbewegung unterbrochen.

»Frau Meier«, sagte Hinrichs mit einem freundlichen Lächeln. »Würden Sie …«

»Meiners-Vormann«, verbesserte Sven Oltmanns' Stellvertreterin ihn sofort. »Mein Name ist Meiners-Vormann.«

»Gut, also Frau Meiners-Vormann, wir benötigen unbedingt eine Liste aller Mitarbeiter des Hauses. Könnten Sie vielleicht so freundlich sein?«

Frau Meiners-Vormann nickte beflissen, dabei fiel ihr eine Strähne ihres dunkelblonden Haars in die Stirn.

»Ich drucke Ihnen sofort die Liste aus«, sagte sie und strich sich die Strähne mit einer routinierten Handbewegung hinters Ohr, bevor sie im Flur verschwand.

Hinrichs blickte zu Fuchs.

»Schieß los, was hast du gefunden?«

Fuchs nahm einen Ordner aus dem Aktenschrank und legte ihn aufgeschlagen vor Hinrichs auf den Tisch.

»Schau mal hier«, sagte er. »Hier sind Unterlagen über zwei ehemalige Bundeswohnungen in List, die ein guter Bekannter von uns erstanden hat.«

Er tippte mit dem Finger auf das Firmenlogo des obersten Blatts.

»Hans Weyde«, sagte Hinrichs und hob überrascht die Augenbrauen.

»Genau. Und der gute Herr Weyde hatte da, wie es aussieht, ein richtiges Schnäppchen gemacht. Schau dir mal den Kaufpreis an, für den er die Objekte vor fünf Jahren erstanden hat. Ich will nicht wissen, was die Häuschen heute wert sind.«

»Aber Weyde wird nicht der einzige Makler sein, der alte Bundesimmobilien erworben hat«, sagte Hinrichs und wies mit einer Handbewegung auf den Aktenschrank. »Da wird es doch noch mehr Interessenten gegeben haben. Normalerweise werden doch solche Verkäufe ausgeschrieben.«

Fuchs zuckte die Schultern und blätterte noch einmal in den Unterlagen.

»In diesem Fall finde ich hier aber nur das eine Angebot von Weyde.«

»Hmmmh«, brummte Hinrichs und rieb sich nachdenklich das Kinn. »Angenommen, Oltmanns wäre wirklich korrupt gewesen und hätte sein Amt ausgenutzt, um mit einigen Maklern krumme Geschäfte zu machen, dann hätten wir vielleicht einen ersten Ansatzpunkt. Das sollen die Kollegen gleich mal genauer überprüfen.«

»Vielleicht sind Oltmanns und Steinmann deswegen in Streit geraten«, sagte Fuchs. »Möglicherweise hatte Steinmann einen kleinen Erpressungsversuch gestartet.«

»Aber woher soll Hauke Steinmann davon gewusst haben?«, fragte Hinrichs.

»Na, unter Umständen lag eine Kopie des Vertrags in Weydes Tresor.«

»Und warum schreibt er davon dann nichts in seinem Abschiedsbrief?« Hinrichs wog skeptisch den Kopf. »Wenn er den überhaupt selbst verfasst hat.«

»Hier ist Ihre Liste!«

Frau Meiners-Vormann war zurückgekehrt und stand unsicher lächelnd an der Tür.

»Kommen Sie ruhig näher«, sagte Hinrichs und winkte sie mit einem gutmütigen Lächeln zu sich. »Sie brauchen keine Angst zu haben. Schließlich haben wir hier keinen Tatort.«

Frau Meiners-Vormann nickte und trat zu ihm an den Tisch.

»Die Liste ist vollständig«, sagte sie, während sie ihm den Ausdruck mit den Namen der Mitarbeiter reichte. »Ich habe noch mal alles genau überprüft, deswegen hat es ein bisschen länger gedauert.«

»Vielen Dank«, sagte Hinrichs und überflog kurz die Liste, bevor er sich zu seiner Aktentasche bückte. Er nahm das Foto aus Oltmanns' Wohnung heraus und hielt es Frau Meiners-

Vormann hin. »Erkennen Sie außer Herrn Oltmanns hier irgendjemanden?«

Frau Meiners-Vormann rückte ihre Brille zurecht und betrachtete gewissenhaft das Bild.

»Der hier, neben Herrn Oltmanns«, sagte sie und tippte mit dem Finger auf das Foto. »Das ist Herr Keunemann. Der arbeitet auch hier.«

Hinrichs nahm sich noch mal die Namensliste vor.

»Andreas Keunemann?«

»Ja, genau. Er arbeitet bei uns im Facility-Management. Vorrangig im Außendienst.«

»Facility-Management?« Hinrichs sah sie fragend an.

»Hausverwaltung«, sagte Fuchs.

»Also ist dieser Keunemann Hausmeister«, meinte Hinrichs.

»Oh, nein«, entgegnete Frau Meiners-Vormann mit wichtiger Miene. »Facility-Management umfasst einiges mehr. Neben Gebäude- und Hausverwaltung gehört zum Beispiel auch die bauliche Betreuung dazu. Inzwischen ist Facility-Management sogar eine eigene Wissenschaft mit Hochschulstudium.«

Hinrichs sah sie ungläubig an.

»Und was macht dann so ein studierter Mensch wie Herr Keunemann im Außendienst?«, fragte er. »Hat er dabei vielleicht auch regelmäßigen Kontakt zu den ansässigen Maklern?«

»Nein, nein«, sagte Frau Meiners-Vormann eilig. »Also, Herr Keunemann ist so eine Art …«, erneut machte sie eine kleine Pause, »… so eine Art Hausmeister.«

»Dann würde ich jetzt gerne mal den Hausmeister im Außendienst sprechen«, sagte Hinrichs und lehnte sich in Oltmanns' Bürostuhl zurück.

⚓

Am Nachmittag hatte der Wind noch einmal ordentlich aufgefrischt und traf vereinzelt mit schweren Sturmböen aus Südwest auf die Insel. Kein Grund für Gunda und Benning, auf ihre gewohnte Laufrunde zu verzichten. Ganz im Gegenteil, sie liebten es förmlich, sich den Elementen entgegenzustemmen. Die pure Natur, die sie forderte und ihnen gleichzeitig auch so viel zurückgab, zog sie gerade bei so einem Wetter immer wieder hinaus. Und dann erst das herrliche Gefühl, wenn man hinterher bei einem heißen Tee gemütlich in der Stube saß.

Zum Einlaufen nutzten sie wie gewöhnlich den Rückenwind aus und folgten der alten Inselbahntrasse in Richtung Norden.

»Du hast mir noch gar nichts von dem Mörder erzählt«, sagte Gunda. »In der Zeitung hast du was von einem nahen Angehörigen geschrieben, der Frau Steinmann und den Makler getötet haben soll. Dem armen Hauke bleibt aber auch gar nichts erspart. Ich wusste gar nicht, dass er noch Verwandte auf der Insel hat.«

»Hatte er auch nicht«, sagte Benning.

»Aber ich bin mir sicher, dass von einem nahen Angehörigen die Rede …« Gunda stockte und blieb stehen. »Wieso eigentlich hatte?«

Benning sah sie ernst an.

»Derzeit sprechen alle Indizien dafür, dass Hauke selbst der Täter war, das hat er zumindest in seinem Abschiedsbrief zugegeben.«

»Abschiedsbrief?«, fragte Gunda bestürzt. »Heißt das, dass er sich umgebracht hat?«

»Ja, er ist wohl mit seiner Schuld nicht zurechtgekommen.«

Langsam setzten sie sich wieder in Bewegung und unterhielten sich über das schlimme Schicksal der Familie Steinmann.

Auf Höhe des alten Kampener Quermarkenfeuers änderten sie die Richtung. Auf der Ostseite und in unmittelbarer Nähe zum Watt konnten sie noch einige Zeit halbwegs geschützt gegen die Windrichtung laufen. Das eben noch allgegenwärtige Rauschen der Brandung wich nun mit jedem Schritt, den sie weiter in Richtung Osten machten, einer ungewohnten Stille.

»Hauke war aber nicht der Mann, den ich letztens vor deinem Haus gesehen habe«, sagte Gunda auf einmal und sah ihn eindringlich an. »War dann wohl doch nur ein harmloser Spaziergänger, der mir so einen Schreck eingejagt hat. Ich bin aber auch ein alter Angsthase.«

»Ach was«, sagte Benning. »Es kann heutzutage nie schaden, wachsam zu sein. Es passiert ja nun wirklich schon genug.«

Sie unterhielten sich über die brutalen Übergriffe auf Passanten in U-Bahnhöfen, von denen immer wieder in den Medien berichtet wurde. Benning verpasste dabei unbewusst die Abzweigung zum Wiesenweg, die sie sonst immer aus einem ganz bestimmten Grund nahmen.

Plötzlich blieb Gunda abrupt stehen. Wie zur Salzsäule erstarrt, stand sie vor einem kleinen unscheinbaren Holztor, das zwischen hohen Syltrosenhecken schief in den Angeln hing. Der weiße Anstrich war verwittert und löste sich bereits an einigen Stellen ab.

Verdammter Mist, dachte Benning, als er bemerkte, was passiert war.

»Komm«, sagte er und versuchte, Gunda sanft weiterzuschieben. »Lass uns einfach weiterlaufen.«

Doch Gunda ließ sich keinen Millimeter bewegen. Mit teilnahmslosem Blick starrte sie weiter auf jenen imaginären Punkt hinter der verwilderten Hecke und kratzte sich gedankenverloren über die Narbe an ihrem rechten Handgelenk.

Benning folgte ihrem Blick zu der Stelle, wo keine zehn Meter von ihnen entfernt, hinter hohen Hecken verborgen, jener unterirdische Bunker lag, in dem sie fast verblutet wäre.

Behutsam legte er ihr den Arm um die Schultern.

»Es ist alles gut«, sagte er leise. »Du musst keine Angst mehr haben.«

Ein lauter Schlag ließ sie zusammenfahren. Wie von Geisterhand öffnete sich in dem Moment das Tor, um kurz darauf krachend zuzuschlagen.

Gunda wand sich aus seinen Armen.

»Bitte, lass uns schnell von hier verschwinden«, sagte sie, während sie ängstlich ein paar Schritte zurückwich. Dann drehte sie sich um und rannte los.

27

Robert Benning wälzte sich aus dem Bett und blieb müde auf der Bettkante sitzen. Er fuhr sich mit den Händen durchs Haar und warf einen frustrierten Blick zum Fenster, gegen das der stürmische Südwestwind in regelmäßigen Abständen den Regen klatschte. Letztes Jahr war er extra mit seinem Schlafzimmer hierüber gezogen, weil ihn nebenan immer die grelle Morgensonne geweckt hatte. Natürlich hätte er auch dunkle Jalousien anbringen können, doch die mochte er noch weniger.

Er blickte auf den Radiowecker, der neben dem Bett auf einem niedrigen Nachttisch stand. Zwanzig vor sieben, in einer Viertelstunde wäre er ohnehin aufgestanden. Er hatte sich vorgenommen, Gunda mit einem schönen Frühstück zu überraschen, bevor sie zur Arbeit musste. Benning schloss die Augen und stellte sich den mit ofenwarmen Brötchen, Eiern und Marmelade gedeckten Frühstückstisch vor. Er konnte schon förmlich den Duft des frischen Kaffees riechen.

Er stutzte irritiert und atmete tief ein. Es roch tatsächlich nach Kaffee. Und hörte er da nicht auch entfernt das Klappern von Geschirr?

Gunda!

Eilig sprang Benning auf. Das war's dann wohl mit der geplanten Überraschung. Doch was um alles in der Welt machte Gunda bereits in der Küche? Nachdem es gestern Abend doch ziemlich spät geworden war, hätte er niemals so früh mit ihr gerechnet. Er überlegte kurz. Es musste bestimmt schon drei Uhr gewesen sein, als sie endlich ins Bett gegangen waren. Der blöde Vorfall in Kampen hatte Gunda ordentlich auf den Magen geschlagen. Beim Abendessen hatte sie nur in ihrem Fisch herumgestochert, dabei hatte er sich solche Mühe mit ihrer Leibspeise gegeben.

In den nachfolgenden Stunden hatten sie noch lange bei Rotwein und leiser Musik zusammengesessen und geredet.

Benning zog sich ein Sweatshirt über und tappte langsam die Treppe hinunter.

»Guten Morgen, Robbie!«

Gunda sah ihn gutgelaunt an, als er das Esszimmer betrat. Wie es aussah, vertrug sie den Rotwein weitaus besser als er.

»Du bist ja schon auf«, sagte Benning und küsste sie sanft auf die Wange, bevor er sich neben sie setzte. Er ließ seinen Blick über den fertig gedeckten Frühstückstisch schweifen.

»Eigentlich wollte ich dich ja damit überraschen«, sagte er. »Sogar beim Bäcker bist du schon gewesen, und das bei dem Schietwetter.«

»Ich konnte eh nicht mehr schlafen, und da bin ich einfach los«, sagte Gunda mit einem milden Lächeln. »Dafür bist du dann das restliche Wochenende dran.«

Benning nickte und griff nach der Kaffeekanne.

»Ist wirklich alles in Ordnung?«, fragte er besorgt.

»Ja, alles gut. Mach dir keine Gedanken. Das Reden hat gestern gutgetan. Danke.«

Sie strich ihm sanft über die Wange.

»Wenn noch irgendetwas –«, sagte er eilig, während er sich Kaffee einschenkte, wurde aber sofort von ihr unterbrochen.

»Ich weiß, ich weiß. Du musst dir wirklich keine Sorgen machen.«

Sie steckte sich den Rest des Croissants in den Mund und warf einen Blick auf die Wanduhr.

»Ich werde mich lieber schon mal fertig machen«, sagte sie und spülte mit einem Schluck Kaffee den Bissen hinunter. Sie warf einen Blick zum Fenster, während sie langsam aufstand.

»Bei dem Wetter werde ich sicher nicht so leicht einen Parkplatz finden. Ich habe keine Lust, klitschnass an der Rezeption zu stehen.«

»Ich hätte da noch mein altes Ölzeug im Keller«, rief Benning ihr hinterher. »Damit würdest du dort sicher eine gute Figur machen. So richtig maritim, das würde den Gästen bestimmt gefallen.«

»Ha, ha«, rief Gunda von oben zurück, bevor sie in ihrem Appartement verschwand.

Bennings Kopf dröhnte ganz schön, mit Rotwein hatte er wirklich seine Probleme. Heute reichte ihm ein halbes Brötchen, dafür trank er umso mehr Kaffee. Nachdem er fertig war, schob er den Teller beiseite und beugte sich zu seinem Sekretär hinüber. Er angelte eine Gittermappe aus einem Stapel Unterlagen und schlug sie auf. Nachdenklich blätterte er durch seine Notizen. Irgendwie hatte er immer noch so ein eigenartiges Gefühl wegen des nicht unterschriebenen Abschiedsbriefs von Hauke Steinmann. Hinrichs hatte sich nicht mehr gemeldet. Für ihn war der Fall offenbar wirklich abgeschlossen, und er wartete wahrscheinlich nur noch auf das Obduktionsergebnis, das er ihm dann unter die Nase reiben würde.

»Dann werde ich halt schon mal den Abschlussartikel vorbereiten«, sagte er leise zu sich selbst. Vielleicht erhielt er ja heute noch eine Nachricht von Hinrichs, dann könnten sie den Artikel noch in die morgige Samstagsausgabe bekommen.

»Da bin ich schon wieder«, sagte auf einmal Gunda hinter ihm und ließ ihn zusammenfahren. Dabei rutschte ein Blatt aus der Mappe und fiel genau vor Gundas Füße.

»Musst du dich so anschleichen?«, fragte er verärgert.

»Ich habe mich nicht angeschlichen«, antwortete Gunda, während sie das Blatt aufhob. »Du warst wahrscheinlich zu sehr in deine Unterlagen vertieft. Was ist das überhaupt?«

Sie warf einen Blick auf das Blatt und wurde kreidebleich.

»Das ist der Kerl«, sagte sie aufgeregt. »Der hier auf dem Foto.«

Benning sah sie überrascht an und betrachtete das Blatt, bei dem es sich um die Kopie des Fotos aus Oltmanns' Wohnung handelte.

»Welcher Kerl?«, fragte er. »Was meinst du?«

Gunda tippte mit dem Finger auf den Mann neben Sven Oltmanns.

»Na, der hier. Das ist der, den ich neulich Abend hier am Haus gesehen habe.«

»Bist du sicher?«

»Ganz sicher«, antwortete Gunda. »Diese Adlernase. Kein Zweifel, das ist er.«

»Die Kopie ist nicht gerade die beste«, sagte Benning skeptisch.

»Ich habe ihn auch nur undeutlich gesehen«, sagte Gunda. »Aber diese Silhouette … Nein, das ist er, hundertpro!«

Benning betrachtete die Kopie noch einmal genau.

»Was ist das überhaupt für ein Foto?«, fragte Gunda.

»Ach, das habe ich von Michael«, sagte er rasch. »Die Polizei ermittelt gerade gegen diese Gruppe. Irgendwelche Neonazis, die hier auf der Insel ihr Unwesen treiben sollen. Du weißt doch, wie sensibel das Thema im Moment wegen der NSU-Morde ist. Vielleicht schreibe ich als Nächstes darüber.«

»Und so einer schleicht hier nachts durch die Straßen?«, fragte Gunda besorgt. »Da kann man ja richtig Angst bekommen.«

»Die Polizei ist ja schon dran«, sagte Benning.

»Hoffentlich ohne Pannen«, erwiderte sie. »Jetzt muss ich langsam los, sonst muss ich wirklich auf dein Angebot mit dem Ölzeug zurückkommen.«

Sie gab ihm einen Kuss auf die Wange, und kurz darauf hörte Benning, wie die Haustür ins Schloss fiel.

Noch einmal nahm er sich die Fotokopie vor und betrachtete eingehend den Mann mit der Adlernase. Von ihm hieß es, dass er regelmäßig mit Okke Hansen zu Angeltouren hinausfuhr. Merkwürdig, dachte er. Vorausgesetzt, dass Gunda sich nicht getäuscht hatte, dann hatte sie diesen Mann just an jenem Abend vor seinem Haus gesehen, als dort auch das zweite Päckchen mit Oltmanns' Skalp abgelegt worden war. Und zufällig kannte dieser Mann auch Sven Oltmanns. Und Hauke!

Benning spürte auf einmal ein flaues Gefühl im Magen, das nicht von zu viel Rotwein und zu wenig Essen herrührte. So viele Zufälle und ein nicht unterschriebener Abschiedsbrief ... Mit einem Mal wünschte er sich inständig, dass Hinrichs endlich anrufen und Entwarnung geben würde.

Langsam drehte er die Fotokopie um und blickte auf den Namen, den er dort nach seinem Besuch bei Okke Hansen notiert hatte.

»Andreas Keunemann«, las er und stand langsam auf, um seinen Laptop aus dem Sekretär zu holen. Vielleicht konnte er ja im Internet herausfinden, wo genau dieser Andreas Keunemann wohnte.

28

Andreas Keunemann?«, fragte Hinrichs und sah von seinem Monitor auf.

»Ja, Frau Meiners-Vormann hat mir gesagt, dass ich mich bei Ihnen melden soll.«

»Das ist richtig«, sagte Hinrichs und stand auf. Er reichte Keunemann die Hand, bevor er sich vorstellte.

»Hinrichs, und das ist mein Kollege Oberkommissar Fuchs. Sie waren ja gestern leider unterwegs, als wir in Ihrer Dienststelle waren. Schön, dass Sie es so schnell einrichten konnten. Nehmen Sie doch Platz.«

Er wies auf den Besucherstuhl neben den Schreibtischen.

»In Hörnum gab es einiges zu erledigen«, sagte Keunemann und setzte sich. »Die alten Bundeswohnungen kommen immer mehr in die Jahre und machen entsprechend Arbeit, aber nun bin ich ja hier. Ich schätze mal, wegen Herrn Oltmanns. Furchtbare Sache.«

Hinrichs nickte.

»Genau«, sagte er und sah Keunemann ernst an. »Wir hoffen, dass Sie uns etwas mehr zu seinem Tod sagen können.«

»Ich?«, fragte Keunemann und lachte unsicher. »Wie kommen Sie denn dabei ausgerechnet auf mich?«

»Weil Sie unseres Wissens der einzige Mitarbeiter sind, der auch nach Dienstschluss ganz dicke mit seinem Chef war«, antwortete Fuchs.

»Wie bitte?« Keunemann sah sie überrascht an. »Ich verstehe nicht ganz.«

»Herr Keunemann«, sagte Hinrichs. »Bitte keine Spielchen.« Er zog das Foto aus Oltmanns' Wohnung aus der Ermittlungsakte, die vor ihm auf dem Tisch lag, und hielt es Keunemann vor die Nase. »Oder sind Sie das etwa nicht hier auf dem Foto?«

Für einen kurzen Moment sah Keunemann ihn wortlos an, bevor er sich mit einem schiefen Grinsen zurücklehnte und demonstrativ die Arme vor der Brust verschränkte.

»Und? Ist es jetzt schon verboten, mit seinem Chef die Hobbys zu teilen?«

»Mitnichten«, sagte Hinrichs und blickte auf das Foto. »Obwohl ich mir das bei manchen Hobbys ...« – er zeichnete bei dem Wort Hobbys zwei Gänsefüßchen in die Luft – »... wirklich wünschen würde.«

»Zum Glück leben wir in einem Rechtsstaat«, sagte Keunemann. »Aber das muss ich einem Gesetzeshüter ja nicht erklären.«

»Genau«, sagte Hinrichs, ohne auf den provozierenden Unterton Keunemanns einzugehen. »Aber wo wir schon beim Recht sind, es würde mich doch interessieren, wie weit rechts Sie sind? Haben Sie Kontakte zum NSU?«

Keunemann lachte lauthals.

»Der ist gut«, rief er. »Wenn man ein wenig heimattreu ist und für Nationalstolz eintritt, gehört man also gleich zum NSU.«

»Um Gottes willen«, sagte Hinrichs. Er hob abwehrend die Hände. »So habe ich das nicht gemeint. Aber man wirft ja gerne mal was in den Raum, um die Reaktion darauf zu beobachten.«

»Sehr schön«, sagte Keunemann und lehnte sich wieder zurück. »Dann haben Sie ja sicher gemerkt, wie gelassen ich reagiert habe.«

»Mal sehen, wie lange Sie noch so gelassen bleiben«, sagte Fuchs. »Vielleicht sieht das bald ganz anders aus, wenn die KTU feststellt, dass die Pistole, die wir in der Wohnung Ihres Chefs gefunden haben, einer Straftat zugeordnet werden kann.«

Brillant, dachte Hinrichs. Fuchs hatte manchmal absolut geniale Einfälle. Die verschwundene Pistole derart ins Spiel zu bringen, gehörte dazu. Hinrichs hatte Keunemann die ganze Zeit genau beobachtet, ohne jede Regung hatte der auf Fuchs' Äußerungen reagiert. Möglicherweise wusste er ja, dass die Waffe keine Gefahr für ihn darstellte, weil er sie selbst hatte.

»Sie wissen doch, welche Pistole wir meinen?«, fragte er. »Sie waren sicher oft genug in Herrn Oltmanns' Wohnung, oder?« Noch bevor Keunemann antworten konnte, winkte er schon wieder ab. »Aber das wissen wir ja sowieso bald ganz genau, wenn wir Ihre Fingerabdrücke mit den Spuren dort verglichen haben.«

»Natürlich war ich ab und zu mal dort«, sagte Keunemann und zuckte mit den Schultern. »Das streite ich ja auch nicht ab. Aber ...«

Mit einer Handbewegung unterbrach ihn Hinrichs.

»Dann werden Sie sicher auch mal die Pistole in den Händen gehabt haben, oder? Und sicher ohne Handschuhe?«

»Kann schon sein«, sagte Keunemann ungerührt.

»Demnach könnte es auch Fingerspuren von Ihnen an einer Waffe geben, die möglicherweise bei einem Gewaltverbrechen benutzt wurde.«

»Denken Sie doch, was Sie wollen«, sagte Keunemann und verschränkte wieder die Arme vor der Brust. »Mir können Sie überhaupt nichts anhängen.«

»Dann erzählen Sie doch mal«, sagte Fuchs und übernahm nun die Befragung. »Wann haben Sie Ihren Chef das letzte Mal gesehen? Oder Ihren Kameraden, ganz, wie Sie wollen.«

Keunemann blickte kurz zur Decke, als müsste er überlegen.

»Letzte Woche Donnerstag«, sagte er mit ruhiger Stimme. »Bei der Arbeit.«

»Und nach der Arbeit nicht mehr? Oder am Wochenende?«

Keunemann schüttelte den Kopf.

»Nein, wir treffen uns immer dienstags.«

»Soso. Nur Sie beide oder die ganze Truppe?«

»Wir alle«, erwiderte Keunemann. »Dienstags ist Gruppentreffen.«

»Und das hier sind alle?« Fuchs tippte auf das Foto.

Keunemann warf einen kurzen Blick auf das Bild.

»Sieht so aus.«

»Wo und wann genau finden diese Treffen statt?«, fragte jetzt Hinrichs.

»In List. Meistens abends. Die genaue Uhrzeit legen wir immer kurzfristig fest.«

»Und wo in List?«, fragte Hinrichs und fügte verärgert hinzu: »Mensch, Keunemann, lassen Sie sich doch nicht alles aus der Nase ziehen!«

»*Herr* Keunemann«, antwortete dieser mit einem überheblichen Grinsen. »So viel Zeit muss sein.«

»Also, Herr Keunemann«, sagte Hinrichs. »Wo ist Ihr Treffpunkt in List?«

»Das ist unterschiedlich. Mal bei einem Kameraden …« Bei dem Wort Kameraden bedachte er Fuchs mit einem spöttischen Lächeln. »Mal in 'ner Kneipe am Hafen.«

Hinrichs nickte und betrachtete das Foto.

»Ganz schön jung, Ihre Truppe«, sagte er. »Sind die schon alle volljährig?«

»Herr Kommissar«, sagte Keunemann gedehnt und lehnte sich vor. »Wir machen nichts Verbotenes und nichts, was einer Volljährigkeit bedarf. Ganz im Gegenteil: Wir sind nämlich diejenigen, die sich um unsere Jugend kümmern und sie von der Straße holen. Wo sollen die armen Jungs denn sonst hin? Die Discos sind nicht nur teuer, sondern auch voller Touris, die dort mit Geld nur so um sich schmeißen. Jugendtreffs gibt's ja schon lange nicht mehr, und den Sportvereinen fehlen zunehmend die Trainer. Und wer tut etwas dagegen? Niemand! Die sozialen Strukturen fallen in sich zusammen, und kein Schwein interessiert das.«

Hinrichs hob die Augenbrauen.

»Sie könnten ja glatt die Fraktion wechseln«, sagte er. »Wenn man Ihnen so zuhört.«

Keunemann sah ihn verständnislos an.

»Na, Sie haben sicher schon von den Insianern gehört«, sagte Hinrichs. »Die verfolgen fast genau die gleichen Ziele.«

»Pah«, erwiderte Keunemann verächtlich. »Diese Waschlappen. Die reden bloß. Alles nur heiße Luft!«

»Ach so«, sagte Fuchs und lehnte sich zu Keunemann hinüber. »Und was machen Sie so mit Ihrer kleinen Kampfsportgruppe? Außer heißer Luft?«

Keunemann kniff die Augen zusammen und sah Fuchs wortlos an. Hinrichs, der ihn eingehend beobachtet hatte, spürte das erste Mal Unsicherheit in dessen Verhalten. Es kam ihm vor, als befürchtete Keunemann, sich zu verplappern.

»Was meinen Sie damit?«, fragte Keunemann und versuchte, sich offenbar mit dieser Gegenfrage etwas Luft zu verschaffen. Hinrichs fand, dass nun genau der richtige Zeitpunkt war, um die nächste Versuchsrakete zu starten.

»Kennen Sie zufällig einen gewissen Hans Weyde?«, fragte er.

Keunemann räusperte sich und schlug die Beine übereinander.

»Sie meinen sicher den Immobilienmakler aus List. Über ihn stand etwas in der Zeitung«, sagte er. »Sie wollen mich doch jetzt nicht im Ernst auch noch damit in Verbindung bringen. Allmählich wird es lächerlich. Erst der NSU, und jetzt sollen wir auch noch was mit dem Doppelmord vom Fliegerhorst zu tun haben?«

Er stieß ein verächtliches Lachen aus und beugte sich langsam vor.

»Ich sage Ihnen mal, was wir machen«, sagte er. »Wir erzeugen ein neues Nationalgefühl bei den Jungs. Das ist unser Credo. Erst wenn die jungen Generationen verstehen, was Heimat wirklich bedeutet, erst dann werden sie auch mit Überzeugung für sie eintreten. Im Großen wie im Kleinen. Und wir bringen ihnen ihre Heimat durch viele kulturelle Exkursionen näher.«

»Kulturelle Exkursionen?«, fragte Hinrichs. »Und das wären?«

»Sie brauchen gar nicht so abfällig zu tun«, sagte Keunemann. »Nur weil Sie uns gegenüber voreingenommen sind. Wir haben die gleichen Rechte wie Sie. Mir gefällt auch Ihre Ignoranz nicht. Wissen Sie eigentlich, auf welchem historischen Boden Sie sich hier befinden?« Er breitete die Arme aus. »Das alles ist ein Teil des ehemaligen Atlantikwalls. Teil eines fünftausend Kilometer langen Bollwerks, das einmal das Deutsche Reich schützen sollte.«

»Sie meinen das Tausendjährige Reich«, sagte Fuchs mit süffisantem Lächeln. »Fünftausend Kilometer für tausend Jahre. Nur gut, dass sich der böhmische Gefreite dabei etwas verrechnet hat.«

Keunemann kochte innerlich vor Wut, wie ihm unschwer anzusehen war.

»Das ist Ihre verdrehte Ansicht der Geschichte«, knurrte er. »Jedenfalls besichtigen wir mit den Jungs die vielen alten Bunker, die Seefliegerhorste und erklären ihnen den Zweck, den einst die Panzermauer am Westerländer Strand hatte. Sie sollen erkennen, dass auch schon vor langer Zeit alles versucht wurde, um das wertvolle Gut Heimat zu schützen. Erst wenn sie das verinnerlicht haben, sind sie auch in der Lage, dem Ausverkauf der Insel wirksam entgegenzutreten.«

»Also meinetwegen«, sagte Hinrichs, der keine Lust auf Diskussionen mit Ewiggestrigen hatte. »Wo waren Sie am zwölften Juli?«

»Am zwölften?«, fragte Keunemann gedehnt und rieb sich das Kinn.

»Letzte Woche Donnerstag«, sagte Hinrichs, um ihm auf die Sprünge zu helfen.

»Donnerstag?«, wiederholte Keunemann grübelnd. »Also, bis um vier war ich bei der Arbeit und danach wahrscheinlich zu Hause. Genau weiß ich das nicht mehr.«

»Kann das irgendjemand bezeugen?«, fragte Fuchs.

Keunemann schüttelte zögernd den Kopf.

»Ich wohne alleine«, sagte er und senkte den Blick. »Meine Frau ist letztes Jahr gestorben, seitdem lebe ich etwas zurückgezogen. Meistens gehe ich nach der Arbeit noch in den Garten, dann Abendbrot und fernsehen.« Mit traurigem Blick sah er zu Hinrichs auf. »Sie fehlt mir sehr.«

»Das tut mir leid«, sagte Hinrichs trocken. Keunemanns plötzliche Trauer wirkte auf ihn sehr konstruiert.

»Bei Herrn Oltmanns waren Sie an dem Abend also definitiv nicht?«

»Nein! Wie ich schon sagte, ich habe ihn zuletzt bei der Arbeit gesehen.«

»Gut, Herr Keunemann«, sagte Hinrichs. »Dann brauchen wir noch die Namen von allen, die hier auf dem Foto abgebildet sind. Außerdem auch die von allen Angehörigen Ihrer Truppe. Mein Kollege wird sich alles notieren.«

Er erhob sich schwerfällig von seinem Bürostuhl und drückte, beide Hände in die Hüften gestützt, angestrengt den Rücken durch. Anschließend trat er ans Fenster und blickte hinaus, während Fuchs jeden Namen, den Keunemann ihm nannte, wiederholte, bevor er ihn notierte.

Auf dem Kirchenweg, der an der Wache vorbeiführte, herrschte schon wieder ordentlich Verkehr. Offenbar war vor kurzem wieder ein Sylt-Shuttle eingetroffen und entließ nun seine Fracht in langen Autoschlangen in die Urlaubsorte.

»So, das hätten wir«, sagte Fuchs, woraufhin sich Hinrichs kurz umdrehte und ihm zunickte.

»Okay, das wäre dann erst mal alles«, sagte Fuchs zu Keunemann und begleitete ihn zur Tür. »Sie halten sich aber bitte weiterhin zu unserer Verfügung.«

»Selbstverständlich, Herr Kommissar«, sagte Keunemann und schlug grinsend die Hacken zusammen.

»Herr Oberkommissar«, erwiderte Fuchs. »So viel Zeit muss sein.«

Er schloss die Tür hinter Keunemann und sah Hinrichs an.

»Und, was meinst du?«, fragte er.

Hinrichs zuckte die Schultern.

»Irgendetwas verheimlicht er.«

»Aber was?«

»Wenn ich das nur wüsste«, sagte Hinrichs und zog sein Handy aus der Hosentasche. Drei verpasste Anrufe zeigte das Display, und alle waren von Robert.

29

Tut mir leid, Frau Meiners-Vormann«, sagte Keunemann schniefend und hustete vernehmlich ins Telefon. »Ich glaube, ich habe mich gestern in Hörnum etwas verkühlt. Ich bin gerade von der Polizei zurück und gehe jetzt nur noch schnell zum Arzt. Montag bin ich sicher wieder auf dem Damm.« Er bedankte sich noch für die Genesungswünsche seiner Chefin und stellte das Telefon zurück in die Ladestation. Jetzt musste es schnell gehen. Wahrscheinlich schwirrten just in diesem Moment sämtliche Polizisten auf der Insel aus, um seine Jungs zu vernehmen. Er öffnete das E-Mail-Programm seines Computers und wählte die Kontaktgruppe Mjöllnir aus. Aus den angezeigten Adressen löschte er zunächst die von Thor. Die Polizei würde sicher bereits Zugriff auf den Rechner von Sven Oltmanns haben, und da wäre es nicht gut, wenn seine Warnmail an die Mitglieder von Mjöllnir dort gefunden würde. Die Jungs sollten wissen, dass die Polizei im Anmarsch war, nur so bestand zumindest etwas Hoffnung, dass sie sich nicht sofort verplapperten. Wenn die Polizei von ihren Sabotage- und Graffiti-Aktionen erfuhr, würde dieser Hinrichs mit seinem Kollegen sicher sofort wieder bei ihm auf der Matte stehen.

Nachdem er die Nachricht abgeschickt hatte, ging er nachdenklich in seinem Wohnzimmer auf und ab und versuchte, die letzten Tage noch einmal minutiös durchzugehen. Im nächsten Verhör – und das würde es geben, dessen war er sich sicher – durfte er sich auf keinen Fall einen Hänger erlauben. Wenn er schon für gewisse Zeiträume keine hieb- und stichfesten Alibis aufweisen konnte, musste er wenigstens glaubwürdige Ausreden parat haben. Keunemann öffnete die oberste Schublade des Wohnzimmerschranks und nahm behutsam die Zigarrenkiste heraus, die er dort seit einigen Tagen unter einem Tuch verbarg, auf dem das Silberbesteck seiner Großeltern lag. Und wenn alle Stricke reißen sollten, dachte er, während er die Schachtel betrachtete, bleibt mir immer noch Plan B. Er öffnete den Deckel und schlug ein kleines Baumwolltuch zur Seite. Vor ihm lag, durch einen feinen Ölfilm mattschwarz glänzend, eine P38. Keunemann nahm die Pistole behutsam heraus und rieb sie sorgfältig mit dem Tuch ab. Als Nächstes entnahm er das Magazin und betrachtete es eingehend. Es enthielt vier Patronen. Patronen, die er damals als Wehrpflichtiger bei der Bundeswehr hatte mitgehen lassen. Mit einer routinierten Handbewegung zog er den Verschluss zurück, blickte in das leere Patronenlager und ließ den Verschluss wieder nach vorne schnellen. Die nächsten Handgriffe zum Entspannen und Sichern der Waffe beherrschte er auch nach all den Jahren noch aus dem Effeff. Zufrieden setzte er das Magazin wieder ein. Noch einmal musterte er die alte Wehrmachtspistole von allen Seiten. Sven Oltmanns, der sie von seinem Großvater geerbt hatte, hatte das gute Stück wirklich prima in Schuss gehalten.

Er hob die Pistole mit beiden Händen und schwenkte sie durch den Raum, während er verschiedene Gegenstände seiner Einrichtung anvisierte. Fühlt sich gut an, dachte er und ließ die Waffe langsam sinken, um sie dann sofort wieder hochzureißen. In einer raschen Neunziggradwende drehte er sich zum Wohnzimmerfenster und zielte hinaus.

»Verdammt!«

Hastig riss Keunemann die Pistole herunter und drückte sich nach rechts gegen die Wand.

»Was will der denn hier?«

Er hatte den Mann, der von der anderen Straßenseite verstohlen zu seinem Haus herübergeblickt hatte, sofort erkannt. Langsam schob er sich zum Fenster und lugte vorsichtig zwischen den seitlich gerafften Gardinen hindurch.

Robert Benning schlenderte scheinbar teilnahmslos die Straße weiter hinunter und entschwand kurz darauf aus Keunemanns Blickfeld.

Keunemann biss sich auf die Unterlippe. Ob dieser Benning seine Zielübungen gesehen hatte? Er legte die Pistole auf den Couchtisch, eilte zur Haustür und öffnete sie einen Spalt. Von hier aus konnte er nahezu die gesamte Graf-Spee-Straße hinunterblicken, doch von Benning war nichts mehr zu sehen.

Ohne Eile trat er vor die Tür und tat so, als wollte er etwas aus seinem Wagen holen, der vor dem Haus auf der Straße parkte. Er öffnete den Kofferraum des silberfarbenen Mercedes SLK und blickte verstohlen zum Haus zurück. Nein, dieser neugierige Reporter konnte ihn unmöglich gesehen haben, dafür spiegelten die Scheiben des Wohnzimmerfensters zu stark im Gegenlicht. Erleichtert schlug er den Kofferraumdeckel wieder zu und ging ins Haus zurück.

Im Wohnzimmer ließ er sich in den Sessel fallen, nahm die Pistole vom Tisch und betrachtete sie nachdenklich von allen Seiten. Vielleicht hätte er diesen neugierigen Reporter doch lieber aus der ganzen Sache heraushalten sollen, zumal er ja in der Nachbarschaft wohnte. Dass der jetzt plötzlich hier bei ihm vor der Tür aufgetaucht war, konnte eigentlich nur bedeuten, dass dieser Benning aus irgendeinem Grund auf ihn aufmerksam geworden war. Hatte am Ende Bennings Tochter ihn an jenem Abend doch erkannt?

⚓

Nix wie nach Hause, dachte Benning mit einem beunruhigten Blick nach Westen, wo sich bereits die nächste schwarze Regenwand bedrohlich auftürmte. Fröstelnd schlug er den Kragen seiner Jacke hoch und bog von der Boy-Truels-Straße nach rechts in die Norderstraße ein. Nachdem Hinrichs ewig nicht ans Telefon gegangen war, hatte er nach der Adresse von Andreas Keunemann gegoogelt und war auch sofort fündig geworden. Okke Hansen hatte recht gehabt, Keunemann wohnte tatsächlich in der Marinesiedlung, nur eine Querstraße von Bennings Haus entfernt.

Benning eilte die Norderstraße hinauf, als es plötzlich in seiner Hosentasche vibrierte. Er zog sein Smartphone aus der Tasche und blickte aufs Display. Es war Hinrichs.

»Michael! Endlich! Ich versuche schon die ganze Zeit, dich zu erreichen. Wenn wir noch in die morgige Ausgabe wollen, müssen wir uns etwas beeilen.«

»Deswegen rufe ich an«, sagte Hinrichs am anderen Ende der Leitung. »Bist du zu Hause?«

»Ja, natürlich, aber …«

»Gut, ich bin gleich bei dir«, unterbrach Hinrichs ihn, und ehe Benning noch was sagen konnte, hatte er schon wieder aufgelegt.

Benning hatte gerade seine Jacke an der Garderobe aufgehängt, als es auch schon an der Tür klingelte.

»Hallo, Michael, da bist du …«

Benning hielt inne und blickte Hinrichs verwundert hinterher. Ohne ein Wort war er an ihm vorbeigestürmt und im Esszimmer verschwunden.

»Komm doch rein«, rief er ihm nach und schloss die Tür.

Hinrichs hatte bereits am Tisch Platz genommen und blickte ihm erschöpft entgegen.

»Du ahnst ja nicht, was bei uns los ist«, sagte er.

»Keine Angst«, sagte Benning. »Wir kriegen noch alles rechtzeitig in die Zeitung, ich habe schon mit der Ingwersen gesprochen. Es wäre natürlich einfacher gewesen, wenn du dich vielleicht etwas eher gemeldet hättest. Gestern habe ich den ganzen Tag auf eine Nachricht von dir gewartet.«

»Ich weiß«, sagte Hinrichs. »Aber aus dem Artikel wird erst mal nichts.«

Benning, der gerade in die Küche gehen wollte, blieb abrupt stehen und sah Hinrichs irritiert an.

»Wieso?«, fragte er erstaunt. »Ich denke, der Fall ist so gut wie gelöst?«

Hinrichs winkte ab.

»Schön wär's«, sagte er. »Wir stehen wieder ganz am Anfang. Deswegen ist bei uns ja der Teufel los!«

»Aber ich denke, es ist Hauke gewesen?«, fragte Benning, während er sich mit besorgter Miene neben Hinrichs setzte.

»Jaja«, sagte Hinrichs. »Hauke hat auch etwas damit zu tun. Aber was hat Hauke? Gestanden? Ja, vielleicht. Seine Mutter und Weyde ermordet? Ja, mit Sicherheit. Oltmanns getötet? Möglicherweise. Selbstmord begangen? Auf keinen Fall!«

»Wie bitte?«, fragte Benning überrascht.

»Der gute Hauke ist auch ermordet worden«, sagte Hinrichs und berichtete in wenigen Worten von dem Ergebnis der Obduktion.

»Und jetzt, wo auch noch unser Täter ermordet wurde, bin ich von seinem Geständnis auch nicht mehr so überzeugt.«

»Ich hatte ja gleich so ein komisches Gefühl«, sagte Benning.

Hinrichs hob die Schultern.

»Wir kümmern uns erst mal verschärft um diese rechte Gruppierung um Sven Oltmanns. Ich wüsste im Moment nicht, wo wir sonst ansetzen könnten. Dabei sind wir übrigens auf einen Arbeitskollegen von Oltmanns gestoßen. Er arbeitet als Hausmeister bei der BImA.«

Benning warf Hinrichs einen interessierten Blick zu.

»Aha«, sagte er. »Und wie seid ihr auf ihn gestoßen?«

»Seine Chefin hat ihn auf dem Foto erkannt. Du weißt doch, das aus Oltmanns' Wohnung.«

Benning schluckte. Auf dem Foto gab es vom Alter her nur einen, der hierfür in Frage kam: Andreas Keunemann. Alle anderen waren deutlich zu jung.

Benning überlegte für den Bruchteil einer Sekunde, ob er Hinrichs erzählen sollte, dass Gunda genau diesen Keunemann ebenfalls auf dem Foto wiedererkannt hatte. Doch lagen der Polizei genug Beweise vor, um ihn in irgendeiner Weise aus dem Verkehr zu ziehen? Wahrscheinlich nicht. Den Ermittlern waren die Hände gebunden. Doch stellte Keunemann eindeutig eine Gefahr für Gunda dar, wenn er tatsächlich tiefer in der Sache drinstecken sollte. Benning beschloss in diesem Augenblick, dass er die Sache selbst in die Hand nehmen musste.

»Robert?« Hinrichs sah ihn besorgt an. »Alles in Ordnung? Du bist ja kreidebleich.«

»Ja, natürlich«, sagte Benning hastig. »Alles gut. Ich habe nur letzte Nacht etwas schlecht geschlafen. Habt ihr denn schon was gegen diesen …« – Benning biss sich auf die Zunge. Fast wäre ihm Keunemanns Name herausgerutscht –, »… diesen Hausmeister in der Hand?«

»Ach was!« Hinrichs schüttelte heftig den Kopf. »Nicht das Geringste.«

⚓

Hinrichs zog die Haustür hinter sich ins Schloss und ging zu seinem Wagen, den er vor dem Gebäude der BImA abgestellt hatte. Auf dem Weg wäre er fast mit Frau Meiners-Vormann zusammengeprallt, die auf den Gehweg gestürmt war.

»Hoppla«, sagte Hinrichs und machte einen Schritt zurück. »Sie haben es aber eilig!«

»Oh, Herr Kommissar!« Sie lächelte ihn an. »Entschuldigen Sie bitte, aber ich darf auf keinen Fall meinen …« Sie stockte und blickte mit großen Augen dem Bus hinterher, der soeben in Richtung Stadtmitte an ihnen vorbeirauschte.

»Mist! Jetzt komme ich erst in zwei Stunden nach Hause.«

»Müssen Sie zum Bahnhof?«, fragte Hinrichs.

»Ja, mein Zug fährt gleich.«

»Sie sitzen an der Quelle und wohnen noch auf dem Festland?« Hinrichs sah sie mit einem verschmitzten Lächeln an, während er die Tür von seinem Wagen aufschloss. »Kommen Sie, ich nehme Sie mit. Wollte sowieso gerade zur Wache zurück.«

»Sie sind ein Engel«, rief sie, und die Erleichterung war ihr deutlich ins Gesicht geschrieben.

Sie stiegen ein, und während Frau Meiners-Vormann sich anschnallte, sagte sie: »An der Quelle sitzen ist gut. Das macht die Wohnungen auch nicht billiger. Und Bundeswohnungen zur Miete gibt's so gut wie keine mehr. Aber, wo wir uns schon getroffen haben, sagen Sie, war Herr Keunemann denn heute Morgen pünktlich?«

»Ja«, erwiderte Hinrichs, während er den Wagen durch den Kreisverkehr am Sylter Roland lenkte. »Pünktlich wie die Maurer. Sie haben den Laden ja gut im Griff.«

Frau Meiners-Vormann lächelte.

»Dann bin ich froh, dass er es noch geschafft hat«, sagte sie. »Er hat sich danach nämlich krankgemeldet.«

»Aha«, sagte Hinrichs und hob überrascht die Augenbrauen. »Ich hoffe, es ist nichts Schlimmes?«

»Erkältung«, antwortete sie. »Der Arme hat sich gar nicht gut am Telefon angehört.«

»Na, dann wollen wir mal hoffen, dass er schnell wieder auf die Beine kommt«, sagte Hinrichs. Ist ja eigenartig, dachte er, während er den Wagen durch die Stadt manövrierte. Einen angeschlagenen Eindruck hatte Keunemann heute Morgen ganz und gar nicht gemacht, eher im Gegenteil.

Einige Minuten später wendete er den Wagen in einem weiten Bogen und hielt direkt neben dem Bahnhof.

»Vielen Dank«, sagte Frau Meiners-Vormann und stieg aus.

»Schönes Wochenende«, sagte Hinrichs.

»Das wünsche ich Ihnen auch«, sagte sie und schlug die Tür zu.

Hinrichs blickte ihr noch einen Moment hinterher, wie sie auf ihren hochhackigen Schuhen und in dem engen Kostüm eilig in Richtung Bahnsteig trippelte. Seiner Schätzung nach war Frau Meiners-Vormann Anfang vierzig, obwohl sie durch ihr streng zurückgebundenes Haar und die modische Vollrandbrille aus schwarzem Kunststoff mit den ovalen Gläsern etwas älter wirkte. Sie trug ein graues Business-Kostüm mit einem knielangen Rock, das ein wenig an seine Margit erinnerte. Sie hatte als Anlageberaterin einer großen Hamburger Bank auch immer solche Kostüme getragen. Damals war sie der Karriere wegen in Hamburg geblieben, als man ihn nach Sylt versetzt hatte. Danach hatten ihre gegenseitigen Besuche schnell nachgelassen, bis sie schließlich ganz ausblieben und stattdessen nur noch gelegentliche Treffen im Beisein ihrer Anwälte stattfanden. Zehn Jahre waren seit ihrer Scheidung nun schon vergangen. Wie die

Zeit doch rast, dachte er und legte entschlossen den ersten Gang ein. Jetzt galt es, Keunemann auf die Spur zu kommen.

»Na, dann werde ich mal schnell einen Krankenbesuch machen«, sagte er mit einem Blick in den Außenspiegel.

⚓

Andreas Keunemann fuhr erschrocken zusammen, als ihn die Türklingel aus seiner Zeitungslektüre riss. Leise erhob er sich von seinem Stuhl und spähte vorsichtig durch die offenstehende Küchentür in den dahinter liegenden Flur. Hinter dem kleinen quadratischen Fenster, das in Augenhöhe in der Tür eingelassen war, erkannte er die undeutlichen Umrisse eines männlichen Kopfs. Für einen Moment verschwand der Schatten hinter dem Fenster, und im gleichen Augenblick klingelte es erneut. Diesmal deutlich länger und fordernder.

Keunemann überlegte. Sollte er öffnen? Die Post konnte es um diese Zeit eigentlich noch nicht sein, und auch sonst erwartete er nichts und niemanden. Vielleicht war es ja einer seiner Kollegen, der ihm eine gute Besserung wünschen wollte? Aber das konnte er jetzt ganz und gar nicht gebrauchen.

Plötzlich war der Schatten wieder da, nur näherte er sich dem Fenster und füllte es schon fast aus. Keunemann zuckte zurück und lauschte. Für einen Moment war es totenstill. Dann hörte er Schritte, die sich langsam entfernten. Er blickte wieder vorsichtig zur Tür, doch der Besucher war offenbar gegangen. Erleichtert atmete Keunemann aus und schlich den Flur hinunter, wo er in der Gästetoilette verschwand, die direkt rechts neben der Haustür lag. Die dort auf halber Höhe am Fenster angebrachten Stores gaben einen idealen Sichtschutz ab. So konnte er gucken, wer ihn da besuchen wollte, ohne selbst gesehen zu werden. Langsam ließ er sich auf den

Deckel des Toilettensitzes sinken und spähte durch die Maschen der Vorhänge.

Das ist doch dieser dicke Kommissar von heute Morgen, dachte Keunemann. Wie hieß der noch? Ach ja, Hinrichs.

Er beobachtete, wie dieser zu seinem Wagen zurückging, und obwohl Keunemann hinter den engmaschigen Stores absolut unsichtbar war, zuckte er instinktiv zurück, als der Kommissar noch einmal zurückblickte.

Was will die Polizei denn schon wieder von mir?, fragte er sich, während Hinrichs in den Wagen stieg und davonfuhr.

Nachdenklich ging Keunemann in die Küche zurück. Erst der Zeitungsfritze und jetzt die Bullen. Woher kam dieses plötzliche Interesse an seiner Person, und woher wusste die Polizei überhaupt, dass er nicht bei der Arbeit war? Natürlich, die Meiners-Vormann musste ihnen das gesteckt haben. Aber aus welchem Grund hatte die Polizei so schnell noch mal nach ihm gefragt?

Keunemann setzte sich wieder an den Küchentisch und nippte grübelnd an seinem Kaffee. Bestimmt hatte sich einer seiner Dumpfbacken verplappert. Aber was wussten die schon? Wegen der Aktionen auf den Baustellen würde man sicher nicht so einen Aufriss machen.

Er stand auf und lief unruhig in der Küche auf und ab. Oder hatte er am Ende bei aller Vorsicht doch irgendwo eine winzige Spur zurückgelassen?

Nein, er musste jetzt auf Nummer sicher gehen. Vor allen Dingen durfte er keine Zeit mehr verlieren. Eine unübersehbare Spur musste jetzt zu den Insianern gelegt werden. So eindeutig und unübersehbar, dass sich niemand mehr für ihn interessieren würde. Er hatte auch schon eine Idee. Mit einem hinterhältigen Lächeln blickte er in den Garten hinaus. Eine Idee, die gleichzeitig auch noch das Zeugenproblem lösen würde.

30

Endlich Feierabend, dachte Gunda erleichtert und ließ die Tür zur Villa Meeresrauschen hinter sich zufallen. Sie stemmte die Hände tief in die Jackentaschen und ging zur Brüstung hinüber, von der man über die Promenade und den Strand auf die See blicken konnte. Sie schloss die Augen und ließ sich den frischen Nordseewind um die Nase wehen. Auch wenn ihre Gäste anderer Meinung waren, wie sie ihr heute wieder mal unmissverständlich zu verstehen gegeben hatten, liebte sie dieses Wetter. Den kräftigen Wind, der die Insel mit einem salzig klebrigen Film überzog und so herrlich um die Ecken pfiff. Dazu das laute Knattern der Flaggen, das von der Promenade heraufschallte, und im Hintergrund das allgegenwärtige Tosen der Brandung.

Was konnte schöner sein, als sich nach einem anstrengenden Arbeitstag mal so richtig durchpusten zu lassen und anschließend in der gemütlichen Wärme der heimischen Stube genüsslich heißen Tee zu schlürfen?

Langsam öffnete sie die Augen und blickte auf die Uhr am Häuschen der Kurkartenkontrolle. Gleich halb vier. Robbie war bestimmt schon längst unterwegs, um sein Laufründchen zu drehen. Wenn sie geahnt hätte, dass sie heute ausnahmsweise mal pünktlich loskommen würde, hätte sie ihn noch begleiten können, doch so blieb ihr nichts anderes übrig, als ihn zu Hause mit einem schönen Tässchen Tee zu erwarten.

Fröstelnd beobachtete sie, wie die brechenden Wellen den mitgebrachten Meeresschaum am Strand abluden, wo er sofort vom Wind auseinandergerissen und weitergetrieben wurde.

Mit beiden Händen zog sie den Kragen ihrer Jacke enger um den Hals, bevor sie sich auf den Weg zu ihrem Wagen machte, den sie gleich um die Ecke geparkt hatte. Ihre Entscheidung von heute Morgen, etwas eher loszufahren, hatte sich als goldrichtig erwiesen.

Sie hatte ihren Mini noch nicht ganz erreicht, als sie stutzte. Irgendwie kam es ihr vor, als ob ihr Wagen schief stand, die Fahrerseite schien tiefer zu liegen.

»Das darf doch nicht wahr sein«, sagte sie, als sie sich das Malheur aus der Nähe ansah. Sowohl der Vorder- als auch der Hinterreifen waren platt.

Wie kann denn das passieren? Ratlos betrachtete sie den Hinterreifen und entdeckte einen schmalen, circa zwei Zentimeter langen Schlitz direkt oberhalb der Felge. Man hatte ihr doch nicht etwa die Reifen aufgeschnitten?

Sie begutachtete den Vorderreifen, der eine ähnliche Beschädigung an gleicher Stelle aufwies.

»Verdammte Saubande!«, fluchte sie und sah sich suchend auf der Straße um. Dabei fiel ihr Blick auch auf die umstehenden Autos, doch da schien alles in Ordnung zu sein.

»Vielen Dank auch!« Wütend stampfte Gunda mit dem Fuß auf den Asphalt. Wer hatte das ihrer kleinen Alice angetan? Wer zersticht einem unscheinbaren Mini Cooper am helllichten Tag die Reifen? Sonst trifft es doch immer die Luxuskarossen und nicht so ein Nullachtfünfzehn-Auto. Außerdem weist ihr NF-Kennzeichen sie doch ganz klar als Insulanerin aus.

Gunda nahm ihre sonnengelbe City Bag von der Schulter und kramte darin nach ihrem Handy. Alleine kam sie hier nicht weiter. Ein Rad wechseln wäre nicht das Problem, aber zwei? Sie scrollte durch ihre Kontaktliste und drückte bei Robbie auf das Feld für Anruf. Vielleicht war er ja schon wieder zu Hause?

»Kann ich Ihnen helfen?«

Gunda fuhr erschrocken zusammen. Beinahe hätte sie ihr Telefon fallen lassen. Sie unterbrach die Verbindungsaufnahme und blickte zu dem silberfarbenen Mercedes, der neben ihr angehalten hatte.

»Nein danke«, sagte sie und guckte durch die heruntergelassene Beifahrerscheibe in den Innenraum. »Ich komme schon …«

Mitten im Satz brach sie ab und starrte den Fahrer an. Den linken Arm lässig auf das Lenkrad gelegt, griente er sie schief an. Das Gesicht, und vor allem diese Nase, kam ihr auf unangenehme Weise bekannt vor. Es war zweifellos der Mann von Bennings Foto, jener, den sie neulich Abend gesehen hatte.

»Bist du ganz sicher, dass du alleine klarkommst?«, fragte Keunemann, während er langsam die rechte Hand unter einer Zeitung hervorzog, die auf dem Beifahrersitz lag. Erschrocken wich Gunda ein Stück zurück, als sie plötzlich in die Mündung einer Pistole blickte.

»Einsteigen!«, zischte er. »Und ja keine Mätzchen, sonst knallt's!«

Gunda nickte wortlos. Hilfesuchend blickte sie den Bürgersteig hinunter, doch weit und breit war niemand zu sehen.

»Los, mach schon!«, sagte Keunemann und wedelte drohend mit der Pistole vor ihrem Gesicht.

Gunda öffnete langsam die Tür und ließ sich ängstlich auf den Beifahrersitz sinken. Sofort drückte Keunemann ihr die Pistole in die Seite.

»Her damit!« Er hielt die linke Hand auf und wies mit einer Kopfbewegung auf ihr Smartphone, das sie immer noch krampfhaft umklammerte. Zögernd legte sie es ihm in die Hand.

»Und jetzt Tür zu und anschnallen!«, sagte er, während er einen Blick auf das Display warf.

»Soso. Hast noch schnell den Notruf aktiviert.«

Gunda zog kraftlos die Tür zu und sah ihn verängstigt an.

»Das hilft dir aber auch nicht«, sagte Keunemann und schaltete das Smartphone aus. »Da muss ich dich leider enttäuschen. Mir kommt da auch gleich schon eine gute Idee, wie wir die Polizei in die Irre führen können.« Mit einem spöttischen Grinsen ließ er das Smartphone in der Seitentasche der Fahrertür verschwinden und hatte dafür auf einmal ein Paar Handschellen in der Hand. Noch ehe Gunda sichs versah, schnappte bereits die Stahlfessel um ihr linkes Handgelenk.

»Und jetzt da festmachen!«, befahl er barsch und wies auf den Bügel an der Beifahrertür.

Gunda gehorchte voller Angst. Ihre Bewegungsfreiheit war nun deutlich einschränkt.

»So ist es brav«, sagte Keunemann und schob die Pistole in den Hosenbund. »Dann werden wir zwei jetzt mal eine kleine Inselrundfahrt machen.«

⚓

Weit nach vorn gebeugt, stemmte sich Benning gegen den steifen Wind, dem er hier auf dem Rantumbecken schutzlos ausgeliefert war. Dass der Weg noch so anstrengend werden würde, hatte er nicht gedacht. Aber zum Glück war es bis zum Rantumer Hafen nicht mehr weit, hinter dem Deich erkannte er bereits die ersten Mastspitzen.

Oh, wie er sich nach dem Windschatten der Häuser sehnte! Von dort war es dann nur noch ein kleines Stückchen bis zur

L24, die von Hörnum nach Westerland führte, und ab da hatte er den Rest des Weges bis nach Hause nur noch Rückenwind.

Während des gesamten Laufs war ihm dieser Keunemann nicht mehr aus dem Kopf gegangen. Spielte er überhaupt eine Rolle bei der Ermordung von Hauke Steinmann, und wenn ja, welche? Was wäre, wenn jemand ganz anderes für den Mord und die Skalpierungen verantwortlich war? Und genau diese diffuse Bedrohung war es, die ihm keine Ruhe ließ. Er brauchte jetzt Sicherheit.

Sein Blick wanderte hinunter zu den Booten, die auf den Wellen tanzten und heftig an ihren Leinen zerrten. Auch Okkes Boot lag gut vertäut am Steg. Anscheinend war es für Angeltouren heute nicht das richtige ... Benning stockte. Angeltouren! Genau das war's. Keunemann fuhr doch auch regelmäßig mit und hatte bestimmt auch ein Anglermesser.

Wenn ich das hätte, dachte Benning und zog das Tempo an. Das Messer, mit dem Oltmanns und Weyde skalpiert worden waren, war noch immer nicht gefunden worden. Wenn er also irgendwie an Keunemanns Messer käme, hätte man vielleicht Gewissheit.

Benning rannte an der Sylt-Quelle vorbei, spurtete noch vor einem herannahenden Auto über die L24 und lief weiter Richtung Norden.

Auf der parallel zum Rad- und Fußweg verlaufenden Landesstraße herrschte nur mäßiger Verkehr, was der Fahrer eines silberfarbenen Sportwagens anscheinend dafür nutzte, so richtig Gas zu geben, er raste mit einem Affenzahn in Richtung Hörnum an ihm vorbei.

Typisch Mercedes-Fahrer, dachte Benning und setzte seinen Weg kopfschüttelnd fort.

Eine halbe Stunde später erreichte er die Marinesiedlung und blieb verwundert vor seinem Haus stehen. In der Auffahrt stand nur sein Mazda. Musste Gunda etwa schon wieder Überstunden schieben? Er überlegte. Vielleicht war das ja die Gelegenheit, um noch mal bei Keunemann vorbeizuschauen. Benning verzichtete auf die obligatorischen Dehnübungen am Ende des Laufs und sprang stattdessen sofort unter die Dusche.

Eine knappe Viertelstunde später verließ er wieder das Haus und eilte zur Graf-Spee-Straße. Erst dort verminderte er das Tempo und schlenderte die Straße hinunter, wobei er immer wieder unauffällig zu Keunemanns Haus hinübersah.

Der Mercedes SLK, der heute Morgen noch dort gestanden hatte, war weg. Benning blieb stehen und blickte nach links und rechts, bevor er die Straßenseite wechselte. Wenn der Wagen Keunemann gehören sollte, könnte es sein, dass er gar nicht zu Hause war. Doch das würde er gleich herausfinden.

Benning atmete einmal tief durch und ging mit festem Schritt auf Keunemanns Haus zu. Sollte jemand öffnen, würde er einfach irgendetwas im Zusammenhang mit Okkes Angeltouren erfragen.

Benning klingelte, doch niemand öffnete. Er warf einen Blick durch das kleine Fenster in der Haustür, während er erneut den Klingelknopf drückte.

»Der is' nich' to hus!«

Benning fuhr zusammen und blickte sich um. Auf der Straße stand ein älterer Mann und wies mit seinem Spazierstock auf die Stelle, wo heute Morgen der Mercedes gestanden hatte.

»Wenn dat Auto wech is', is' der Keunemann auch nich' da. Un sin Fru is' duat.«

»Vielen Dank«, sagte Benning und ging zu dem Mann hinüber.

»Fährt Herr Keunemann zufällig einen Mercedes SLK?«, fragte er.

Der Mann zuckte die Schultern.

»Jo, einen Mercedes fährt der wohl. Aber SEK? Keine Ahnung. Is' dat nich' diese Spezialpolizei? Aber Mercedes is' richtig. So'n Silberpfeil.«

»Ich danke Ihnen«, sagte Benning. »Dann werde ich wohl später noch mal wiederkommen müssen.«

»Dann man tau«, sagte der ältere Herr und winkte zum Abschied freundlich mit seinem Stock.

Benning tat, als ginge er weiter, machte aber auf dem Absatz kehrt, als Keunemanns Nachbar in seinem Haus verschwunden war. Mit einem kurzen Blick vergewisserte er sich, dass ihn niemand beobachtete, und huschte dann durch Keunemanns Vorgarten. Vorhin war ihm an der Giebelseite des Hauses ein Fenster aufgefallen, das einen Spalt offen stand. Mit etwas Glück war vielleicht auch das Innenfenster nur eingehakt. Und tatsächlich: Das Innenfenster stand weit offen.

Benning sah sich kurz um, hakte den Sturmhaken aus, sprang mit einem Satz auf das Fensterbrett und von dort in die dahinter liegende Küche.

Geduckt verharrte er für einen Moment und lauschte. Nichts. Kein Geräusch. Alles blieb still.

Eilig zog er das Fenster wieder heran und verriegelte es, bevor er sich in der Küche umsah.

Alle Achtung, dachte er. Die ehemaligen Bundeswohnungen, die nun zum Teil auf Erbpacht vergeben wurden, hatte man wirklich ordentlich hergerichtet.

Benning verließ die nigelnagelneue weiß-blaue Friesenküche und betrat das benachbarte Wohnzimmer, in dem die Einrichtung ein ganz anderes Bild bot. Eine minderwertige Schrankwand aus Buchefurnier mit Glasvitrine und Schubladenteil, ein schlichtes zweisitziges Sofa, ein niedriger Couchtisch und ein abgewetzter Fernsehsessel bildeten die gesamte Ausstattung, sah man einmal von dem riesigen Flachbildfernseher ab, der links neben der Vitrine an der Wand befestigt war.

Im Vorbeigehen fiel Bennings Blick auf einige Bierhumpen mit Souvenirmotiven, die in der Glasvitrine ausgestellt waren. Auf einem reckte Hermann der Cherusker stolz sein Schwert in den Himmel. Außerdem gab es noch Krüge mit Abbildungen des Brandenburger Tors, der Externsteine und des Kölner Doms.

Darunter lag ein gut dreißig Zentimeter langer Dolch, dessen breite, speerförmige Schneide den Schriftzug »Meine Ehre heißt Treue« trug. Auf dem schwarzen Griff waren neben einem Adler SS-Runen angebracht.

Der Dolch erinnerte Benning plötzlich daran, weswegen er eigentlich hier war, und auch wenn er nicht davon ausging, ein Anglermesser im Wohnzimmer zu finden, konnte er nicht umhin, einen kurzen Blick in die Schubladen zu werfen. Gerade als er die oberste Lade öffnen wollte, ließ ihn ein Motorengeräusch herumfahren. Vorsichtig blickte er aus sicherer Entfernung aus dem Fenster. Ein roter Nissan Micra hatte auf der anderen Straßenseite angehalten. Eine Frau mittleren Alters stieg aus und zerrte zwei Einkaufstüten aus dem Kofferraum, bevor sie im gegenüberliegenden Haus verschwand.

Erleichtert atmete Benning aus und widmete sich wieder der Schublade, in der ein mehrteiliges altes Silberbesteck lag, das sorgfältig in ein Leinentuch eingeschlagen war. In der mittleren Lade entdeckte Benning zwei Fotoalben. Er nahm das oberste heraus und schlug es neugierig auf. Es enthielt einige Fotos, die ohne Zweifel aus Keunemanns Bundeswehrzeit stammten. Eins zeigte ihn, wie er im Kieler Knabenanzug, die Hände an einer Leine mit vielen bunten Flaggen, in die Kamera lachte.

Du warst also auch bei der Marine, dachte Benning. Für einen kurzen Moment machte das Keunemann sogar sympathisch. Mit einem Lächeln erinnerte sich Benning an seine eigene Zeit bei der Marine, als er den Signalgasten bewundernd zugeschaut hatte, wie sie in Windeseile verschiedene Flaggen zu Signalketten zusammensteckten, oder wenn sie bei Wind und Wetter auf der Brücke Befehle mit der Morselampe von Schiff zu Schiff übermittelten.

Er blätterte weiter. Da war sie wieder, die braune Brut, abgelichtet auf Gruppenbildern, die dem ähnelten, das Hinrichs in Oltmanns' Wohnung gefunden hatte. Offenbar war er auf die Fotochronik der Neonazis um Keunemann und Oltmanns gestoßen. Bei der Durchsicht der Fotos weckte eines davon Bennings besonderes Interesse. Es trug das Datum vom 9.2.1994. Auf dem Foto war ein schmächtiger Junge am linken Bildrand mit zwei dicken schwarzen Strichen ausgekreuzt. Vorsichtig nahm er das Foto heraus, um es aus der Nähe zu betrachten. Kein Zweifel, der Junge war unverkennbar …

»Hauke Steinmann«, sagte Benning leise und steckte das Foto zurück. Nachdenklich schloss er das Album. Hauke und Keunemann hatten sich also auch gekannt. Er legte das Album zurück und nahm sich das zweite vor.

Sein Blick fiel auf die erste Seite, und im gleichen Moment stockte ihm der Atem. Benning merkte, wie ihm mit einem Mal schwindelig wurde. Er taumelte zurück und ließ sich in den Fernsehsessel fallen. Schwer atmend sah er zur Decke hinauf und versuchte, seinen Blick an den verstaubten Halogenstrahlern der Deckenlampe zu fixieren. Langsam ließ der Schwindel wieder nach.

Das kann nicht sein, dachte er und wagte einen zweiten Blick in das Album. Mit ungläubigem Blick betrachtete er erneut die erste Seite des Fotoalbums. Die blonde Frau, die ihn dort von einem vergilbten Zeitungsfoto anlächelte, hatte er schon mal gesehen. Es war eine gewisse Melanie Schütz. Einer der Namen, die er sein Leben lang nicht vergessen würde. Sie gehörte zu jenen Opfern eines Serienmörders, auf deren Schicksal Hinrichs und er vor fast genau drei Jahren zufällig gestoßen waren. Benning betrachtete den Zeitungsausschnitt, der sorgfältig in das Album eingeklebt worden war, und las die Überschrift des zugehörigen Artikels *Sunderberger Mord gibt weiter Rätsel auf*.

Den Rest des Texts überflog er nur, schließlich wusste er, was im Jahre 1989 mit der unglücklichen Melanie Schütz geschehen war.

Benning blickte kurz auf.

Was zum Teufel hatte der Zeitungsausschnitt in Keunemanns Album zu suchen?, fragte er sich nachdenklich, während er sich wieder dem Zeitungsartikel widmete. Dabei bemerkte er eine Notiz auf dem rechten unteren Rand. In Großbuchstaben hatte Keunemann dort seinen Vornamen notiert, bei dem das R fett hervorgehoben war. Langsam blätterte er weiter. Auch auf der zweiten Seite war ein Zeitungsausschnitt eingeklebt, jedoch diesmal ohne Foto. Doch allein die Schlagzeile reichte, um ihm das Blut in den Adern gefrieren zu lassen. In dicken Lettern stand dort *Mord an Schwesternschülerin*.

»Brigitte Mesbach«, stammelte Benning. »Sie war Schwesternschülerin.«

Hastig überflog er den Artikel, um irgendwo einen Hinweis auf den Namen zu finden, den er eigentlich gar nicht brauchte. Nur zu gut erinnerte er sich daran, wie er die Folge der XY-ungelöst-Sendung auf YouTube gefunden hatte, in der Hinweise auf ihren Mörder gesucht worden waren.

Wie der Zeitungsausschnitt zuvor trug auch dieser Keunemanns handschriftlich hinzugefügten Vornamen, bei dem diesmal allerdings das D hervorgehoben war.

Was hatte das zu bedeuten, und was, zum Henker, hatte Keunemann mit diesen alten Morden zu tun? Plötzlich überkam ihn eine furchtbare Ahnung. Zögernd schlug er die nächste Seite auf, und auch dort fand er wieder einen Zeitungsausschnitt, genau wie auf den beiden nächsten. Chronologisch sortiert gab es Zeitungsberichte von Swenja Brüggemann aus Oldenburg, die im Juli 1999 ermordet aufgefunden worden war, und von Andrea Schumann, die 2004 nach einem Discobesuch in Flensburg nicht auf die Jacht ihrer Eltern zurückgekehrt war. Und auch das letzte Opfer des Serienmörders fehlte nicht: Doreen Neumann. Sie war 2009 auf Sylt, gar nicht weit von hier, am Strand gefunden worden und hatte Hinrichs und ihn auf die Spur des Serienmörders gebracht.

Dass Keunemann das alles so sorgfältig dokumentiert hatte, konnte eigentlich nur bedeuten, dass Peter Bens, den sie damals für den Täter gehalten hatten, unschuldig gewesen war.

»Bens hat die Mädchen gar nicht ermordet«, sagte Benning. »Es war Keunemann.«

Das würde auch die Sache mit den hervorgehobenen Buchstaben erklären. Wie Benning damals herausgefunden hatte, wurden die Arme der Opfer jedes Mal so gelegt, dass sie einem Buchstaben im Winkeralphabet entsprachen. Damals waren Hinrichs und er davon ausgegangen, dass Peter Bens so verfahren war, um Hinweise auf seine tote Schwester Sandra zu geben. In Wahrheit war es Keunemann gewesen, der mit jedem Mord einen Buchstaben seines Vornamens preisgegeben hatte. Und als ehemaliger Signalmatrose kannte er sich ja mit dem Winkeralphabet bestens aus.

Benning legte das Album auf den Couchtisch und tastete seine Jacke nach seinem Smartphone ab.

»Ich Idiot«, sagte er. Vorhin in der Eile musste er es auf dem Sideboard liegenlassen haben.

Er würde Hinrichs jetzt sofort anrufen, auch wenn Keunemann jede Minute nach Hause kommen konnte. Aufgeregt sah er sich um. Irgendwo musste es hier doch ein Telefon geben.

31

Ängstlich blickte Gunda zu Keunemann hinüber, der seinen Wagen vor dem Rantumer Teegeschäft anhielt. Von Westerland waren sie zunächst nach Kampen gefahren, und dort hatte sie mit zunehmendem Entsetzen festgestellt, dass ihr Entführer den Osterheideweg ansteuerte, vor dem Haus mit der Nummer neun wendete und hinter einer hohen Hecke zum Stehen kam.

»War es nicht hier?«, hatte er sie mit einem kalten Lächeln gefragt, bevor er ausgestiegen war und ihr Handy im hohen Bogen über die Hecke geworfen hatte.

Sprachlos hatte sie auf der weiteren Fahrt darüber nachgedacht, wieso er mit ihr zu dem Haus gefahren war, in dem sie die schönsten, aber auch die schrecklichsten Stunden ihres Lebens verbracht hatte. Auch jetzt hatte sie noch immer keine Antwort auf die Frage gefunden, woher er davon gewusst hatte?

Etwas anderes bereitete ihr auch noch Kopfzerbrechen. Auf der Fahrt von Westerland nach Rantum meinte sie, Robert gesehen zu haben, wie er ihnen entgegengelaufen war. Wenn sie sich nicht geirrt hatte und er sich immer noch auf seiner Laufrunde befand, hatte er noch nicht einmal ihren Notruf erhalten. Dieser Gedanke ließ zunehmend Panik in ihr aufsteigen. Sicher hatte er sein Handy wieder zu Hause gelassen.

»So, wir steigen jetzt schön langsam aus«, sagte Keunemann. Es waren seine ersten Worte, seit sie den Osterheideweg wieder verlassen hatten und über Munkmarsch und Westerland hierhergefahren waren. »Wir gehen ganz ruhig, wie ein Ehepaar, zum Hafen runter. Ach ja, und weil ein Ehepaar natürlich seine Namen kennt …« – er machte eine kurze Pause und grinste sie schief an –, »ich bin Andy. Also, Gunda, falls uns jemand anspricht, weißt du Bescheid.«

»Woher kennen Sie meinen Namen?«, fragte Gunda mit belegter Stimme. »Und die Sache mit Kampen?«

»Tja«, meinte Keunemann. »Vielleicht erzähle ich dir das noch alles. Jetzt müssen wir aber los, ich habe nämlich eine kleine Seefahrt für uns organisiert. Ich werde jetzt um den Wagen herumgehen, und wenn ich dich gleich losgemacht habe, steigst du schön langsam aus und bleibst ganz dicht an meiner rechten Seite. Verstanden?«

Gunda nickte stumm. »Und keine Mätzchen, Fräuleinchen«, sagte er drohend, während er langsam die Pistole aus seinem Hosenbund zog und sie ihr dicht vors Gesicht hielt. »Ich habe nämlich nichts zu verlieren.«

Keunemann ließ die Waffe in der rechten Seitentasche seiner blauen Seglerjacke verschwinden und stieg aus. Nachdem er die Handschelle von der Tür gelöst hatte, zog er den Ärmel ihrer Jacke darüber und beugte sich zu Gundas Ohr.

»Und denk dran, ich habe immer eine Hand am Abzug«, sagte er leise und schob sie anschließend auf die Straße.

Auf dem Weg zum Hafen schaute sich Gunda unauffällig um. Doch niemand der vereinzelten Spaziergänger, die sich bei dieser Witterung rausgewagt hatten, beachtete sie, zu sehr waren sie mit sich selbst und dem Wetter beschäftigt.

Keunemann schob sie ungeduldig voran. Erst als sie fast das Ende des Anlegers erreicht hatten, riss er sie unsanft zurück.

»Da runter«, sagte er mit barscher Stimme und wies mit der linken Hand zu dem Motorboot, das unterhalb von ihnen auf den Wellen des aufgewühlten Wattenmeeres schaukelte. Gunda kletterte die rostige Metallleiter hinab und blieb auf der kurzen Heckplattform des Bootes stehen. Unsicher blickte sie sich um. Was, wenn sie einfach über Bord springen würde?

»Los, weiter! Aufs Achterdeck!«, rief Keunemann und drückte drohend die Pistole gegen die Innenseite seiner Tasche, so dass sich der Lauf deutlich am Stoff abzeichnete.

Gunda nickte und tat, wie er befohlen hatte. Auch im Wasser wäre sie noch ein gutes Ziel für ihn.

Nun kletterte auch er behende die Leiter herunter und schubste sie in Richtung der Kajütentür.

»Da rein!«

Gunda öffnete unsicher die Tür und blieb stehen. Mit einer energischen Kopfbewegung bedeutete Keunemann ihr, weiterzugehen, worauf sie zögernd den kleinen Steuerstand betrat.

»Und jetzt da runter!«

Gunda spürte, wie sich der harte Lauf der Pistole in ihren Rücken bohrte und sie zu den wenigen Stufen dirigierte, die nach unten in die Kajüte führten. Erst jetzt bemerkte sie, dass sie nicht die Einzigen an Bord waren.

⚓

»Verdammt, Robbie, nun geh doch endlich ran!«

Hinrichs hielt sein Smartphone fest ans Ohr gepresst und blickte verzweifelt zu Fuchs hinüber. Seit über einer Stunde versuchte er nun schon verzweifelt, seinen Freund zu erreichen. Zunächst hatten sie Gundas Notruf keine große Bedeutung beigemessen, als er bei ihnen in der Wache aufgelaufen war. Das Signal war, wie der kleine rote Punkt auf dem Computerbildschirm angezeigt hatte, aus der Dünenstraße gekommen, in der auch die Villa Meeresrauschen lag. Zu dem

Zeitpunkt war er noch davon ausgegangen, dass Gunda Paulsen den Alarm aus Versehen ausgelöst hatte, aber nachdem sie nicht sofort angerufen hatte, um den Fehlalarm zu erklären, und auch auf seinen Rückruf nicht reagierte, hatte er sicherheitshalber eine Streife geschickt. Vor Ort hatten die Kollegen zwar Gunda Paulsens Wagen gefunden, der offensichtlich eine Reifenpanne hatte, aber von ihr selbst hatte jede Spur gefehlt.

Und als der kleine rote Punkt auf dem Monitor an der Marinesiedlung vorbei und immer weiter Richtung Norden wanderte, waren ihm erste Zweifel gekommen.

»Wieder nichts«, sagte Hinrichs und warf einen besorgten Blick auf das Haus hinter ihm, zu dem sie das Signal schließlich geführt hatte. In der Reetdachvilla hatte sich vor drei Jahren der Serienmörder das Leben genommen, auf dessen Spur er mit Bennings Hilfe gekommen war. Und heute standen sie wieder hier, weil sie nach Gunda Paulsen suchten. Und wieder durchkämmte ein Großaufgebot der Polizei das Anwesen.

»Warum meldet der verdammte Kerl sich nicht?«, fragte Hinrichs und sah Fuchs ratlos an. »Er muss doch auch alarmiert worden sein. Das gefällt mir ganz und gar nicht.«

»Herr Kommissar!«, rief plötzlich eine Stimme hinter ihnen. Fuchs und Hinrichs drehten sich fast gleichzeitig um und sahen einen jungen Bäderbeamten, der keine zwanzig Meter von ihnen entfernt zwischen hohen Syltrosenbüschen stand und ihnen hektisch zuwinkte. »Das Handy! Ich habe das Handy!«

32

Endlich meldest du dich«, sagte Hinrichs, nachdem er erleichtert festgestellt hatte, dass sich Benning hinter der ihm unbekannten Nummer auf dem Display seines Handys verborgen hatte. »Ich versuche schon die ganze Zeit, dich zu erreichen!«

»Was ist los?«, fragte er. »Ist was passiert?«

»Sag mir lieber, wo du dich rumtreibst«, erwiderte Hinrichs. »Warum gehst du nicht an dein Handy?«

»Das habe ich zu Hause liegenlassen. Aber nun sag schon, was ist los?«

»Dann hast du also den Notruf noch gar nicht erhalten? Du weißt gar nicht, dass Gunda …?«

»Welcher Notruf?«, fragte Benning besturzt. Meinte Hinrichs etwa die Notruf-App, die sie nach dem Vorfall vor drei Jahren auf Gundas Telefon installiert hatten?

»Was ist mit Gunda?«, fragte er aufgeregt.

»Das wissen wir noch nicht«, antwortete Hinrichs und berichtete in Kürze über die Geschehnisse.

»Und ihr habt ihr Handy wirklich bei Bens' Villa gefunden?«, fragte Benning ungläubig und überlegte. Wenn dieser Keunemann tatsächlich der Serienmörder von damals war, und danach sah es im Moment aus, musste er natürlich auch von der Villa in Kampen und ihrem damaligen Besitzer gehört haben, die Zeitungen waren ja damals voll davon gewesen. Demnach konnte nur Keunemann das Handy dort abgelegt haben. Und wenn er im Besitz von Gundas Handy gewesen war, dann hatte er höchstwahrscheinlich auch Gunda in seiner Gewalt.

»Robert? Bist du noch dran?«

»Jaja«, antwortete Benning gedankenverloren, während er unruhig im Zimmer auf und ab ging.

»Ich werde die Suche jetzt aufs Ostufer ausweiten«, sagte Hinrichs. »Kommst du raus?«

»Wie?«, fragte Benning angestrengt. Noch immer zermarterte er sich den Kopf, wohin Keunemann Gunda gebracht haben könnte. Er glaubte nicht, dass sie irgendwo in Kampen waren. Bens' Villa hatte einen neuen Besitzer, und nirgendwo in der Nähe gab es eine Versteckmöglichkeit.

»Robbie, ist alles klar bei dir?«, fragte Hinrichs am anderen Ende der Leitung. »Ich habe dich gefragt, ob du herkommst?«

»Nein«, sagte Benning leise. »Ich glaube nicht, dass ihr dort was finden werdet. Das ist alles nur ein Ablenkungsmanöver. Keunemann ist sicher ganz woanders.«

»Keunemann?«, fragte Hinrichs, und die Überraschung schwang deutlich in seiner Stimme mit. »Wie kommst du denn auf den?«

Bennings Blick fiel auf das Fotoalbum, das aufgeschlagen auf dem Couchtisch lag.

»Ich erkläre dir alles gleich, wenn ihr hier seid.«

»Bist du zu Hause, oder von wo rufst du an?«, fragte Hinrichs.

»Von Keunemanns Wohnung!«, sagte Benning knapp.

»Du bist in Keunemanns Wohnung?«, fragte Hinrichs. »Wie, zum Teufel, kommst du da rein? Du bist doch nicht etwa eingebrochen?«

»Kommt einfach her«, sagte Benning. »Und zwar schnell.« Er legte ohne ein weiteres Wort auf. Er hatte keine Zeit für lange Erklärungen. Keunemann war da draußen, irgendwo auf der Insel. Und er hatte Gunda. Doch was hatte er vor? Verzweifelt ging Benning noch einmal alles durch: Keunemann hatte Gunda wahrscheinlich am Hotel abgefangen, nachdem er ihr Auto lahmgelegt hatte. Offenbar hatte er bemerkt, dass Gunda den Alarm aktiviert hatte, und war mit ihr nach Kampen gefahren, um eine falsche Spur zu legen. Doch wo war er wirklich? Versuchte er vielleicht, in List die Insel mit der Fähre zu verlassen? Aber am helllichten Tag und mit einer Geisel? Nein, dachte Benning, das wäre zu gefährlich. Demnach musste er mit Gunda nach Süden gefahren sein. Der Bahnhof in Westerland? Auch zu gefährlich. Hörnum? Von dort kam er nur mit kleinen Fahrgastschiffen zu den Nachbarinseln. Nein, das ergab auch keinen Sinn.

Benning überlegte fieberhaft. Wo könnte Keunemann sich verstecken und hätte auch noch die Möglichkeit, von der Insel zu verschwinden? Wo war nicht viel los, und wo gab es gleichzeitig eine Verbindung?

»Natürlich«, sagte er. Dass er darauf nicht sofort gekommen war. Rantum! Dort könnte er sich bei Okke Hansen verstecken und mit dessen Boot aufs Festland flüchten, wenn die Situation brenzlig wurde. Mit einem Mal fiel ihm der Wagen von vorhin ein, der in Richtung Rantum an ihm vorbeigeschossen war. Ein silberfarbener Mercedes SLK, genau so einen fuhr Keunemann.

Benning zog eilig sein Notizbuch aus der Seitentasche seiner Cargohose, kritzelte eine kurze Nachricht für Hinrichs hinein und riss die Seite anschließend heraus.

»Sorry, alter Freund«, sagte er leise. »Aber ich kann nicht länger warten.«

Er legte die Notiz auf das aufgeklappte Album und hastete aus der Wohnung.

⚓

Gunda starrte bestürzt auf den Mann, der regungslos auf der schmalen Bank auf der Steuerbordseite der engen Kajüte lag. Hatte dieser Andy ihn etwa umgebracht? In diesem Moment begann der Mann zu stöhnen und blinzelte sie mit schmerzverzerrtem Gesicht an.

»Darf ich vorstellen?«, fragte Keunemann mit einem spöttischen Grinsen. »Okke Hansen, der Häuptling der Insianer.« Dann wies er mit seiner Pistole auf Gunda. »Und das ist Gunda, die Kleine von diesem Schmierfinken.«

»Verdammt«, sagte Hansen und zerrte an der Handschelle, mit der seine linke Hand an dem Metallfuß des Kajütentischs gefesselt war. Er warf Keunemann einen wütenden Blick zu, während er sich schwerfällig aufsetzte.

»Was soll der Scheiß, Andy?«, fragte er und tastete mit der freien Hand nach der Beule an seiner Stirn.

»Das fragst du mich?« Keunemann hob mit einer Geste die Hände. »Du hattest doch den Unfall!«

»Welchen Unfall?«, fragte Hansen.

»Aber, aber, wir wollen doch nicht unhöflich sein und der Dame erst einmal einen Platz anbieten«, sagte Keunemann, bevor er Gunda mit barschem Ton befahl, sich auch auf die Bank zu setzen. Er zog die Handschelle aus ihrem Ärmel hervor und befestigte sie ebenfalls an dem Kajütentisch. Anschließend lehnte er sich zufrieden gegen die Stufen des Niedergangs und verschränkte die Arme vor der Brust.

»Welcher Unfall?«, fragte Hansen erneut.

»Als du versucht hast, eine Zeugin zu beseitigen. Dabei hast du dir den Kopf angeschlagen und bist mit ihr zusammen über Bord gegangen. So wird es zumindest die Polizei anhand der Spuren rekonstruieren.«

»Du bist ja total übergeschnappt!«, rief Hansen und warf

Keunemann einen aufgebrachten Blick zu. »Und was überhaupt für eine Zeugin?«

»Aber Okke, nun stell dich nicht dümmer, als du bist.« Keunemann schüttelte missbilligend den Kopf. »Du hast bemerkt, dass dich die Kleine hier beobachtet hat, als du das Päckchen mit dem Skalp von meinem Chef vor die Tür dieses Klatschreporters gelegt hast. Und deswegen …«

»Das waren doch aber Sie«, unterbrach Gunda ihn. Irgendwie gab ihr die Anwesenheit von Okke Hansen, obwohl er genau wie sie gefesselt war, eine gewisse Sicherheit. »Mit der Nummer kommen Sie nicht durch. Ich habe Sie nämlich auf einem Foto wiedererkannt und eindeutig identifiziert. Die Polizei wird …«

»Klappe!« Keunemann sah sie drohend an. »Ich werde natürlich alles abstreiten, und ohne die Zeugin, die sich ja vielleicht auch geirrt haben könnte, gibt es keinen Beweis. Die Spuren werden keinen anderen Schluss zulassen.«

Er wendete sich Hansen zu.

»Niemand wird daran zweifeln, dass dieser feine Herr dich beseitigt hat und demzufolge auch für die anderen furchtbaren Dinge verantwortlich ist.«

»Dann hast du also …« Hansen sah Keunemann fassungslos an, doch dieser hob abwehrend die Hände.

»Mit den Morden habe ich nichts zu tun«, sagte er. »Ich habe nur zufällig die Leichen gefunden und sie für unsere Zwecke, na, sagen wir, benutzt.«

»Unsere Zwecke?«

»Okke, Okke. Überleg doch mal! Ein leitender Beamter der BImA und ein Makler, sind das nicht genau diejenigen, die symbolisch für den Ausverkauf der Insel stehen? Und ist das nicht genau das, wogegen du mit deinen Insianern kämpfst? Ich habe dir immer gesagt, dass auf eure sinnlosen

Reden auch Taten folgen müssen.« Keunemann zwinkerte Hansen zu. »Wie die Sache aussehen wird, hast du das nun endlich getan. Wenn das mal nicht ein super Motiv ist!«

»Damit kommen Sie nicht durch«, rief Gunda. »Jeden Moment wird die Polizei hier sein.«

»Soso«, sagte Keunemann und beugte sich zu ihr hinunter. Mit eiskaltem Blick musterte er ihr Gesicht und strich Gunda mit dem kalten Lauf der Pistole eine Strähne aus der Stirn. »Und wie sollen die uns finden? Die suchen sich jetzt erst einmal in Kampen einen Wolf, und danach werden sie nicht weiterwissen. Nach wem sollen sie denn auch suchen? Und wo?«

Gunda kniff die Augen zu schmalen Schlitzen zusammen.

»Ich habe Sie eindeutig auf dem Foto erkannt«, sagte sie. »Also wird man als Nächstes nach Ihnen und Ihrem Wagen suchen. Vielleicht hat die Polizei ja schon einen Hubschrauber angefordert. Und Ihr Wagen steht auffällig am Rantumer Hafen.«

Keunemann warf einen kurzen Blick auf seine Armbanduhr. »Ein bisschen Zeit haben wir ja noch, bis wir in See stechen müssen. Wenn wir erst einmal draußen sind, wird uns wegen der einsetzenden Ebbe niemand mehr so einfach folgen können. Also, ich gehe dann mal schnell mein Auto woanders parken.«

Keunemann schob die Pistole in den Hosenbund und kontrollierte noch einmal die Handschellen seiner beiden Gefangenen.

»Wir werden wegen der Ebbe aber nicht sehr weit kommen«, sagte Hansen.

»Ich weiß, mein lieber Okke, aber du wirst lachen, das ist Teil meines Plans«, sagte Keunemann. »Du weißt doch: der Unfall. Okke erschießt die Kleine hier mit Sven Oltmanns' Pistole, und bei dem Versuch, die Leiche der Zeugin zu beseitigen, geht auch er über Bord.«

»Und das Boot fährt dann allein mit dem nächsten Hochwasser zurück in den Hafen?«, fragte Hansen.

»Das Boot?« Keunemann sah ihn spöttisch an. »Das Boot wird man natürlich auf See treibend finden. Leer.«

»Und was ist mit dir?«

»Du enttäuschst mich wirklich«, sagte Keunemann. »Das ist doch ganz einfach. Wir lassen uns vor Hörnum trocken fallen, ihr zwei landet außenbords und werdet später von der Flut weggespült, während ich schon längst zurück an Land gewatet bin. Ist das nicht genial?«

Er drehte sich um und sprang die wenigen Stufen zum Steuerstand hinauf. Oben angekommen, drehte er sich noch einmal um.

»Und vertragt euch schön. Ich bin auch ganz schnell wieder da. Versprochen! Ich will nur eben zum Parkplatz vor dem *Meerkabarett.* Wenn ich mich nicht sehr täusche, spielt dort heute Abend sogar Gitte mit Band. Da wird sicher eine Menge los sein, da fällt mein Auto unter den vielen anderen nicht auf.«

Er tippte mit dem Finger zum Gruß an die Stirn und verschwand.

⚓

Hinrichs hämmerte mit der Faust gegen Keunemanns Haustür.

»Robbie? Mach auf. Ich bin's, Michael!«

Doch wie bereits bei ihren Klingelversuchen blieb die Tür weiter geschlossen.

»Komm«, sagte Hinrichs und bedeutete Fuchs mit einem kurzen Nicken, ihm zu folgen. Sie gingen um das Haus und stießen dort auf das offenstehende Fenster.

»Robbie?«, rief Hinrichs. »Bist du da?«

Keine Antwort.

»Los, Räuberleiter«, sagte er zu Fuchs. »Irgendetwas stimmt hier nicht.«

Fuchs lehnte sich mit dem Rücken gegen die Hauswand und half seinem Chef aufs Fensterbrett. Nachdem Hinrichs ächzend im Haus verschwunden war, kletterte auch er hinterher und folgte ihm ins Wohnzimmer.

»Ich fass es nicht«, sagte Hinrichs und hielt Fuchs das Fotoalbum hin, das er zusammen mit Bennings Notiz auf dem Couchtisch gefunden hatte. »Sieh dir das an.«

»Aber das sind doch …« Fuchs sah ihn ungläubig an.

»Genau, die Opfer des Serienmörders von vor drei Jahren. Fein säuberlich einsortiert.«

»Und wo ist dein guter Kumpel von der Zeitung hin?«, fragte Fuchs und sah sich suchend um. Hinrichs hielt ihm wortlos Bennings Notiz vors Gesicht.

»Bin bei Okke in Rantum. Robbie«, las er. »Was will er denn in Rantum?«

»Sicherlich keine Schafe zählen«, antwortete Hinrichs gereizt. »Er muss irgendeine Spur gefunden haben.«

Er klappte mit einem Schlag das Album zu und klemmte es sich unter den Arm. Wenn dieser Keunemann auch nur die geringste Kleinigkeit mit diesen Morden zu tun hatte, war klar, dass Peter Bens fälschlich verdächtigt worden war. Jetzt ging es wirklich um Leben und Tod.

⚓

»Gunda?«, fragte Benning vorsichtig, während er durch den Flur von Hansens Wohnung schlich. Er hatte die Haustür unverschlossen vorgefunden und suchte nun Raum für Raum nach Gunda ab, immer auf der Hut, um nicht von Keunemann überrascht zu werden, der sich möglicherweise hier Zutritt verschafft haben könnte. Zuletzt betrat er durch eine Verbindungstür in Hansens Küche den Teeladen, doch auch der war leer. Außer der unverschlossenen Tür und einem umgestürzten Stuhl in der Küche, der auf einen Kampf hindeuten könnte, hatte er nichts Auffälliges entdeckt.

Benning rüttelte an der verschlossenen Ladentür, an der das Schild mit der Aufschrift »Geschlossen« hing.

Hatte er sich etwa geirrt, und Keunemann war mit Gunda ganz woanders?

Benning hob grübelnd den Kopf und blickte aus dem Fenster. Er sah einen Mann, der offenbar auf der Flucht vor dem nächsten Schauer den Deich hochrannte. Oben angekommen, blickte er sich noch einmal um, bevor er auf der anderen Seite verschwand.

»Die Nase!«, stammelte Benning ungläubig. Von wegen Flucht vor dem Wetter! Er fuhr herum und stürmte aus dem Haus. »Du verdammter Hund, jetzt krieg ich dich!«

33

»So, Herrschaften, dann werden wir mal zu unserer kleinen Seefahrt aufbrechen.«

Keunemann beugte sich zu Hansen hinunter, löste dessen Fessel vom Tischbein und zerrte ihn zum Niedergang.

»Vorwärts!«, sagte er barsch und drückte ihm den Lauf der Pistole in den Nacken. »Und mach keinen Unsinn.«

Hansen hob eingeschüchtert die Hände und stieg langsam die schmale Treppe hinauf. Im Steuerstand drückte Keunemann ihn auf den Sessel des Bootsführers und ließ die Handschelle am Steuerrad zuschnappen.

»Los, schmeiß die Maschine an!«, befahl er.

Hansen nickte stumm, drehte den Zündschlüssel und drückte den Startknopf. Mit einem tiefen Brummen erwachte der Dieselmotor zum Leben und ließ das Boot erzittern. Hansens Blick folgte Keunemann, der den Steuerstand in Richtung des Achterdecks verließ, um die Heckleinen zu lösen. Doch bereits nach wenigen Schritten machte er auf dem Absatz kehrt und spurtete laut fluchend zurück. Gespannt beobachtete Hansen, wie Keunemann mit einem Satz den Niedergang hinuntersprang und mit hektischen Bewegungen nun auch noch Gunda Paulsens Fessel öffnete.

»Hoch da!«, sagte er und zerrte sie nach oben.

Benning war den Deich hinaufgehetzt und hatte beobachtet, wie am Ende des Anlegers, dort, wo er vorhin Okkes Boot hatte liegen sehen, eine dunkle Qualmwolke aufgestiegen war. Sofort war ihm klar gewesen, dass dort soeben ein Motor gestartet worden war und das Boot jederzeit ablegen konnte.

Jetzt rannte er voller Panik den Deich hinunter und weiter über den breiten Holzsteg des Anlegers.

Auf halber Strecke sah er plötzlich, wie Keunemann aus dem Steuerstand von Okkes Boot trat und Gunda vor sich herschubste.

Gott sei Dank, sie lebt, dachte Benning erleichtert und beschleunigte noch einmal sein Tempo.

»Lassen Sie sie sofort los, Keunemann!«

»Da haben wir ja noch einen Passagier«, rief Keunemann ihm entgegen. »Fast hätten Sie uns verpasst.«

»Sofort loslassen!« Benning sah drohend vom Anleger auf Keunemann herab, bevor er Gunda einen besorgten Blick zuwarf. »Alles in Ordnung?«

Gunda nickte und sah ihn ängstlich an.

Wo bleibt Michael?, dachte Benning. Er musste doch längst seine Nachricht gefunden haben.

»Komm zu mir«, sagte er mit ruhiger Stimme. In diesem Moment zog Keunemann die Pistole hervor, die bis dahin hinter Gundas Rücken verborgen gewesen war, und hielt sie ihr an die Schläfe.

Benning hob beschwichtigend die Hände.

»Machen Sie keinen Quatsch. Es hat doch keinen Sinn mehr. Die Polizei wird gleich hier sein.« Er blickte vorsichtig in Richtung Deich. Mensch, Michael …

»Ich entscheide, ob und wann alles keinen Sinn mehr hat«, sagte Keunemann. »Also, wenn ich bitten darf?«

Er winkte mit der Pistole und ließ damit unmissverständlich erkennen, dass Benning auch an Bord kommen sollte. Für einen kurzen Moment zögerte Benning. Sein Blick schweifte in Richtung des Steuerstands, von wo ihn Hansen mit einem hilflosen Schulterzucken ansah und auf die Handschelle an seinem Handgelenk zeigte.

Von dort ist auch keine Hilfe zu erwarten, dachte er verzweifelt, bevor er sich langsam umdrehte und die Leiter hinabstieg. Er musste unbedingt Zeit gewinnen.

»So ist es gut«, sagte Keunemann. »Schön langsam. Nur keine hastige Bewegung. Auch wenn der gute Okke es sicher gar nicht mehr erwarten kann, nun sogar zwei Zeugen zu beseitigen.«

»Ihr Spiel ist aus, Keunemann«, sagte Benning. »Wir haben das Fotoalbum.« Zum ersten Mal flackerte etwas Unsicherheit in Keunemanns Blick auf. »Sie wissen doch, das aus der mittleren Schublade. Das mit den Zeitungsausschnitten.«

Keunemann sah ihn verblüfft an.

»Wie kommen Sie dazu?«, fragte er mit bebender Stimme.

Benning wechselte einen kurzen Blick mit Gunda und nickte ihr zu. Dann wandte er sich wieder an Keunemann.

»Das tut jetzt nichts zur Sache«, sagte er. »Sicher ist nur, dass man überall nach Ihnen fahnden wird. Ganz egal, wie das hier ausgeht. Doch wenn Sie jetzt aufgeben, kann das …«

»Halt die Schnauze!« Keunemann sah ihn wutentbrannt an, dann ließ er den Blick zum Deich hinaufschweifen, als erwartete er wirklich jeden Moment das Eintreffen der Polizei. Für einen Augenblick schien die Zeit stillzustehen, bis plötzlich eine heftige Böe Keunemann und Gunda einen Schritt nach vorn trieb.

Keunemann riss Gunda zurück und fixierte Benning mit eiskaltem Blick.

»Das wirst du mir büßen«, sagte er drohend. Langsam hob er den Arm mit der Pistole und zielte über Gundas rechte Schulter auf ihn, während er sie gleichzeitig wie einen Schutzschild vor sich zog.

Benning blickte regungslos in die bedrohliche Mündung der Pistole. Er bemerkte die Anspannung in Keunemanns Gesichtsausdruck und das leichte Zittern seiner Hand. Jeden Moment war damit zu rechnen, dass sich ein Schuss löste.

Höre ich den Knall noch?, fragte er sich. Und was war mit dem Film über sein Leben, von dem man immer hörte? Benning wunderte sich über seine eigene Kaltschnäuzigkeit. Warum hatte er keine Angst? Oder war das schon eine Art resignierender Selbstaufgabe? Langsam hob er die Hände.

»Machen Sie es doch nicht noch schlimmer«, sagte er.

Statt einer Antwort legte Keunemann seinen Daumen langsam auf den Hahn der Pistole und spannte ihn.

»Auf Wiedersehen, Herr Benning«, sagte er. »Aber machen Sie sich keine Sorgen. Sie werden nicht lange auf uns warten müssen. Bald sehen wir uns alle da oben wieder.«

Er hob den Arm und wies mit der Pistole in Richtung Himmel. Auf diesen Moment schien Gunda gewartet zu haben. Sie riss sich mit einer unvermuteten Drehung von Keunemann los und warf sich mit ihrem ganzen Körpergewicht gegen ihn.

Völlig perplex verfolgte Benning für den Bruchteil einer Sekunde den ungleichen Kampf um die Waffe. Er war gerade im Begriff, sich aus seiner Starre zu lösen und einen Schritt nach vorn zu machen, als ihn ein trockener Knall zusammenfahren ließ.

⚓

Mit quietschenden Reifen war der Passat mit der blauen Rundumleuchte von der L24 in die Hafenstraße abgebogen und kurz darauf auf den Hof der Firma für Garten- und Landschaftspflege gefahren, bei der Keunemann angestellt war. Begleitet von den neugierigen Blicken der Mitarbeiter in den umliegenden Werkstätten und Lagerräumen, war ein Einsatzfahrzeug nach dem anderen aufgefahren.

»Von hier aus müssten wir eigentlich ungesehen an Hansens Haus herankommen«, hatte Hinrichs gesagt. Anschließend hatte er Beate Folkerts, die mit ihrem Rettungsteam am Ortsausgang von Westerland zu ihnen gestoßen war, bedeutet, bei den Fahrzeugen zu bleiben, bevor er mit seinen Kollegen um die nächste Hausecke geschlichen war. Geduckt und mit großen Schritten waren sie auf Hansens Haus zugestürmt und hatten sich rechts und links der Eingangstür, die im Wind auf- und zuschwang, gesammelt. Just in dem Moment, als Fuchs sich in den Hausflur schieben wollte, hatte ein entfernter Knall sie innehalten lassen.

»War das nicht ein Schuss?«, fragte Hinrichs und sah Fuchs besorgt an. Hastig stellte er drei Beamte ab, die Hansens Haus durchsuchen sollten, und winkte den anderen, ihm zu folgen. Vor dem Teeladen entdeckte er Bennings MX 5.

»Das muss vom Hafen gekommen sein«, sagte Fuchs im gleichen Augenblick und spurtete los.

⚓

Mit weit aufgerissenen Augen und unfähig, sich zu bewegen, sah Benning, wie Gunda langsam an Keunemann hinabglitt. Erst als sie regungslos vor ihm liegen blieb, löste sich seine Starre und entlud sich in einem gellenden Schrei. »Neeeein!«

Er machte einen Schritt nach vorne, woraufhin Keunemann sofort die Pistole hochriss und auf seine Stirn zielte. Für einen Moment trafen sich ihre Blicke, bevor Keunemann den Abzug durchzog. Instinktiv kniff Benning die Augen zu und erwartete den unvermeidlichen Einschlag der Kugel. Doch der blieb genauso aus wie der Knall. Stattdessen hörte er Keunemann laut fluchen.

Benning öffnete die Augen und sah, wie Keunemann hektisch an der Waffe herumfummelte, an der offenbar der Verschluss klemmte. Benning blickte hilfesuchend zu Hansen, der nur auf den geeigneten Moment zu warten schien. Schon brüllten die Motoren auf, ließen das Boot kurz erzittern und es dann einen Satz nach vorne machen. Benning riss es von den Beinen. Im Fallen sah er noch, wie Keunemann ebenfalls stürzte. Er war mit den Füßen an Gundas zusammengekrümmten Körper hängengeblieben und landete bäuchlings auf dem Deck. Dabei fiel ihm die Pistole aus der Hand und schlitterte durch die offene Heckpforte. Ein erneuter Schlag ließ das Boot erbeben, als die noch festgemachten Heckleinen mit einem lauten Knarzen den Vorschub einbremsten.

Benning warf einen kurzen Blick in Richtung des Steuerstands, wo Hansen, immer noch eine Hand an den Fahrhebeln, verzweifelt an seiner Handfessel zerrte. Schwerfällig drückte er sich hoch und kroch auf Gunda zu, die immer noch zusammengekrümmt vor ihm lag und ihn jetzt mit angstvollem Blick anschaute.

»Gunda, wie geht es dir?«, fragte er. Sie hatte die Hände auf ihren Bauch gepresst, und jetzt sah auch er das Blut, das zwischen ihren Fingern hervorquoll.

Gunda hob mühsam den Kopf.

»Robbie, Vorsicht!«, sagte sie mit schwacher Stimme, während sie über seine Schulter blickte.

Benning fuhr herum. Keunemann hatte sich inzwischen wieder aufgerappelt, bereit, sich auf ihn zu stürzen. In einer Hand hielt er ein Messer, dessen Klinge im Licht der Abendsonne aufblitzte. Benning hob abwehrend die Hände und wurde im gleichen Moment nach vorne geworfen, als das Boot erneut einen Satz machte.

Keunemann strauchelte. Wild mit den Armen in der Luft rudernd, taumelte er nach hinten und stürzte durch die Heckpforte auf die dahinter liegende Plattform. Benning sah noch, wie Keunemann verzweifelt versuchte, auf dem nassen Untergrund Halt zu finden, bevor er wie in Zeitlupe in der brodelnden Hecksee verschwand. Wieder ächzten die Heckleinen unter der Last und zogen das Boot zurück. Im gleichen Moment verstummte das Brummen der Motoren.

Benning schleppte sich zu Gunda, die mit geschlossenen Augen leblos dalag.

»Gunda«, rief er panisch. »Gunda, hörst du mich?«

34

Das klopfende Geräusch, das zunächst nur leise an Bennings Ohr gedrungen war, schwoll zunehmend an und verdrängte gleichzeitig die Bilder, die wie in einer Endlosschleife vor seinem geistigen Auge abliefen.

Tief nach vorne gebeugt, die Unterarme auf die Oberschenkel gestützt, starrte er auf den glänzenden Linoleumboden zu seinen Füßen. Wie lange er hier schon so saß, vermochte er nicht zu sagen, er hatte jegliches Zeitgefühl verloren. Benning atmete tief ein und schüttelte den Kopf, als wollte er auch noch die letzten Bilder aus seinem Kopf vertreiben. Bilder von Gunda, die blutend auf dem Deck lag, und von Keunemanns verzerrter Fratze, als er langsam im Meer versank. Dann die schäumende Hecksee, die sich plötzlich rot färbte, als durch den Ruck der Heckleinen Hansens Boot über ihn fuhr.

Benning drückte mit gequältem Gesichtsausdruck den Rücken durch und erhob sich schwerfällig von dem harten Plastikstuhl des Wartebereichs der Intensivstation. Er blickte, wie schon so oft, seit er hier war, in Richtung der Türen, hinter denen die OP-Säle lagen. Immer in der Hoffnung, vielleicht einen Schatten oder wenigstens irgendeine Bewegung wahrzunehmen. Irgendetwas, das ihn von dem Warten erlösen würde. Doch bisher vergeblich.

Mit gesenktem Kopf trat er an das große Fenster. Das klopfende Geräusch hatte sich inzwischen zu einem lauten Dröhnen entwickelt, und auf der Wiese vor dem Fenster trieb auf einmal das Gras wellenförmig auseinander.

Benning hob langsam den Kopf und sah nach oben. Ein rot-weißer Hubschrauber der DRF-Luftrettung senkte sich, leicht hin und her schwankend, langsam hinab, bis die Kufen schließlich den Boden berührten. Kurz darauf erstarb das laute Brummen.

Benning beobachtete, wie der Pilot das schwarze Visier seines Helms nach oben schob und in Richtung der Klinik winkte. Ein Mann in weißer Klinikkleidung trat daraufhin aus dem Gebäude und rannte in gebückter Haltung zu dem Helikopter.

War es etwa so schlimm, dass sie ausgeflogen werden musste?, fragte sich Benning und spürte, wie ihm das Herz bis zum Hals schlug.

Der Pilot öffnete die Cockpittür und sprach mit dem Mann von der Nordseeklinik, dessen knielanger Kittel von einer Böe des immer noch kräftigen Westwindes aufgewirbelt wurde. Angestrengt versuchte Benning, anhand ihrer Gesten herauszufinden, was los war.

»Robbie?«

Benning fuhr zusammen und drehte den Kopf leicht, ohne dabei den Blick von dem Helikopter zu nehmen.

»Ja«, sagte er geistesabwesend, während er nervös beobachtete, wie der Pilot die Cockpittür zuzog und der Mann im weißen Kittel zur Klinik zurücklief.

»Was machen die da?«, fragte er und warf Beate Folkerts einen kurzen Blick zu, die neben ihn getreten war. »Warum fliegen die wieder weg?«

Beate Folkerts' Blick folgte seinem. Schwerfällig setzten sich nun auch die Rotoren in Bewegung.

»Robbie«, sagte Beate Folkerts mit sanfter Stimme und drehte sich zu ihm. »Es tut mir so leid …«

Den Rest des Satzes hörte er nicht mehr. Er wusste, was sie ihm jetzt sagen würde, doch er wusste auch, dass er das nicht hören wollte. Verzweifelt beobachtete er, wie sich der Hubschrauber mit einem sachten Ruck vom Boden löste, leicht an Höhe gewann und dann langsam die Nase nach unten neigte. Für einen Moment hielt der Hubschrauber diese Position, bevor er in einer langgezogenen Linkskurve über die Baumwipfel des angrenzenden Wäldchens davonflog.

Benning spürte, wie ihm Tränen in die Augen stiegen.

»Robbie«, sagte Beate Folkerts und griff nun sanft nach seinem Arm. »Komm, ich bring dich zu ihr.«

⚓

»Schrecklich«, sagte Hinrichs und drehte unbeholfen einen angekauten Bleistift zwischen den Fingern. »Erst diese furchtbare Geschichte vor drei Jahren und jetzt das.«

»Ja«, antwortete Silke Ingwersen mit belegter Stimme und räusperte sich. Ihre Hände hielten einen kleinen Notizblock und einen Kugelschreiber. Dies war einer der Momente, vor denen sie sich immer gefürchtet hatte, nämlich über eine Sache zu berichten, die ihr persönlich sehr nah ging. Sie räusperte sich erneut und beugte sich nach vorn. Die Unterarme auf die übereinandergeschlagenen Beine gestützt, sah sie Hinrichs fragend an.

»Und er ist immer noch verschwunden?«

Hinrichs nickte schwerfällig.

»Ja. Unsere Taucher haben alles abgesucht, aber außer ein paar blutigen Jeansfetzen haben wir nichts gefunden. Auch am Ufer nicht. Bei den schweren Verletzungen, die er davongetragen haben muss, hätten wir zumindest irgendwo eine Blutspur finden müssen, wenn er es noch bis ans Land geschafft hätte. Wahrscheinlich hat ihn aber die Strömung rausgezogen.«

Die Chefredakteurin der *Sylter Zeitung* nickte und machte sich einige Notizen.

»Dann hat also dieser Andreas Keunemann den Immobilienmakler skalpiert?«

»Das schon«, erwiderte Hinrichs. »Aber mit dem Mord an Hans Weyde und Silvia Steinmann hatte er nichts zu tun, das war Hauke Steinmann. Die Spuren sind eindeutig. Genauso eindeutig wie die aus Keunemanns Dienstwagen. Er muss auf die Leichen gestoßen sein und sie dann auf den Fliegerhorst gebracht haben. Wie wir zwischenzeitlich anhand der Untersuchungsergebnisse von seinem Messer feststellen konnten, wurden damit auch die Skalpierungen durchgeführt. Glücklicherweise ist es nicht mit ihm über Bord gegangen. In seiner Wohnung haben wir auch die K.-o.-Tropfen gefunden, mit denen er vermutlich Hauke Steinmann betäubt hat, bevor er ihn aufgehängt hat.«

Silke Ingwersen sah von ihrem Block auf.

»Gut«, sagte sie. »Und dass Keunemann der Serienmörder ist, ist nun auch erwiesen? Demnach war dieser Peter Bens unschuldig?«

Hinrichs blickte sie an.

»Wir haben uns damals auf die Indizien verlassen, und die deuteten klar und deutlich auf Bens als Täter hin.«

»Verstehe«, sagte Silke Ingwersen und blickte nachdenklich auf ihre Notizen. Dann schüttelte sie den Kopf.

»Was ist?«, fragte Hinrichs. »Es gab damals wirklich keine anderen Spuren, die …«

»Nein, nein«, sagte sie und blickte ihn an. »Ich kann es nur nicht glauben, dass jemand so abgebrüht ist, einfach so zwei Leichen zu skalpieren und durch die Gegend zu kutschieren.«

»Er wollte eben unbedingt den Verdacht auf die Insianer lenken«, sagte Hinrichs. »Bei denen ist er auch mal Mitglied gewesen. Doch nach Hansens Aussage waren deren Methoden für Keunemann nicht radikal genug. Deshalb auch die ganzen Sabotage-Aktionen auf den Baustellen.«

»Gut, dass dieser ganze Spuk nun vorbei ist«, sagte Silke Ingwersen und schlug ihren Notizblock zu. »Wenn doch nur nicht das mit der armen Gunda passiert wäre.«

35

Robert Benning blickte stumm auf das Bild über Gundas Schreibtisch. Es zeigte ihren Vater und ihn, wie sie in ihren schmucken Marineuniformen vor der Sanitätsstaffel in List standen. Vorsichtig nahm er es von der Wand.

»Es tut mir so leid, Henning«, sagte er leise und dachte an das Versprechen, das er Gundas Vater einst gegeben hatte. Das Versprechen, für sie zu sorgen und auf sie aufzupassen, falls Henning irgendwann mal etwas passieren sollte. Benning merkte, wie die Tränen in ihm aufstiegen. Er legte den Kopf in den Nacken und atmete tief ein. Überall roch es nach Gunda. Als hätte sie gerade erst den Raum verlassen. Benning blickte zur Tür. In seiner Vorstellung stürmte sie mit offenen Armen auf ihn zu und begrüßte ihn mit ihrem unbekümmerten Lachen.

Er fröstelte. Diese eigenartige Stille und Leere war ihm unheimlich. Eine Leere, die es offenbar nur gab, wenn man genau wusste, dass derjenige, der einst einen Raum mit Leben erfüllt hatte, nun niemals wiederkehren würde.

Benning fuhr sich mit der Hand durchs Gesicht und strich anschließend über seinen Bart. Vor drei Wochen hatte er sich das letzte Mal rasiert. Es war der Tag gewesen, an dem er neben Anja an Gundas Grab gestanden hatte. Noch immer klangen ihm ihre Worte im Ohr: »Nun hat mir diese verfluchte Insel auch noch meine Tochter genommen!«

Anja hatte sich hier nie richtig wohl gefühlt. Ganz im Gegensatz zu Gunda und Henning, die ihr »Inselchen«, wie sie immer sagten, so sehr geliebt hatten. Benning dachte an den neuen Stein, der seit ein paar Tagen auf ihrem gemeinsamen Grab stand, und lächelte. Es war ein schlichter Stein, auf dem zwischen Gundas und Hennings Vornamen die Silhouette Sylts vor einem großen Herz eingemeißelt war. Und so schlicht, wie der Stein auch war, so viel sagte er auch über die beiden aus. Er hätte ihnen gut gefallen.

»Robbie?«

Eine vertraute Stimme rief ihn in diesem Moment in die Gegenwart zurück.

»Ich bin hier oben, Bea«, antwortete er und hörte kurz darauf das Knarren der Holztreppe. Wieder blickte er zur Tür hinüber, in der jetzt Beate Folkerts auftauchte und ihn besorgt ansah.

»Ist alles in Ordnung?«, fragte sie mitfühlend.

Benning nickte und lächelte sie an.

»Ich wollte mich nur noch ein letztes Mal verabschieden«, sagte er und warf noch einmal einen Blick auf das Bild in seiner Hand. Beate Folkerts trat hinter ihn und legte ihre Arme um ihn.

»Und?«, fragte sie leise.

»Es ist gut«, sagte er und legte das Bild in den Karton zu Gundas anderen Sachen. »Das Leben muss weitergehen.«

Langsam drehte er sich zu ihr um und sah auf sie hinab.

»Hier wird es nie wieder so wie früher sein«, sagte er und strich ihr sanft über die Haare, bevor er sie ganz fest an sich heranzog. Dabei schweifte sein Blick wehmütig durch den Raum. »Aber es wird auch wieder schön werden, nur anders eben.«

»Wir schaffen das schon«, sagte sie mit einem zuversichtlichen Lächeln.

»Ja«, sagte Benning und fuhr sich erneut mit der Hand durch den Bart. »Zeit für einen Neuanfang. Und als Erstes muss dieses furchtbar kitzelnde Ding dran glauben!«

EPILOG

Wieder und wieder wurde Dennis Meister in seinem Sitz hin und her geschüttelt. Die neuen Wagen des Sylt-Shuttles waren zwar deutlich komfortabler als ihre Vorgänger, doch gänzlich ausschalten ließ sich das Ruckeln des Autozuges anscheinend doch nicht.

Er blickte zu seinem Vater, der schräg vor ihm auf dem Fahrersitz saß und vor sich hindöste. Ihm schien das Geruckel nichts auszumachen. Dennis' Blick schweifte zu Arne, der neben ihm saß. Seit ihrer Abfahrt hing sein älterer Bruder nun schon tief über sein Smartphone gebeugt, das Headset in die Ohren gedrückt, über einem dieser Ballerspiele. Zumindest ließ das Blitzen auf dem Display keinen anderen Schluss zu. Dennis überlegte. Hatte Arne überhaupt andere Spiele? Er zuckte gleichgültig die Achseln und richtete seinen Blick auf jenen schwarzen Punkt in der Ferne. Hier, von der Mitte des Hindenburgdamms, hatte man bei gutem Wetter eine ausgezeichnete Fernsicht. So wie heute. Die Sonne war erst vor wenigen Stunden aufgegangen und die Luft über dem Wattenmeer noch klar.

Das müsste das alte Offiziersheim sein, dachte er. Es war nur wenige Wochen her, seit Arne und er das letzte Mal dort gewesen waren. Er erinnerte sich noch gut. Thor hatte damals bei ihrem Treffen gefehlt, und Dennis kannte jetzt auch den Grund. Genauso, wie er wusste, warum es die letzte Zusammenkunft von Mjöllnir gewesen war und dass Odin, ihr Anführer, ebenfalls tot war. Dennis hatte ihn sofort auf dem Bild in der Zeitung erkannt. »Der mutmaßliche Serienmörder Andreas K. gilt weiter als vermisst«, hatte unter dem Foto gestanden.

Er konnte es immer noch nicht glauben. Der Mann, dem sie vertraut hatten, war ein gesuchter Mörder gewesen. Alles, wofür sie die ganze Zeit gekämpft hatten, lag nun in Scherben. Wer setzte sich jetzt noch für sie ein? Diese Insianer? Dennis schnaubte verächtlich. Was die erreichen, sah man ja. Er blickte wieder zu seinem Vater, der immer noch hinter dem Lenkrad vor sich hindöste. In Niebüll hatten sie um elf Uhr eine Wohnungsbesichtigung. Ihre Sylter Wohnung konnten sie sich nach der letzten Mieterhöhung nicht mehr leisten, und anderen bezahlbaren Wohnraum für eine normal verdienende vierköpfige Familie gab es auf Sylt nun mal nicht.

Ob ich Torben wiedersehe?, fragte sich Dennis. Sein alter Freund aus der Grundschule hatte dort gewohnt, wo alles mit einer Mutprobe begonnen hatte. Dennis dachte daran, wie er fast von dem Kran gestürzt wäre. Er presste die Lippen zusammen und drehte sich noch einmal um. Sylt, seine Heimat, war inzwischen nur noch ein schmaler Streifen am Horizont.

»Ich komme wieder«, sagte er leise mit fester Stimme und ballte heimlich die Faust. »Ich lass mich nicht so einfach vertreiben. Lever duad as Slav!«

Auftakt zu einer Sylt-Krimireihe
mit Suchtpotenzial

BODO MANSTEIN

Juli.Mord.

Sylt-Krimi

Hochsaison auf Sylt! Eine Mädchenleiche sorgt für Aufregung auf Deutschlands beliebtester Ferieninsel. Robert Benning, freier Journalist und Inselmaler, soll über den Fall berichten.
Gemeinsam mit Hauptkommissar Michael Hinrichs von der Westerländer Kripo stößt er auf eine Verbindung zu einer Reihe ungeklärter Mordfälle in Norddeutschland. Sind die beiden einem Serientäter auf die Spur gekommen? Als erneut eine Frau spurlos verschwindet, steht Benning plötzlich selbst inmitten einer tödlichen Geschichte, über die er eigentlich nur berichten wollte …

Hochspannung garantiert –
der fünfte Fall für Femke Folkmer und Tjark Wolf

SVEN KOCH

Dünenfluch

Kriminalroman

Im kleinen Fischerort Werlesiel an der ostfriesischen Nordseeküste herrschen Angst und Schrecken. Ein Unbekannter schlachtet bei Nacht und Nebel Pferde ab. Doch erst als Dorfbewohner unter ungeklärten Umständen ums Leben kommen, nimmt die Sonderkommission des LKA Niedersachsens die Ermittlungen auf. Eine Woge an Misstrauen, Ablehnung und sogar Hass schlägt den Kommissaren Femke Folkmer und Tjark Wolf entgegen. Die Dorfgemeinschaft mauert – und schweigt. Eine irritierende Wende nimmt der Fall schließlich durch Ereignisse, die die Ermittler in eine Zeit zurückführen, als der Eiserne Vorhang in Europa und die Mauer in Deutschland fielen …

KNAUR